DRAGONES
DE PAPEL

DRAGONES DE PAPEL

Rafa Melero Rojo

Papel certificado por el Forest Stewardship Council®

MIXTO
Papel procedente de
fuentes responsables
FSC® C117695
www.fsc.org

Penguin
Random House
Grupo Editorial

Primera edición: mayo de 2023

© 2023, Rafa Melero Rojo
Autor representado por Agencia Literaria Editabundo, S. L.
© 2023, Penguin Random House Grupo Editorial, S. A. U.
Travessera de Gràcia, 47-49. 08021 Barcelona

Printed in Spain – Impreso en España

ISBN: 978-84-666-7540-6
Depósito legal: B-5.657-2023

Compuesto en Comptex&Ass., S. L.

Impreso en Liberdúplex
Sant Llorenç d'Hortons (Barcelona)

BS 7 5 4 0 6

Para mis hijos Ethan y Dani

Prólogo

En la oscuridad, solo rota por la luz que emitía una pantalla de ordenador, un hombre acariciaba la hoja del cuchillo de cocina que sostenía en la mano. Un hombre que comprendía quién era y que por fin sabía qué tenía que hacer.

La imagen que ofrecía la pantalla era la de una mujer masturbándose. Movía los dedos con suavidad en una especie de danza hasta llegar al orgasmo. Tras alcanzarlo, se despidió de sus seguidores con una amplia sonrisa y apagó la cámara conectada al portátil. De inmediato, su semblante se transformó. La mujer se sumió en la más profunda tristeza, esa que te invade cuando ya no buscas salida. Encendió un cigarro aún desnuda y aspiró el humo amargo hasta que le llenó por completo los pulmones. Se puso unas bragas y un sostén y se sentó en la cama. Miró la cámara y se aseguró de que la conexión hubiera finalizado. Luz roja. Eso, en aquel mundo, representaba la intimidad. Permaneció en la cama, sintiéndose libre de los miles de ojos que ya no podían observarla. Pero se equivocaba. De nuevo, sin ella darse cuenta, la lucecita del ordenador se puso verde.

Un hombre acababa de *hackear* la conexión y se quedó contemplando la pantalla del ordenador. Ella seguía medio desnuda y fumaba en la cama. Él no perdía detalle.

Cada mueca.

Cada gesto.

Cada dato lo almacenaba en su mente.

Hizo *zoom* y extendió la mano hasta simular tocar la cara de la joven. Era toda suya. Su mente le transportó a aquella habitación, donde la vio tendida en la cama y preparada para él. Reparó en sus ojos mirándolo fijamente, inundados de pánico. Se tocó la entrepierna, tenía una erección. Se desabrochó la bragueta y empezó a masturbarse. La imaginó moviéndose de manera rítmica mientras la penetraba, pero no era suficiente. No le bastaba. Entonces le vino la imagen de la sangre. En el costado, en los pechos, en su cara inmaculada. Sangre salpicando las paredes desde los cortes que él mismo le estaba asestando. Y llegaron los gritos, desesperados, demandando un auxilio que jamás tendría. Y siguió imaginándolo hasta que por fin logró eyacular. Fue el orgasmo más intenso que había experimentado nunca.

Sin embargo, algo le llamó la atención a la mujer. En lo alto del aparato, justo al lado de la cámara, había regresado la tenue lucecita verde. La cámara estaba conectada. Se acercó al portátil y cerró de un manotazo la pantalla.

Mientras, en la oscuridad, el hombre se limitó a sonreír.

Era suya.

1

Hace seis meses

El sonido del neumático sobre el asfalto resultaba casi hipnótico. Y más teniendo en cuenta que la radio no sería capaz de sintonizar emisoras hasta llegar a la gran urbe. De hecho, era lo único que conseguía romper el silencio entre los dos hombres que viajaban en aquel vehículo.

Quizá por ese motivo, la vuelta de la jornada de formación estaba siendo tan pesada. Esta había tenido lugar en el Complejo Central Egara, la sede central de los Mossos d'Esquadra en Sabadell, y se había dirigido a los mandos intermedios, es decir, sargentos y subinspectores del cuerpo. O, dicho de otra manera, a aquellos que se encargan de ejecutar las órdenes de quienes ya no pisan tanto la calle. En eso, todos los cuerpos policiales son calcados.

No obstante, y pese a que las ponencias sobre redes criminales internacionales habían resultado interesantes para ambos, Sergio Brou y Xavier Masip, sargentos del grupo de homicidios, llevaban todo el trayecto de regreso a su unidad en completo silencio. El que siempre los acompañaba cuando se veían obligados a pasar un rato juntos. Por suerte para ambos, eso no ocurría a menudo. No se soportaban.

Al acercarse a Barcelona por la C-58, Masip encendió la radio y comenzaron a escuchar las notas musicales de una emisora de éxitos de los ochenta. Al principio con alguna interferencia, y después, tras un par de kilómetros, con mayor nitidez. El sargento Brou, que conducía el coche, se puso a dar golpecitos en el volante con los dedos, pero aquel tintineo no seguía el ritmo de la música, lo cual irritaba aún más a Masip. Ni en eso eran capaces de ponerse de acuerdo.

—Mira que hacernos ir a esa mierda de conferencia —acabó soltando Brou.

Xavi lo miró un instante, sin embargo, como no estaba seguro de si Brou había hablado para sí mismo, volvió a observar a través de la ventana el paisaje medio urbano en el que asomaban ya los primeros edificios.

—Que pérdida de tiempo —insistió Brou.

—Supongo que te refieres a que nos hayan obligado a ir juntos, pero hasta nosotros deberíamos comprender que es bastante idiota ir en dos coches al mismo lugar partiendo del mismo edificio, ¿no crees?

—Es culpa del Chincheta. ¿Qué pretende? ¿Que nos hagamos amigos?

—Eso no va a pasar, Sergio, pero le entiendo. El inspector debe procurar que haya buen rollo en su área. Es inútil, claro, pero al menos lo intenta.

—Sería mejor que se centrara en el grupo de atracos. Ese lío que llevan Chus y Sisco le va a explotar en la cara cuando se entere el intendente.

Xavi, que estaba acostumbrado a mantenerse al margen de los cotilleos dentro del cuerpo, no entendió la referencia.

—El intendente Amalio. El marido de Chus, joder. Dicen que es de los vengativos. Sisco acabará destinado en Amposta por no saber tener la polla dentro de la bragueta, ya lo verás.

—Me da igual, Sergio.

—Claro, a ti todo te da igual.

El sargento Masip suspiró por no decirle algo que encendiera aún más la conversación. Conversación que para ambos ya era demasiado tensa.

Cuando estaban cerca de entrar en la ciudad Brou abrió la guantera y encendió la emisora de la radio policial, que al momento empezó a emitir comunicados del operador de la sala de mando con las patrullas de Barcelona. Dejaron de hablar y volvió el silencio incómodo. Entraban por la Ronda de Dalt y no les quedaba demasiado trayecto, así que los dos se resignaron. Sin embargo, el mutismo se vio interrumpido cuando escucharon al operador decir:

«Algún indicativo en siete, cuatro, para un requerimiento en la calle Ganduxer».

Nadie contestó al mosso. Brou alargó el brazo hasta el mando, tiró de él hasta tenerlo cerca de la boca y apretó el botón para hablar.

—Indicativo Fóram a cinco minutos del lugar —respondió tomando la salida siete en dirección a esa calle.

—¿Qué haces, Sergio?

—Qué, ¿se te ha olvidado lo que es la calle? Respondo a un aviso de la sala.

—No es nuestro trabajo, Brou, ya enviarán a una patrulla de la zona.

—¿Masip rehusando un servicio? Eso es nuevo. Vamos, hombre, ¿no lo echas en falta?

—Está bien, vamos.

«Indicativo Fóram —les dijo el operador de la sala—, el requirente es un vecino que ha escuchado gritos en un piso. Dice que no es la primera vez».

Xavi extendió la mano para que Brou le diera el mando y este se centrase en conducir. Lo hizo a regañadientes, pero le cedió la palabra.

—Recibido. Estamos allí en tres minutos —respondió Masip.

Tomaron la calle Ganduxer y estacionaron en doble fila. Al bajar, el sargento Xavi Masip abrió el maletero del coche y sacó su chaleco antibalas.

—¿Qué haces, Masip?

—¿Qué haces tú? ¿Vas a responder a un aviso de posible violencia doméstica sin ponerte el chaleco?

—Pero vamos, hombre, que estamos en la zona alta de Barcelona y llevo una americana nueva.

Xavi le ignoró y, tras dejar su cazadora en el maletero, se ajustó el chaleco antibalas. Comprobaron sus armas, dos pistolas HK compact de 9 milímetros con una bala en la recámara. Las devolvieron a la funda y se dirigieron a la entrada. Llamaron al vecino que había dado el aviso a emergencias, este les abrió la puerta y subieron en el ascensor a su piso para hablar con él.

Los recibió con la puerta medio cerrada.

—Es el del quinto A. Hace días que los gritos son más altos.

—¿Sabe si están solos en casa?

—No lo sé, agentes, imagino que las niñas estarán en el colegio.

—¿Cuántos hijos tienen?

—Dos. De ocho años, creo. Son dos niñas gemelas.

—¿A qué se dedica el marido?

—Si no recuerdo mal, es director de un banco.

Brou hizo una mueca mirando a Masip.

—Mejor esperamos a una patrulla, Sergio. No se oye nada y siempre intimida más un uniforme.

Brou estaba sopesando la sugerencia de su compañero cuando un grito resonó por la escalera. Provenía del piso señalado. El vecino cerró la puerta murmurando que no quería saber nada. Los dos mossos se miraron y en ese momento supieron que la ayuda tendría que esperar.

—Sala, aquí indicativo Fóram. Envíen dotación uniformada de refuerzo.

«Recibido».

Se plantaron ante el piso que les había comentado el vecino y llamaron al timbre con insistencia.

—Mossos d'Esquadra. ¡Abran la puerta! —gritó el sargento Brou.

No respondió nadie, aunque podían apreciar que dentro había movimiento.

Xavi dio varios golpes fuertes a la puerta.

—¡Abran o la echaremos abajo! —apremió Brou.

Se percataron de que alguien giraba la cerradura y se pusieron en tensión. Una mujer en camisón abrió con cautela la puerta, un resquicio de unos pocos centímetros. Estaba claro que trataba de bloquearles el paso a los agentes de policía.

—¿Qué quieren? ¿Quién los ha llamado?

—Señora, somos sargentos de los mossos. Abra la puerta y déjenos comprobar que está bien.

—Estoy bien, ¿no lo ven? —contestó con la cabeza baja y mirando al suelo.

—Señora, déjenos verle la cara, por favor. No nos iremos a ningún sitio.

La mujer intentó cerrar de golpe, pero el sargento Brou reaccionó rápido y puso el pie derecho entre el marco y la puerta. Aquel gesto hizo que, en lugar de cerrarse, la puerta rebotara y se abriera de par en par. Los mossos observaron un comedor de grandes dimensiones decorado con muebles de diseño, en el que no obstante había cierto desorden.

—No, por favor, váyanse. Mis hijas, por favor. Váyanse.

Xavi apartó a la mujer y alcanzó a ver a un hombre de mediana edad, vestido con traje sin corbata, que dejaba encima de una mesa un vaso de cristal junto a una botella de Bourbon medio vacía. Estaba al final de la estancia, delante de un balcón con puertas dobles abiertas a la calle. Rondaba el metro setenta, tenía el pelo teñido de negro, con entradas, peinado hacia atrás con gomina, y llevaba unas gafas que se acomodó para ver bien quién había entrado en su casa.

—Señor, somos policías. Dese la vuelta y camine hacia nosotros muy despacio.

Unos minutos después, varias personas se concentraban en la acera opuesta y miraban el edificio del que habían salido aquellos ruidos parecidos a los petardos. En los balcones del bloque de enfrente también se había asomado gente, incluso grababan con sus móviles. Como en el del tercero, donde una chica hablaba con su madre mientras lo documentaba todo, enfocando la fachada e intentando localizar de dónde provenía el estruendo.

—Mamá, te digo que eso eran disparos.

—Sonaban como petardos, niña.

—Que no, que el primo de Lola, que es urbano, nos llevó una vez a un campo de tiro y... Mira, mira, allí, en el quinto.

Vieron a un hombre saliendo de espaldas al balcón y caminando hacia atrás hasta que chocó con la barandilla.

—¿Quién es? —preguntó la madre.

—Chsss, calla.

—Creo que está con alguien.

—Calla, mamá. ¡Dios mío! —gritó la chica.

El hombre se precipitó al vacío de espaldas, justo cuando otro hombre aparecía en el balcón.

—¡Lo ha *tirao*, lo ha *tirao*! —aseguró la madre.

La chica hizo *zoom* hacia el balcón, aunque la distancia no le dejaba ver con claridad a quien estaba allí observando la escena, al parecer intentando averiguar dónde había caído el otro, pero su objetivo no era suficiente, así que desistió y enfocó la calle. El cuerpo había impactado contra el capó de un coche y yacía en la acera.

Xavi Masip regresó dentro. Cuando los servicios de emergencia llegaron al lugar los recibió el silencio.

El más devastador de los silencios.

2

En la actualidad

Entrevista. Grupo de asistencia psicológica.
Parte de registro 1 de 8

El despacho no estaba muy equipado. Apenas había en él una serie de fotografías familiares en uno de los estantes, algunos libros bien ordenados y una planta de hojas verdeazuladas en un tiesto gris.

También había un hombre sentado delante de una especie de mesa de reuniones para cuatro personas y, frente a él, una mujer de cincuenta y tantos, bien vestida y con gafas modernas, que lo miraba con ojos curiosos por encima de las lentes. Tenía un bloc de notas, pero en él solo se podía leer la fecha, la hora, el nombre completo del individuo al que observaba y un número.

Este respiraba de manera pausada y, aunque llevaban allí más de diez minutos, ninguno de los dos había dicho nada tras el saludo de rigor; ni siquiera el insistente tintineo del bolígrafo de la mujer sobre su cuaderno sacaba al hombre de sus pensamientos. Y es que, quizá, parte de este mutismo viniera del desconcierto de que hubiera sido él y no ella quien había decidido programar aquella reunión de improviso.

—¿Está aquí conmigo, sargento? —acabó preguntando ella, consciente de que acababa de perder una batalla psicológica. Siempre se ha de dejar que el otro hable primero si se quiere dominar la situación inicial.

El hombre no parecía escucharla, así que insistió.

—Oiga, ¿se encuentra bien?

En ese momento pareció salir de su letargo y le clavó sus ojos verdes haciendo que casi se sonrojara.

—Sí, lo siento. Estoy ordenando mis ideas.

—Si necesita más tiempo...

—Precisamente, tiempo es lo que no tengo. Los jueces exigen atestados bien redactados.

—Fue usted quien pidió esta reunión, y le aseguro que muchos de nosotros nos sorprendimos. Yo la primera, he de reconocerlo. Porque, a pesar de todo lo que le ocurrió, nunca había venido. —Hizo una pausa breve—. Aunque puedo llegar a entenderlo.

—¿Qué quiere que le diga? Hasta ahora no lo tenía claro, y la última psicóloga a la que vi no estaba en las mejores condiciones.

La mujer sintió un escalofrío.

—Ya. Aquí todos añoramos a Mónica, y aún nos duele, aunque hayan pasado siete años.

—¿Siete? Me han parecido veinte. Hace años que me cuesta mucho dormir, doctora.

—¿Es por esto por lo que ha venido?

—Ya sabe que no.

La mujer, ahora sí, hizo una anotación en la libreta y volvió a mirar al hombre.

El sargento Xavi Masip respiró hondo. Observó su brazo izquierdo y vio una mancha en la camisa. La herida se había abierto. No era grave ni profunda y no le preocupó demasiado. No era esta la herida que le estaba causando ese sentimiento de vacío. Levantó la vista de nuevo y percibió que la mujer que le miraba estaba intentando escrutar el interior de su mente.

—¿Por qué no puede dormir, sargento? ¿Qué le atormenta? Hace seis meses de aquel incidente. He leído su declaración en el juzgado. ¿O es por el caso que lleva ahora? ¿Tiene dudas?

Xavi hizo una mueca parecida a una sonrisa.

—No, doctora. No tengo dudas.

—Entonces ¿qué cree que le pasa?

El sargento la observó en silencio. Sabía a la perfección que hacer que uno mismo responda a sus propias preguntas es una buena fórmula de interrogatorio. Decidió seguirle el juego.

—Hace ya tantos años que no sé el origen. Pero este trabajo... Siempre hay alguien a quien cazar y, sobre todo, siempre hay alguien que caza.

—Quizá sea este el problema. Puede que no tengas que ser tú el cazador —le dijo tuteándolo.

Xavi se rascó la cabeza y se peinó con los dedos el flequillo, que llevaba algo más largo de lo habitual, y volvió a mirar a la psicóloga.

—Quizá no soy mucho más que aquello que persigo. Puede que no haya más remedio. Se lo escuché decir en una película a Al Pacino. Me pareció muy revelador.

—¿Por qué cree esto?

—¿Sinceramente? No lo sé.

—Oiga, sargento. Necesito que hable conmigo. ¿Qué le ha traído aquí?

—Tenemos amigos comunes. Bueno, en realidad, una amiga, según dijo ella.

—Ya, pero no ha venido por ella.

—No. Me llegó esto hace unos días y no sabía muy bien qué pensar. Tal vez usted me pueda ayudar.

Sacó una caja del interior de una bolsa de deporte y la depositó encima de la mesa. La mujer se quitó las gafas para verla a distancia, pero se las puso de nuevo para poder examinarla de cerca. Supuso que había algo dentro que el sargento consideraba de su interés, aun así, no la abrió.

—Está precintada. ¿No la ha abierto?

—No. Sé lo que hay dentro.

—No lo entiendo.

—Hasta hace muy poco yo tampoco lo entendía.

Ella se levantó y pareció analizar la situación. Se giró de nuevo y preguntó:

—Vale. No me quiere enseñar qué hay dentro y no quiere abrirla.

—Lo haré, no se preocupe. No es ningún secreto.

—Muy bien —le contestó como si no le importara en absoluto lo que contuviera. Se limitó a apuntar algo en su libreta—. Bueno, pues si le parece, vamos a hablar un poco. ¿Cómo se siente cuando trabaja en un caso? Cuando persigue a un asesino.

Xavi miró a la mujer y soltó aire antes de contestar. Ese era el problema, y ella lo entendió nada más escuchar sus palabras.

—Me siento vivo.

La mujer dejó el bloc de notas en la mesa.

—¿Lo está persiguiendo ahora?

—Nunca dejo de hacerlo.

3

Siete días antes

Mientras paseaba con su perro, Antonio Pérez aprovechaba para repasar mentalmente cómo había transcurrido el día en su oficina. El can, de raza pug, se había acostumbrado a salir de madrugada desde hacía un tiempo. Antonio miró el reloj, era la una de la mañana. Se levantaba pronto, pero no acostumbraba a dormir más de cinco horas entre semana y necesitaba aquel respiro, su matrimonio iba cuesta abajo.

Caminaba por la avenida de Pedralbes con el perro tirando de él. Una vez pasó la entrada de los Pabellones Güell, cruzó las dos calles que se unían allí y llegó a una zona de césped. Soltó la correa de Bruno para que este campara a sus anchas en un entorno relativamente seguro que, aunque no fuera muy grande, le permitía corretear y jugar, con idas y venidas hasta su amo. Pensó que si al final se separaba de su mujer, aquel perro se iría con él aunque ello supusiese una guerra contra ella. Se podía decir que era su «pequeño», puesto que no habían tenido hijos.

Al otro lado de la calle, reparó en que alguien llegaba hasta el contenedor de la basura y dejaba a su lado una bolsa de gran tamaño. Le llamó la atención el volumen y los problemas del tipo para depositarla junto al contenedor, pero no el horario, ya que él mismo se había deshecho de una mesita no hacía mucho y había bajado pasadas las dos para que no le viera nadie. Después observó que el tipo abría la tapa del contenedor y metía dentro otra bolsa, esta vez más pequeña. Y aunque aquel extraño estaba a unos cien metros y era improbable que se hubiera fijado en él, Antonio decidió apartar la vista.

Más allá del ruido de la tapa al cerrarse, apenas se oía el escaso tráfico de coches que tiene una ciudad como Barcelona a esas horas un martes cualquiera de finales de septiembre. Notó que refrescaba y se subió el cuello de la chaqueta. De día aún hacía calor, pero las noches empezaban a ser frías. Silbó de manera suave y Bruno acudió de inmediato. Se había acabado el paseo, así que dio dos vueltas a su farola favorita, orinó y regresó junto a su amo moviendo la cola.

Ya en la acera defecó y Antonio, con la bolsa que tenía preparada, recogió los excrementos y se acercó al contenedor donde, hacía poco, aquel hombre había tirado sus pertenencias. De repente, el pug se puso a ladrar. Antonio miró a ambos lados de la calle. Su perro no solía hacerlo, así que le entró miedo de que alguien se aproximara con la intención de atracarle. No se veía un alma y solo había dos coches en un semáforo que rompían el silencio de aquella noche. Eso lo calmó. Su presencia no lo dejaba solo ante un posible ataque. Pero Bruno seguía ladrando hacia el contenedor. Antonio abrió la tapa presionando la palanca con el pie y tiró la bolsa dentro sin más miramientos. El perro continuaba ladrando y no parecía querer irse de allí a pesar de que su dueño tiraba de la correa.

—Pero ¿qué te pasa? Aquí no hay nada, ¿ves? —le dijo abriendo de nuevo la tapa del contenedor.

Al cerrarla, algo le llamó la atención de refilón. Dirigió la vista hacia el bulto que había tirado aquel vecino, pero estaba oscuro y solo apreció que se encontraba envuelto en bolsas de basura industriales. Eso le extrañó, puesto que el objetivo de dejar algo de valor al lado de un contenedor es que se vea a simple vista y pueda atraer a un posible futuro dueño. El perro no paraba de ladrar, así que encendió la linterna de su teléfono móvil y lo enfocó. De repente dejó escapar un grito sordo mientras se caía de culo en la acera. Bruno se acercó a su amo gimiendo, y este lo miró con cara de pánico. Marcó en el móvil el número de emergencias.

—Ha llamado al 112. ¿Cuál es la emergencia?

—He visto una mano en el... Hay un...

—¿Se encuentra bien, señor?

—Creo que hay un cadáver al lado de un contenedor.

4

En una calle acostumbrada a la quietud solo se escuchaban los motores de varios vehículos policiales que, al ralentí, alumbraban con sus luces de tonos azulados los portales de la zona. Estaban delante del paseo dels Til·lers, donde al otro lado se ubican los Pabellones Güell. Un recinto cerrado con diversas edificaciones y unos jardines interiores con la firma de Gaudí.

La jueza de guardia Julia Amposta esperaba la llegada del secretario judicial, que se retrasaba porque vivía fuera de la ciudad. La acompañaban el forense y una oficial del juzgado de su total confianza. También estaba allí la fiscal de guardia, pues la titular del Servicio de Jurado solo se desplaza en horario de audiencia. Aún era de noche y refrescaba. La zona, a unos cincuenta metros de los edificios, dejaba sin protección de un tímido aire a los integrantes de la comitiva judicial, que ya habían empezado a ajustarse el cuello de sus chaquetas para abrigarse.

Los Mossos d'Esquadra del grupo de homicidios de Barcelona habían preparado todo para, una vez lo autorizara la jueza de guardia, empezar a descubrir el cuerpo envuelto en bolsas de basura. Por el momento solo sabían que era de una mujer y que parecía estar desnudo. También que había algo de sangre, pero la declaración que le habían tomado al testigo dos mossos de paisano sugería que habían matado a la mujer en otro lugar. El caporal Carles García se acercó a la jueza, que parecía aguantar estoicamente el frío de la noche.

—Señoría, el testigo ya ha prestado declaración, y le hemos informado de que es posible que, más adelante, usted o nosotros le citemos de nuevo. Si no le parece mal, dejaremos que se vaya. Está identificado y no se aprecia a primera vista que haya participado en el homicidio.

—Me parece bien, caporal —dijo mirando la hora. Eran más de las tres de la mañana y llevaban esperando al secretario judicial media hora larga.

Carles se acercó a los dos agentes que habían recogido la declaración del testigo. Eran la agente Carol Ferrer y el agente Eduardo Tena, al que todos conocían como Edu. En breve aparecería por allí el inspector Manel Márquez como máximo responsable del Área de Investigación Criminal de Barcelona.

—¿Qué pensáis? —les preguntó el caporal.

—Pinta mal —respondió Carol.

—Muy mal —añadió Edu.

—Sí, eso parece.

—¿Qué hacemos? —continuó él.

—¿Cómo que qué hacemos? Investigar un homicidio.

—Ya me entiendes, Carles. Este es el típico caso para Xavi, lo huelo.

—Pues deja de olfatear y céntrate. Soy el primero que le echa de menos, es nuestro sargento, pero por eso debemos hacer las cosas lo mejor posible. Él volverá, es cuestión de tiempo.

—Está bien —se conformó—. Por cierto, ¿despierto a David?

—No. No sabemos el tiempo que estaremos aquí, pero es probable que empalmemos, así que alguien tiene que estar fresco mañana por la mañana.

—Se va a cabrear. Dirá que le hemos dejado de lado por ser el nuevo.

—Ya me ocuparé de eso mañana.

Por la calle apareció un tipo casi a la carrera. Había salido de un coche mal aparcado justo detrás de la cinta policial que habían puesto los mossos. El agente de patrullas que custodiaba la entrada se giró hasta cruzar una mirada con García; este le hizo un gesto de aprobación con la mano al reconocer al secretario judicial, quien se acercó a la comitiva judicial sin mediar palabra con la jueza, sacó una carpeta de su bolsa y se dirigió, junto a ellos, hacia el contenedor de basura.

Dos mossos de la policía científica protegidos con sus EPI estaban preparados para meterse en el contenedor; otros dos para inspeccionar el cadáver; una pareja de seguridad ciudadana a un lado, y el sargento y el caporal de la científica, listos por si necesitaban más ayuda.

En el suelo habían dispuesto un plástico para depositar, una vez liberado de las bolsas que lo envolvían, el cuerpo de la joven, que estaba cubierto a excepción del brazo izquierdo. Desplegaron una lona azul con las palabras «Mossos d'Esquadra» en letras blancas, buscando proteger la intimidad de la víctima y el levantamiento, ya que, a unos treinta metros, detrás de la línea policial, los medios de comunicación ya amenazaban con sus cámaras.

La jueza dio su aprobación para mover el cadáver cuando los investigadores le confirmaron que ya estaban hechas la necrorreseña y las fotografías del escenario.

—Vamos allá.

Todos guardaron unos segundos de un silencio extraño en torno al cuerpo de la chica. Al comenzar a retirar las bolsas vieron que estaba envuelta en una sábana de color rosa. Como habían advertido, tan solo sobresalía su brazo izquierdo por una abertura. Un mosso señaló una herida a la altura del hombro, en la parte posterior. Le hizo varias fotografías y el forense se acercó para examinarla.

—No es una lesión accidental. Le han arrancado un trozo de piel.

Carles se aproximó a Carol para observarlo.

—Es una zona donde podría haber un tatuaje —apuntó ella.

—Sí, es posible. Se han esmerado en hacerlo —indicó el forense girándose hacia la jueza y la fiscal.

—Puede que el asesino no quiera que la identifiquemos —dedujo García.

La jueza asintió. Hicieron alguna fotografía más y, cuando volvió a autorizarlo, continuaron retirando las bolsas del cuerpo. Lo hacían con un cúter y con sumo cuidado para no producir una nueva lesión en el cadáver. Primero quitaron la bolsa de la cara y descubrieron a una chica de no más de treinta años, caucásica, con el pelo negro azabache y facciones suaves. El asesino le había respetado la cara y parecía dormida. Siguieron desenvolviendo hasta retirar todo el plástico y dejar bocarriba el cuerpo desnudo. Pudieron ver que le habían arrancado dos dedos del pie izquierdo y cortado algunos trozos del muslo izquierdo y casi todo el glúteo derecho. Un mosso de la patrulla que estaba observando la escena salió corriendo a vomitar detrás del cordón policial. Incluso la jueza tuvo que girar la cara al ver los cortes y las heridas punzantes que se sucedían por todo el cuerpo.

—Esperad —dijo uno de los mossos que estaban dentro del contenedor—, parece que aquí hay algo.

Ambos enfocaron con sus linternas una bolsa de plástico transparente. Resultaba complicado moverse entre la basura, y el olor no ayudaba. Se la entregaron al caporal, que la cogió con cuidado. Era una bolsa con cierre hermético. Dentro se advertían dos objetos que no lograba distinguir, en otras dos bolsas más pequeñas, pero también herméticas.

A pesar de las farolas, faltaba iluminación, así que Carles García, quien sujetaba la bolsa con sus guantes de látex, se apartó, junto a la jueza, la fiscal y el forense, para examinar su contenido. Este último cogió la bolsa y la abrió con cuidado. Observaron su interior con curiosidad. En una de las dos bolsas más pequeñas había un tatuaje arrancado. El forense no tuvo dudas de que pertenecía a la víctima. Era un dibujo tribal redondeado de color negro. Pero cuando Carles vio lo que contenía la otra bolsa se apartó, sacó su teléfono y marcó el número de su inspector.

—Diga —contestó este desde el manos libres del coche.

—Soy el caporal García, inspector.

—Estoy allí en cinco minutos. ¿Cómo va?

—Mal.

—¿Cómo de mal?

—Se lo voy a decir claramente. Tiene que reincorporar a Masip.

5

Aquella mañana, Julio Cedeño se desvió de su ruta habitual. Lo hizo para poder pasear por las calles de Barcelona al amanecer, cuando la ciudad aún se estaba despertando; una droga a la que se había empezado a acostumbrar y que le alentaba a afrontar mejor el día. A pesar de su juventud, la tarde noche anterior había logrado ser feliz por primera vez en su vida. Su razón de ser, el porqué de su existencia se había revelado al fin. Estaba cansado, pero la emoción de lo vivido le había robado horas de sueño, algo de lo que también culpaba a la adrenalina que aún manaba de su cuerpo.

Tenía el pelo lacio y negro cortado por los lados, y un vago intento de bigote en una cara lampiña. Julio quería ser mayor, aparentar que era una persona fuerte y poderosa. Eso que supo que no era desde muy niño, en la época en la que adoraba los cómics de Shang-Chi, de Puño de Hierro —su favorito— o los del mismísimo Bruce Lee. En definitiva, de cualquiera que supiera defenderse de los monstruos que le atormentaban. Sobre todo de uno. Años más tarde, ya en su vida adulta, había conseguido seguir las rutinas de aquellos personajes de su infancia. Era disciplinado, se había vuelto fuerte y ahora sí sabía para qué había venido a este mundo.

Era un día caluroso y la chaqueta, aunque fina, le empezaba a estorbar. La usaba para ocultar su uniforme de vigilante de seguridad, aunque los pantalones y las botas lo delataban. Pese a que el reglamento no permitía llevarlo fuera del lugar de trabajo, nadie decía nada; quizá por eso tampoco acostumbraban a tener taquillas. Además, llevaba una mochila con el cinturón para la defensa y unas esposas.

Llegó a la puerta del Palau de la Generalitat. Allí, un mosso d'esquadra observaba el tráfico de personas que, a esa hora, se dirigían a sus trabajos —los turistas tenían otros horarios—, pero no le prestó atención. Nadie lo hacía. Y se paró casi en el centro de la plaza de Sant Jaume. Primero contempló la fachada del Ayuntamiento, sacó una manzana y empezó a darle bocados. Después se giró hacia la Generalitat y miró arriba, donde algunos capiteles tenían forma de gárgola. En su cabeza resonaron risas de mujeres. Mujeres desnudas teniendo orgasmos. Más risas. También dolor y lágrimas de miedo. Él medio desnudo entre ellas. Y más risas que su cabeza no lograba acallar. Sus recuerdos se entremezclaban. Ellas reían y él solo intentaba estar presente para ellas. A Julio le costaba hablar con mujeres, pero lo había logrado. Al final había encontrado la forma. Olvidó el dolor interior y siguió mirando aquella fachada en la que destacaba un balcón central. Allí era donde los jugadores del Barça acostumbraban a salir a celebrar sus títulos. También era el balcón que había costado una presidencia por una absurda pancarta. Para él todos eran absurdos. En el centro de aquel balcón, a cubierto por una especie de media bóveda, se encontraba la escultura de san Jorge luchando a vida o muerte contra un dragón. El guerrero blandía la espada a lomos de su caballo, mientras la bestia intentaba defenderse. Una lucha eterna que no difería mucho de la que libraba en su interior. Y aunque la vista no le alcanzaba para verlos, estaba seguro de que los ojos de aquel dragón estaban inundados de ira.

Sonó una alarma en su móvil. Tenía que irse ya. Acabó la manzana y siguió su camino, algo le decía que aquello no había hecho más que empezar.

No tardaría mucho en tener de nuevo a una princesa entre sus brazos.

6

Esa misma mañana, pero un poco más tarde, Xavi Masip se encontraba paseando por el Born en Barcelona. Aún era pronto, así que de momento se libraba de la masificación de la zona que vendría unas horas después. Se había acercado a su lugar favorito, la basílica de Santa María del Mar. Hacía unos días que había vuelto a Barcelona y la visitaba con mayor regularidad, puesto que los primeros meses de su suspensión cautelar por la investigación que la División de Asuntos Internos llevaba de su caso se había refugiado en casa de sus padres, cerca de Lleida. La gente lo ignoraba, algo habitual en las grandes urbes. No como en el pueblo, donde a pesar de ser grande siempre acababa encontrándose con algún conocido que le obligaba a detener su paso y saludar para no resultar demasiado descortés.

Meses atrás había perdido el anonimato por un vídeo viral en el que lo acusaban de haber empujado a un hombre desarmado al vacío y haber acabado, así, con su vida. Después habían sido las televisiones las que habían dado sus datos y mostrado su fotografía sin pudor. La sargento Morales, de la División de Asuntos Internos, había conseguido, gracias a aquella grabación, que lo apartaran de sus funciones hasta esclarecer lo que había ocurrido en aquel piso de la zona alta de Barcelona.

Xavi no recurrió y, con el dinero que le proporcionó el seguro, se aisló del mundo; como en ese momento se disponía a hacer. Silenció su teléfono móvil y lo guardó en el bolsillo.

Entró en la basílica dejando atrás el ruido de la calle, sustituido por un sosiego reparador. Aquel edificio, que se empezó a construir en 1329, se encontraba en la actualidad en el centro de una serie de islas de casas del Born. Avanzó por el lateral y se sentó en un banco. Miró las grandes columnas y levantó la vista hacia los capiteles que se fundían en las bóvedas de crucería donde convergían. No era creyente, pero a nadie le preocupaba eso. Quizá escucharse a sí mismo en la paz que le proporcionaba aquel espacio se parecía a lo que sentían otros intentando hallar a Dios. De todas formas, él no podía saberlo; se alejó de ese sentido de la fe en cuanto tuvo uso de razón.

Un hombre se acercó a Xavi y se sentó a poca distancia de él. La iglesia estaba casi vacía y no había servicio de misa. Xavi, sin mirarlo directamente, empezó a controlar sus movimientos. Era casi calvo, de estatura media y entrado en años y metido en carnes. A simple vista no representaba una amenaza, pero no podía confiarse. En cambio, el hombre pareció darse cuenta de que su presencia le incomodaba y se apresuró a disculparse:

—Perdóneme, no quería importunarle.

Xavi giró la cabeza y, ahora sí, observó de frente al hombre, que lo miraba curioso.

—Le he visto antes por aquí.

—¿Se ha fijado en mí?

—No se asuste, no tengo malas intenciones.

—No me asusto, pero me parece extraño. Aquí entra mucha gente.

—Sí, pero ya hace demasiado de aquella novela que nos llenó el templo de lectores curiosos. Acabó el *boom* y ya solo vienen los rezagados. Y usted no es de esta congregación ni tampoco turista; los huelo de lejos.

—Perdone. ¿Quién es usted?

—Sí, disculpe. Soy el padre Berto Ródenas.

Xavi relajó el rostro y sonrió.

—Me llamo Xavi Masip. Discúlpeme si he sido desconsiderado. No lleva el alzacuello...

—No, a veces lo guardo para preservar mi identidad secreta ante los villanos.

Masip lo miró sin expresión.

—Vaya. A los pequeños les encanta esa broma. Se la hago a los niños por esos superhéroes sobre los que leen y que ven en las películas. Lo cierto es que lo tengo en la taquilla. En un rato me lo pondré, tengo que entrar en el confesionario.

Aquella última parte le resultó más divertida que la comparación con los héroes de los cómics. Cómo les iría de bien a los policías un lugar así, donde los sospechosos confesaran sus fechorías.

—¿A qué se dedica?

—Ahora mismo a estar aquí, en calma.

—¿Demasiados demonios?

—Unos cuantos.

—Mi despacho siempre está abierto, Xavi. Los demonios son mi especialidad. —Sonrió, pero él no pudo más que devolverle una mueca—. Lo siento, no puedo evitarlo.

Ahora sí, Xavi le dedicó una sonrisa antes de contestar.

—De momento no lo necesito, pero gracias.

—Nunca se sabe.

Xavi asintió.

—También hacemos visitas guiadas. El día que quiera le enseño el mirador. Está a treinta y tres metros de altura, y la vista es espectacular. Yo le invito.

—Pues a eso no le digo que no, pero tendrá que ser otro día.

Pareció que aquella respuesta sí satisfizo al hombre.

—Le dejo con sus oraciones. Si me necesita no dude en buscarme. Creo que aquí siempre encontrará eso que a usted le hace falta.

—¿Cómo lo sabe?

—Si no fuera así, no se hubiera vuelto asiduo.

El sacerdote se fue sin que Xavi pudiera aclararle que él hacía años que no rezaba ninguna oración, que estaba allí por otros motivos. Además, aquel hombre no se merecía tal desprecio. Le había caído bien. Y tampoco podía esconder que ese silencio le ayudaba a encontrarse consigo mismo.

Miró la hora en el reloj y decidió salir a pasear. No tenía prisa ni había quedado con nadie. Podía ir hasta la carretera de les Aigües, hacer la ruta hasta la torre de comunicaciones y sudar un poco.

Salió del templo y desconectó el modo avión del teléfono. Lo consultó y vio que entraban mensajes con varias llamadas perdidas y dos mensajes de texto de su jefe.

En el último le decía: «Si estás en Barcelona, llámame de inmediato».

Tenía que reincorporarse.

7

Una hora después, al entrar en el edificio de la comisaría de Les Corts, Xavi Masip tuvo una sensación extraña. Era como un vacío interior que no sabía bien cómo afrontar. Respiró hondo y se presentó ante el mosso de recepción, que le miró con sorpresa mientras marcaba el número de la extensión que Masip le había facilitado. No en vano, era la de su propio despacho.

En aquel momento, el sargento estaba suspendido y no tenía ni su placa ni su identificación, por lo que no podía acceder al interior, así que esperó a que lo fueran a buscar. Enseguida reconoció a su amigo Carles en la puerta de acceso de la derecha. Hacía tiempo que no se veían por la suspensión, aunque sí habían hablado de vez en cuando. Se fundieron en un abrazo.

—Te veo bien, Xavi.

—Yo también a ti, Carles. ¿Cuánto hace?

—Cuatro meses, creo.

—Cómo pasa el tiempo.

—Sí. Ya sé que hemos ido hablando por teléfono, pero te echaba de menos. Y las niñas también. Me preguntan mucho por su tío Xavi.

—Yo también a ellas, pero ya sabes, preferí dejar un tiempo Barcelona.

—Lo sé. En cuanto resolvamos esto, tienes que venir a cenar a casa.

—Hecho.

—Está bien. ¿Vamos?

—Claro.

—Viene conmigo —advirtió a los mossos de la puerta, quienes se habían quedado mirando hasta que cayeron en la cuenta de que Xavi era el del vídeo de internet.

Ascendieron hasta la tercera planta, donde estaba ubicada el Área de Investigación Criminal de Barcelona, y al recorrer el pasillo hasta su sala de trabajo, como tantas otras veces había hecho, Xavi se sintió extraño. Una sensación de la que iba a tardar en recuperarse. Se detuvieron frente a la puerta del inspector Márquez y Carles posó su mano en el hombro de Xavi, a modo de despedida momentánea mientras estuviera reunido con su jefe.

—Estaremos en la sala.

Xavi asintió y miró a los ojos a su amigo sin decir nada.

—No sé qué te van a decir, pero estaremos esperándote.

El sargento Masip entró tras dar unos golpes en la puerta para avisar de su llegada. Como supuso, aquella reunión no iba a ser solo con su superior, con el que había plena confianza. También le esperaba, de pie, el comisario jefe de Barcelona. Era un hombre de mediana edad, calvo, bien afeitado y de aspecto impoluto. Se giró hacia él y le indicó que se sentara. Su jefe natural permaneció callado, pero no pudo esconder una sonrisa sincera que desapareció en el momento en que el comisario tomó la palabra.

—Antes de nada, ¿cómo estás, Xavi?

—Estoy muy bien, comisario. Gracias —contestó, sorprendido por el tono y el hecho de que le tuteara. Le habían dicho que era muy cercano, aunque nunca había hablado con él y no lo había podido comprobar hasta ese momento.

—Márquez ha insistido en incorporarte a este caso, que, como puedes ver, ya aparece en prensa —dijo señalando un diario que había sobre la mesa—. Pero ese no es el motivo por el que he aceptado. Tenemos investigadores muy buenos y no necesitamos depender de un sargento. No se ofenda.

También le habían dicho que era muy directo. Que si tenía que decir algo, nunca se lo callaba. Y eso le gustaba.

—Si me permite, comisario —le contestó Xavi—, yo mismo le puedo hacer una lista de buenos investigadores. Hasta le puedo dar los nombres de algunos compañeros de la Policía Nacional o de la Guardia Civil. Lo que he aprendido a lo largo de los años es que aquí no hay nadie insustituible, comisarios incluidos. Y no, no me ofendo.

El inspector se ruborizó y notó una presión en el pecho que, si no supiera de antemano que se la provocaba el estrés, hubiera pensado que era un infarto.

—Comisario... —intentó intervenir el inspector.

—No, no —le cortó este mostrando media sonrisa—. Déjele acabar.

Xavi observó el semblante firme de su jefe e intentó reconducir la conversación de inmediato.

—No lo he dicho para ofenderle, comisario. Nunca lo haría, y menos delante del inspector Márquez, al que respeto y aprecio mucho. Solo digo lo que pienso. Sé que otros compañeros pueden llevar este o cualquier otro caso, ya le digo que le puedo dar nombres. ¿Por qué no me cuenta qué hago aquí y así todos podremos continuar con nuestras vidas? Si quiere que me reincorpore, estaré encantado de ayudar.

El comisario miró a Masip, pero este no supo interpretar si aquella mirada denotaba desprecio o superioridad.

—Inspector, ¿nos puede dejar solos?

—Sí, claro.

El inspector Márquez salió de detrás de su mesa y cuando pasó por el lado de Masip le apretó el brazo en señal de afecto. De aquella reunión iba a depender su futuro inmediato.

8

Entrevista. Grupo de asistencia psicológica.
Parte de registro 2 de 8

Silencio.

—Bueno, ¿y qué le dijo el comisario?

Xavi observó a la psicóloga, quien ya tenía la libreta lista para escribir. Intentó sonreírle, pero hacía años que él solo podía hacer una especie de mueca triste.

—Esto es irrelevante, ¿no cree? Me reincorporó.

—Pero quizá sí es interesante saber qué le mueve a usted para ser capaz de decir lo que piensa sin importarle quién tenga delante. Es una virtud poco común.

—¿Virtud? Esto me ha dado problemas toda la vida. Casi suspendo el curso básico de mosso cuando rebatí lo que afirmaba un instructor.

—Expresa sinceridad y eso se valora mucho, Xavi.

—Ya.

—Así que...

—Está bien. Me dijo que le gustaba la gente directa, pero que no me pasara de la raya. Sí. Me lo merecía. Ser directo no implica obviar que lo que digo puede llegar a ofender.

—Y, aun así, recuperó el cargo.

—No se lo tomó a mal, la verdad.

Ella hizo una mueca.

—Mire, doctora, conozco a muchos investigadores buenos, claro. Pero ya no tenemos veinticinco años. Ya no nos comemos el mundo. La gran mayoría ahora son padres o madres de familia con numerosas responsabilidades más allá del trabajo. ¿Sabe el desgaste que supone perseguir a esos monstruos?

—Al final va a ser verdad que sí le necesitan.

—No. Simplemente no se pueden permitir el lujo de perder a nadie.

—No me lo va a contar, ¿verdad?

Xavi se lo pensó antes de contestar.

—Le diré que me habló con la misma franqueza que yo a él. Y eso me gustó, aunque supusiera saber que no estaba seguro de si era lo correcto.

—¿Por lo que podría decir la prensa?

Xavi, que permanecía sentado en la silla, se acomodó bien; apoyó los codos en los reposabrazos y juntó las manos entrelazando los dedos. Después, de manera inconsciente, empezó a golpear sus dedos pulgares, uno contra otro —gesto que no pasó desapercibido a su psicóloga—, y levantó la vista hacia ella antes de responder.

—No. A ese hombre le trae sin cuidado la prensa. Sabe que harán ruido, pero el que tiene que decidir mi futuro lleva una toga. Y este, de momento, me mantiene como investigado y sin ningún tipo de medida cautelar. Así que no me quejo.

—Entonces ¿qué le hizo volver?

—Este es mi trabajo. No tengo intenciones ocultas, aunque la sargento Morales piense que soy el mismísimo diablo.

La mujer se encogió de hombros.

—Es interesante que la nombre.

—No lo crea. Nunca nombro a nadie sin motivo.

—¿Qué le parece si volvemos seis meses atrás a aquel piso de Sarrià-Sant Gervasi?

Xavi se lo pensó un momento, pero miró su reloj y aceptó.

—Imagino que quiere llegar a cuando el sujeto saltó por el balcón.

—¿Saltó?

—Saltó, cayó, se precipitó... como usted quiera llamarlo.

—Mejor vayamos al principio, si le parece bien. Ya llegaremos a eso.

—De acuerdo.

La mujer apuntó en su libreta y le indicó que podía continuar con un movimiento de cabeza.

—Bien. —Cerró un momento los ojos antes de seguir, como si estuviera encuadrando sus pensamientos—. El sargento Brou estaba a mi izquierda y sujetaba a la mujer, que intentaba zafarse. Este, viendo que el sujeto no respondía, adelantó un paso y la mujer se liberó. Salió corriendo desesperada hacia una puerta. Desenfundé mi arma al ver algo que no encajaba en aquel comedor. Tenía a la mujer a mi derecha con la cara desencajada intentando abrir la puerta y a Brou a mi lado. Solo perdí de vista al hombre durante un segundo. Una eternidad —se lamentó—. Después hubo un estallido, seguido de un golpe tremendo. Algo me había impactado y caí hacia atrás mientras observaba, como si todo fuera a cámara lenta, al sargento Brou cayendo a mi lado. Mi visión se tornó un poco borrosa y el sonido de unas palabras que no entendía, como si vinieran de lejos, resonaron en mi cabeza. Pero hasta que no vi los impactos en el chaleco y una mancha de sangre en el hombro no fui consciente de que habíamos recibido un disparo. Me escocía, como si quemara. Poco a poco, la voz de la mujer, que lloraba amargamente, se hizo más perceptible, hasta que escuché algo como: «Las niñas no, por favor. Dime cómo están las niñas. ¿Qué les has hecho? Por Dios...».

La psicóloga se estremeció, se abrazó a sí misma e intentó reconducir la conversación.

—Entiendo que el hombre les disparó a ustedes, ¿verdad?

—Sí, así fue.

—¿Con un solo disparo les dio a los dos? Disculpe mi ignorancia.

—Sí, era una escopeta de caza del calibre 12. Con un cartucho del calibre 12/70 y una posta de nueve balines. Son como canicas, algo más pequeñas —le aclaró—. Al salir del cañón, estos balines se expanden en una especie de circunferencia. Ha de entender que se van abriendo con la distancia. A seis o siete metros nos dio a ambos. Yo recibí dos, que detuvo el chaleco, y uno que sí impactó en mi hombro. Aún no se ha cerrado del todo la herida, como puede ver —le dijo señalando la mancha de sangre que tenía en la camisa—. Brou recibió el impacto directo de cinco. El noveno dio en la pared.

—Comprendo. Continúe, por favor.

—La mujer, por más que le suplicó, no obtuvo respuesta. Comprendí, entonces, que allí había alguien más. Recuperé la visión, aunque aún algo borrosa, y pude ver que el hombre apuntaba a la mujer. Busqué mi arma, que se había caído al golpearme contra la pared, y vi que permanecía a mi lado.

—Pero no era su arma.

—No. Era la del sargento Brou. A él también se le había

caído. Yo no lo supe en aquel momento. Como comprenderá, y ya se lo expliqué tanto al juez como a la sargento Morales, no revisé el número de serie al recogerla.

—Solo era una puntualización, no quería sugerir nada. Por favor, siga.

—La recogí aprovechando que el tipo estaba concentrado en su mujer y...

Xavi expulsó el aire por la nariz, se detuvo en la explicación y cerró los ojos.

9

Después de la reunión con el comisario, y una vez a solas con su jefe, el inspector Márquez sacó de un cajón un paquete envuelto en plástico.

—Es mi...

—Sí. Placa, tarjeta profesional, arma de fuego y defensa extensible. Firma el recibo, vete a tu despacho e instálate. Ponte al día lo más rápido que puedas. Además de lo que viene en el diario, que de momento es poco, verás que lo más urgente es identificar a la víctima.

Xavi metió el paquete en su mochila negra y se la puso al hombro.

—Te mantendré informado.

Dejó allí a su jefe, que parecía más cansado de lo habitual. Lo cierto es que los últimos meses habían sido realmente malos.

Una vez en la sala de trabajo no pudo evitar los saludos efusivos de Edu y Carol. Le presentaron al agente David Fius, que sorprendió a su nuevo jefe con sus casi dos metros de altura. Después entró en aquel despacho que había sido suyo durante muchos años y que ahora recuperaba. Comprobó que estaba tal y como lo había dejado. El caporal García no lo había utilizado a pesar de quedarse al cargo de manera temporal. Abrió los cajones de su mesa y sacó de nuevo sus objetos personales.

Observó la foto de su grupo. Estaba tomada en sus inicios, hacía ya siete largos años. Allí ya no estaban tres de esas personas, pero sobre todo le pesaba la falta de una de ellas. «Las vueltas que da la vida», pensó. La volvió a colgar en la pared donde había estado siempre y de donde la había quitado por si no regresaba allí o le asignaban aquel despacho a otro.

En la mesa tenía dos agrupaciones de carpetas, que, sin mirarlas, sabía que eran dos copias de la investigación. Una para trabajar allí y otra que se llevaría a casa, como hacía siempre. Aquella noche recuperaría su ritual al abrir un caso de asesinato como el que se presuponía. Era una liturgia reservada para los casos más difíciles, y aún tenía que estudiar bien si ese iba a suponer uno de aquellos retos. No dudaba de la capacidad de su amigo Carles o de su equipo para hacer el diagnóstico, pero el sargento necesitaba estudiarlo por sí mismo.

Abrió la carpeta, que albergaba algunas fotos del escenario, y cogió una de ellas. Las fotografías de la inspección ocular hecha por la policía científica eran muy buenas, pero Xavi obvió las del cadáver a pesar de que a simple vista aquello tenía el sello genuino de un psicópata. Se centró en otra donde se podía apreciar un objeto dentro de una bolsa de plástico. En la siguiente fotografía, el objeto ya estaba fuera. El caporal García le había adelantado que lo hallaron dentro de la bolsa en la que también estaba el trozo de piel con el tatuaje de la chica, una especie de filigrana en color negro con adornos de tipo tribal. No había duda de que el asesino se había asegurado de que quedara claro que ese objeto lo dejaba él. Era una pieza de origami, el arte japonés de hacer figuras doblando una hoja de papel, o papiroflexia, como se llama aquí. Observándola, tuvo la certeza de que el caso iba a requerir que aquella noche abriera una botella de su mejor vino mientras organizaba en su salón un diagrama de los hechos.

Lo supo en cuanto observó de cerca la amenazante figura, en un color rojo intenso con unos pliegues en el papel precisos y milimétricos, de un dragón.

10

Muy lejos de allí, en un pequeño piso en Cadaqués, una mujer se peinaba frente al espejo. El reflejo le ofrecía la imagen que siempre quiso ver en él. Su pelo caoba oscuro, largo y liso, se dejaba hacer mientras el cepillo le daba forma. Tenía los ojos castaños y unas facciones suaves. Había superado los treinta y pudo apreciar unas pequeñas arrugas en los ojos. Nada que no pudiera cubrir con un poco de maquillaje. Sonrió al pensarlo.

Cuando acabó fue hasta la habitación del pequeño apartamento donde vivía y abrió la ventana para que entrara el aire del Mediterráneo. Le resultó frío. Más de lo que había calculado comparándolo con el día anterior, cuando la brisa fue algo más suave y acorde al mes de septiembre. La cerró y pensó que, quizá, la próxima noche sería más cálida. Al verano le quedaba un suspiro.

Se podía decir que Cristina Espejel había empezado a ser feliz hacía tan solo un año. Antes, la vida era otra. Un rostro distinto, pero la misma persona. Y puede que en aquel instante estuviera sola, pero no lo sentía así. Ahora apreciaba la sencilla tarea de peinar su cabello, y esto ocurre cuando una aprende a valorar lo que significa sentirse viva.

Se levantó y fue a la cocina. Abrió la nevera y decidió que se haría una ensalada para cenar. Estaba delgada, pero no quería ganar peso hasta que pudiera volver a entrenar de verdad. Y eso significaba ir a correr sin restricciones. Pero todo era muy reciente y las competiciones se habían acabado para ella; demasiados trámites burocráticos. Además, su época como deportista de competición había llegado a su fin. Una vez superas los treinta, si no has conquistado ya tus metas, es difícil que lo llegues a hacer. Justo a la edad en que la madurez y la experiencia deberían sumar, las piernas empiezan a no responder igual y las lesiones te acompañan cada vez más. Así de injusto y maravilloso es el atletismo. Y así de injusta es la vida. Igual de injusta que para la mayoría de los mortales.

Pero Cristina no se quejaba. Ella sabía bien que, aunque llegues a alcanzar la meta en primera posición, la siguiente siempre será más difícil de superar que la anterior. Y la última, hacía ya un año, había sido realmente complicada. Pero ahora, en su nueva vida, se conformaba con salir a correr de vez en cuando. Mantenerse en forma. Solo eso. Vivir.

Observó las medallas que guardaba en una vitrina y reparó en algo en lo que no se había fijado cuando colgó el mueble al mudarse, no hacía tanto. Al lado de una de aquellas distinciones había un recorte de prensa con una fotografía. Lo sacó fuera para observarlo de cerca. En la imagen se veía a tres hombres con ropa deportiva que sonreían encima de un podio y que mostraban orgullosos sus preseas. Esbozó una sonrisa y, después de observarla y pasar el dedo índice por encima del atleta que estaba a la izquierda, la arrugó haciendo una bola con la mano y regresó a la cocina, donde la tiró a la basura. Porque en eso se transforman muchas cosas que en otra época tuvieron un significado distinto. Un día son algo valioso y al otro, un desecho más. Ella sabía mucho de eso, se había buscado un trabajo al que poder acudir cada día sin odiar tener que hacerlo. Y así poder ganarse la vida.

Sin darle mayor importancia empezó a preparar su cena. Pero cuando volvió a abrir el cubo para tirar los restos de los tomates vio de nuevo aquel papel arrugado. Entre sus pliegues aún podía distinguir a los tres atletas. Enfocó su mirada en uno de ellos. Aquel que había dejado atrás para siempre, en la época en que la conocían por otro nombre. Uno que le impusieron por desconocimiento, y que dejó de ser suyo en cuanto tuvo uso de razón. Porque Cristina nació siendo mujer, aunque lo hiciera en el cuerpo equivocado.

Cerró la tapa del cubo. En aquel momento poco más le podía pedir a la vida.

Aquella misma noche, muy lejos de allí, Xavi Masip preparaba el caso en su salón colgando fotos en una de las paredes de su piso, degustando una copa de vino y empezando un bocadillo de batalla de jamón dulce y queso. Él tampoco necesitaba nada más. Bastaba con un trozo de pan, algo que ponerle en medio, una copa de buen vino —más por tradición que por placer— y una serie de imágenes entre las que se podía ver un cadáver mutilado.

Lo justo para ahuyentar a las visitas.

11

Xavi se había levantado temprano y, sobre las ocho y poco, había llegado a la oficina. Aquella noche le había costado conciliar el sueño, pero al final logró dormir unas horas; quizá fueron cuatro. Lo justo para no ir zombi, pero era consciente de que debería rendir cuentas a Morfeo. Aunque para eso aún quedaba bastante.

Después de dejar su bolsa en el despacho se dirigió a la sala que el grupo 2 de homicidios de Barcelona disponía para los agentes y el caporal con mesas, sillas, tres ordenadores y un pequeño despacho para el sargento, y que en breve estaría ocupada por todos estos. Xavi observó el mural que tenían allí expuesto. Mostraba los mismos datos que el que había construido él mismo en su salón la noche anterior sin el límite de espacio que suponía tenerlo en su piso. En una de las paredes grises tenían una gran pizarra de plástico donde podían escribir con rotuladores no permanentes y colgar fotos con celo. Allí acostumbraban a hacer los diagramas de relaciones cuando trabajaban en un caso, y en ese momento investigaban un asesinato.

Pese a que Xavi se había cortado tímidamente su pelo castaño y abundante, lo llevaba más largo de lo habitual. Sus ojos verdes aún no le reclamaban unas gafas, pero era consciente de que no tardaría en usarlas. Uno se hace mayor le guste o no. Él rondaba los cuarenta, pero conservaba su constitución atlética gracias a la bicicleta de montaña y a recorrer al trote la concurrida carretera de les Aigües tres veces por semana. Pero como había vuelto a hacerse cargo de un caso, no practicaría esta rutina en bastantes días.

Poco a poco, y como había previsto, los agentes fueron llegando y ocupando sus respectivas sillas. Enseguida les daría las órdenes de trabajo. Habían transcurrido dos días desde el levantamiento del cadáver y ahora esperaban los resultados de la autopsia. Por las fotos no hacía falta ser Colombo para descifrar que la chica había fallecido a causa de las heridas producidas por un arma blanca, pero necesitaban comprobar si había sufrido una agresión sexual o si había elementos que denotasen tortura para saber a qué se estaban enfrentando. Y mientras cavilaba todas las posibilidades, el sargento no quitaba ojo a los detalles expuestos en aquella pared.

Justo a su lado estaba Carles García, a quien aún le sobraba peso, aunque durante su ausencia hubiera adelgazado, y el pelo le empezaba a escasear. Tenía sus ojos negros concentrados en la pantalla mientras aporreaba con fuerza el teclado, como si eso fuera a hacer que las letras surgieran en la pantalla con mayor celeridad. Pero es que los mossos, al menos durante los años de formación que compartieron ambos, no solían recibir clases de mecanografía, así que les tocaba aprender cada uno a su manera. En cambio, Xavi comprendió enseguida el daño que suponía a un juez leer un atestado policial plagado de errores gramaticales o sintácticos, por lo que se esforzó en aprender lo que muchos otros policías obviaban. Y eso le llevó a otra conclusión: si no hablas el mismo lenguaje de quien te da las órdenes, este se las acabará dando a otro y ya no volverás a tener su confianza.

El sonido de las sufridas teclas distrajo al sargento, que, tras unos instantes viendo trabajar a su amigo, esbozó una media sonrisa y volvió la vista a las fotografías que colgaban en el panel. Le dio un sorbo a su taza de té y despegó una de las imágenes. En ella se apreciaba una herida punzante en un torso desnudo. Era en la cintura, por el lado derecho, y en la imagen no se veía nada más. Así tenía que ser. Las fotografías de una buena inspección ocular suelen agruparse en conjuntos de tres. La panorámica del objeto, el objeto en sí y, por último, el detalle que se debe observar. Era esta última la que Xavi analizaba con atención. Los detalles ampliados de la instantánea le indicaban que esa herida se había hecho con saña. Pero no solo esa: el cuerpo presentaba treinta y siete heridas agudas de entrada, hechas con algún tipo de arma blanca muy punzante y de doble filo. Muchas de ellas, además, tenían una especie de marcas a ambos lados del filo propias del arma que se había utilizado. Eran, sin duda, de empuñadura, lo cual significaba que el asesino —que Xavi tenía claro que era un hombre— había aplicado mucha fuerza en cada una de ellas. Casi podía sentir su rabia, y eso indicaba una relación entre la víctima y el asesino. Pero era muy pronto para lanzar teorías, y Xavi, además, odiaba que eso se hiciera cuando aún no tenían ni la identidad de la joven. Volvió la vista al mural y obvió, por el momento, las instantáneas que mostraban que el asesino se había llevado trozos de la víctima, además de dejar el tatuaje en la escena del crimen. Se centró, entonces, en el rostro de la víctima y pensó, una vez más, que alguien se había ido antes de tiempo y que habría una familia que iba a necesitar respuestas.

Los agentes, Carol y David, habían salido a entrevistar a los vecinos de la zona donde se había encontrado el cuerpo sin identificar. Edu estaba cotejando la base de datos de desaparecidos para ver si existía alguna coincidencia; era el que más dominaba las bases de datos. En cambio, David, el nuevo miembro del grupo, era un agente veterano no muy amigo de los ordenadores, así que de momento estaba haciendo trabajo de calle. En los últimos años habían sufrido demasiadas pérdidas, por lo que tuvieron que aceptar a uno más para que el trabajo no empezase a ser una carga demasiado pesada para todos.

Xavi continuó observando aquel atroz mosaico de imágenes. La víctima no superaba los treinta y era realmente atractiva, con el pelo rojizo —seguramente teñido—, los ojos de un azul intenso —que aún tenía abiertos cuando la encontraron junto al contenedor— y los pechos operados con un tamaño, quizá, demasiado grande en proporción a su cuerpo.

Cuando un policía investiga un asesinato establece una conexión muy especial con la víctima. Es algo necesario, pero también peligroso, ya que, en ocasiones, el caso puede convertirse en personal. Al repasar su vida y escarbar en ella llega a conocerla demasiado bien. A veces descubre intimidades que ni la propia familia sabe. Estos secretos no se desvelan, se acumulan junto a los de otras víctimas. Los policías los custodian con celo, creyendo que así están a salvo, que al fin la víctima conseguirá descansar en paz. Pero para ello, lo que de verdad tienen que hacer es atrapar al asesino.

Y Xavi Masip entablaba siempre esa relación. No sabía hacerlo de otra manera.

Para él, más que una profesión, el trabajo era su forma de vida. Cuando era parte de un caso dedicaba todo su tiempo a resolverlo; no había espacio para nada más. Algo que no entendió su exmujer, Noemí, a pesar de que jamás se lo había ocultado. Ni tampoco Marta, quien había estado en su grupo cuatro años, hasta que decidieron romper la relación de mutuo acuerdo. Ella acabó por trasladarse a la Unidad Territorial de la Región Policial Metropolitana Sur, al grupo de robos violentos, donde Xavi conocía al inspector jefe, antiguo compañero y quien facilitó el traslado.

Colocó de nuevo la fotografía en la pared y se alejó para ver el diagrama desde otra perspectiva. Gesto que repetiría en el comedor de su casa frente al diagrama prácticamente calcado al de la oficina. Como hacía en cada caso y como había hecho la noche anterior, cuando se abrió una botella de Pago de los Capellanes que le habían regalado un par de meses antes. Esa extraña tradición que cumplía siempre al empezar un caso desde que era responsable de uno de los dos grupos de homicidios de Barcelona. Como era incapaz de desconectar en un caso importante, se hacía esa copia para seguir buscando en casa aquello que se le hubiera escapado en el trabajo. Por su parte, Carles estaba acabando el primer oficio que iban a enviar al juzgado al día siguiente.

Debían ser ya las dos de la tarde. Carol y David estaban a punto de regresar. Le habían avanzado al sargento por teléfono que nadie había visto nada y que volvían de vacío. Solo tenían a aquel hombre que paseaba a su perro y que ya había declarado lo que vio. Si nadie había denunciado aún la desaparición de esa chica, no tardaría en hacerlo alguien. Si hubiera sido extranjera sí habría podido demorarse algo más esa denuncia. Tampoco era una persona indigente ni una desatendida, por lo que pronto darían con su identidad. Pero el tiempo siempre corre en contra de los investigadores, y eso favorece al asesino.

Alguien entró en la sala, y eso hizo que tanto Xavi como Carles se giraran hacia la puerta. Edu le ignoró, concentrado en su base de datos con los cascos puestos y la música de Metálica resonando fuera de ellos. Era un agente de la policía científica y les traía un informe que Xavi había pedido sobre la inspección ocular del lugar donde había aparecido el cadáver. Debía ser nuevo porque ninguno de los dos le conocía. Era delgado, alto y andaba un poco encorvado.

—Sargento... —dijo a modo de pregunta, esperando a que uno de ellos le confirmara quién estaba realmente al mando. Xavi hizo un gesto y el agente se dirigió a él con una carpeta verde.

—Soy el agente Gabriel Muñoz, de la científica. Dice mi caporal que aquí está casi todo.

—Vale, déjalo en la mesa. Gracias.

Pero el mosso no escuchó eso último. Se quedó abrumado observando el mural de fotografías que había en la pared. Carles sabía bien que eso no le gustaba nada a su jefe, era un caso en curso y nadie más que su grupo debía tener acceso a dicha información. Todo el mundo lo sabía, y era extraño que a Gabriel se le ocurriera quedarse mirando, pero era nuevo y quizá necesitaba un estímulo para darse cuenta de su error.

—Gracias, compañero —dijo Carles en un tono más alto de lo habitual, mostrando así su desaprobación.

Pero este no parecía escucharle. Cuando Carles se levantó de la silla con intención de recriminarle, apreció que el joven estaba pálido.

—¿No has visto cadáveres en peor estado que este, tío? ¿No sabes que no se puede husmear en una investigación abierta? —le reprochó.

No dijo nada. Solo se quedó allí, parado, como si no supiera qué hacer. Estaba avergonzado.

El sargento se acercó al agente y lo cogió por los hombros en un intento de hacerle reaccionar.

—No es eso, Carles —le dijo Xavi.

El agente levantó la vista y se encontró con la cara del sargento.

—La conoce.

12

Cuando regresaron al despacho, Carol y David se encontraron a un hombre sentado de espaldas. Carles, quien controlaba desde la puerta cada persona que entraba en la sala, hizo un gesto a la joven indicándole que se acercara.

Xavi desvió la mirada hacia Carol, lo que le llamó la atención a Gabriel, que se giró para ver quién era. Cuando la vio acercarse, se llevó las manos a la cabeza y empezó a moverla en un claro gesto de desaprobación.

—Genial, ahora también lo sabrá mi mujer.

—Gabriel, ¿qué haces tú aquí? —dijo ella, sorprendida.

—De verdad —se dirigió ahora al sargento, ignorándola—, ¿esto no puede quedar en secreto?

—Mira, compañero. Ni te juzgo ni lo haré, pero nunca oculto nada a mi equipo. Dicho esto, si prefieres explicármelo solo a mí, no hay problema. ¡Carles!

Y este, que no necesitaba más palabras, cogió a Carol del brazo y le susurró algo al oído. Gabriel advirtió en ella una especie de sonrisa antes de que cerrara la puerta del despacho. Se sintió incómodo y resopló.

—Y ahora, por favor, ¿a qué se debe este misterio? ¿La chica era prostituta?

El hombre negó enérgicamente.

—No, no. Bueno, no sé a lo que se dedicaba en sus otras horas libres, claro.

—Vale. Vamos a empezar por lo básico. ¿Cómo se llamaba?

—Clarise. Acabado en «e».

—¿Clarise? Clarise... ¿qué?

—No tengo ni idea.

Xavi cerró los ojos, y al abrirlos estuvo a punto de dar un golpe en la mesa al estilo del sargento Brou, pero pensó que era mejor que no. Aunque su paciencia tenía un límite.

—Bien. ¿Cuándo fue la última vez que viste a Clarise?

—Creo que fue el martes pasado.

—¿Dónde fue?

—Bueno —dudó—. En mi casa.

—Ahora entiendo por qué no quieres compartirlo con nadie. Carol conoce a tu mujer, ¿no es así? —Hizo una pausa, pero continuó—. Bueno, ¿y cómo fue el encuentro?

El hombre empezó a moverse nervioso en la silla, negando con la cabeza.

—No, no, no. No me está entendiendo. Ella no estuvo en mi casa.

Xavi se masajeó con los dedos las sienes. Su paciencia se había agotado.

—¿Quieres hacer el favor de explicarme de una puta vez de qué cojones conoces a la chica que tengo en el depósito de cadáveres?

El tono que usó traspasó las paredes prefabricadas de la sala e hizo que García entrara inmediatamente en el despacho para ver qué estaba pasando.

El hombre lo miró, y casi parecía asustado.

—Dice que se llama Clarise, acabado en «e». Pero parece que no sabe mucho más —explicó el sargento a Carles, que cerraba la puerta detrás de él.

—Pero ¡¿cómo voy a saberlo?! Eso nunca lo dicen.

—¿Quiénes? ¿Dónde? —preguntó Xavi con impaciencia.

—En las páginas... —bajó tanto el tono que casi no consiguieron escuchar el final de la frase— de contactos eróticos.

—¿Nos estás diciendo que esa chica es una actriz porno? Por eso tanto misterio. ¿De eso la conoces?

—No levanten la voz, por favor. No es actriz porno. Bueno, que yo sepa. Solo la sigo en su página web y he tenido algún chat privado con ella. Pero nada más, se lo juro.

Xavi y Carles observaron, incrédulos, al joven. El hecho de que visitase páginas porno no debería suponer un problema tan grande con su mujer. Debía haber algo más, y quizá ese algo estaba íntimamente relacionado con el contacto directo que se establecía a través del monitor y aquellas mujeres que aparecían en la pantalla.

—Verán. No se trata de mirar la página como si fueras un adolescente cachondo. Para ver a Clarise debes estar dado de alta. Al principio todo es gratis, claro, pero luego te hacen pagar por tener ciertos... privilegios.

—Comprendo —dijo el caporal.

—No, no. No se confunda, ya se lo he dicho. Nunca la he visto en persona.

—Entonces ¿por qué diablos pagas? —insistió.

—Pues —dudó— para pedirle que haga cosas. Para poder comunicarme con ella. Pero bueno, no me jodan. ¿Nunca han entrado en una de estas páginas?

El silencio le respondió. Un investigador jamás da información personal si no es estrictamente necesario, y si lo hace, es siempre a voluntad, nunca por las preguntas del interrogado.

—Vale, soy un salido. ¿Eso es lo que quieren oír?

—No —le dijo el sargento—. Pero sí todo lo que sepas sobre esa página donde aparecía Clarise. Ya vamos tarde.

13

A pesar de que la franqueza escasea cuando a la gente le supone exponerse, la conversación con Gabriel Muñoz fue productiva.

Aquel mosso llevaba gastados doce mil euros en la página web de Clarise. De ahí la necesidad de mantener en secreto dicha relación ante su mujer. Les explicó que las primeras veces verla era gratuito, pero que si después querías dejarle comentarios o intimar, tenías que pagar con una especie de moneda virtual llamada *token*. Además, existía la posibilidad de que los chats fuesen exclusivos con ella, y eso era lo más caro.

Después de una hora, Edu había conseguido crearse un usuario y acceder a la página web de la joven, que esta compartía con otras chicas. Su perfil llevaba días desconectado, pero aun así se mantenía entre los más votados. Al parecer, se establecía una especie de clasificación.

Tenían que contactar con un tal Antonio, el encargado de la chica. Lo que en otros tiempos se llamaba «chulo» ahora, y en este negocio, se denominaba *webmaster*. Gabriel les había dado una descripción muy detallada, ya que el tipo había acompañado en una ocasión a Clarise en un directo. Se mirase como se mirase, aquello era porno en vivo. No todas las chicas lo hacían, así que justo esto les iba a permitir trazar una serie de líneas de investigación para poder localizarlo. No obstante, se encontraban con la dificultad añadida de que, al tratarse de un negocio online, los participantes podían residir en cualquier parte del mundo, aunque el hecho de haber compartido espacio físico con la víctima les hacía pensar que, al menos, el tal Antonio no podía vivir demasiado lejos.

Además, el cuerpo de Clarise lo encontraron al lado de un contenedor cerca de la avenida de Pedralbes, por lo que su asesino tuvo que haberla subido a un coche para llevarla hasta allí. El testigo no lo había visto, pero seguramente había sido un vehículo lo bastante grande para trasladarla o hacerle allí todo lo que le hizo. El método, la disposición de la escena y que nada estuviera aparentemente fuera de lugar indicaban que se enfrentaban a un psicópata que, como poco, era muy organizado; el tipo que representaba un mayor reto para el sargento.

Xavi fue hasta el diagrama y repasó la escena del crimen, ya que él no había podido visitarla por estar en ese momento fuera de servicio. Analizó de nuevo las fotografías. La chica estaba envuelta en una sábana de color rosa y, a su vez, en dos bolsas de basura gigantes. La sábana le cubría el cuerpo a excepción de uno de los brazos. En concreto, el izquierdo. La cara estaba libre de lesiones, y una expresión de pánico permanecía congelada en su rostro, como si el asesino quisiera mostrar su obra. La sábana que la tapaba estaba impregnada de sangre y solo cubría aquello que el asesino no quería mostrar de primeras; los trofeos que se había llevado. Le faltaban dos dedos del pie izquierdo, el tercero y el cuarto, es decir, el del medio y el de su derecha. También algunos trozos del muslo izquierdo y casi todo el glúteo derecho. Y supuso que aquel era el motivo de su regreso. Aquello no tenía buena pinta.

Gabriel Muñoz había puesto a trabajar a Edu y a David en la búsqueda y localización del *webmaster*. Para identificar a la joven no les hizo falta hallarlo, lo consiguieron gracias a Carol. Se acercó al mural con su teléfono móvil y lo puso muy cerca de la imagen de la cara de Clarise. Se giró hacia el caporal y miró hacia el despacho del sargento, que tenía la puerta abierta, antes de decir:

—Xavi, Carles, chicos —los llamó observando aún la pantalla de su teléfono—. Creo que la tengo. Se llama Aurora Estévez Guijarro.

—¿Cómo lo has conseguido? —preguntó sorprendido David.

—Viene en nuestro Twitter.

—¿Qué?

—Han puesto una alerta por desaparición en nuestra cuenta oficial —les respondió enseñando el tuit, aunque a la distancia a la que estaba era imposible que vieran la foto que les mostraba—. Es de la unidad de investigación de Terrassa. No tengo dudas. Es ella.

14

Al inspector Manel Márquez le apodaban el Chincheta. Una mofa sobre su estatura que no hacía justicia al profesional que era. Sentía afecto por el sargento Masip y era su jefe desde hacía ocho años. Incluso habían coincidido en destinos anteriores.

Le llamó al despacho a primera hora de la tarde porque la situación se estaba volviendo insostenible. Por la mañana, aun habiendo conseguido tomar el café con buen humor, vio como su entusiasmo se esfumaba al recibir la llamada de la Oficina del Portavoz de los mossos. Una periodista más informada de lo necesario preguntaba por el asesinato de una mujer del mundo del porno por internet. Demasiado morbo para dejarlo pasar.

Mientras esperaba a que llegara el sargento, lamentaba la evolución digital que el mundo estaba siguiendo. Años atrás, la crisis que se avecinaba hubiera podido retrasarse hasta el telediario de la noche o, incluso, hasta la salida de la prensa del día siguiente. La necesidad de información inmediata y la de los propios periodistas por dar la noticia antes que nadie estaban acabando con el medio tradicional, y por ende con su propio oficio, puesto que cada vez se vendían menos diarios al estar disponible toda la información al momento y a través de cualquier dispositivo con conexión a internet. A veces difundida por gente que ni siquiera eran periodistas. Y esto ocurría en el país del «¿Por qué pagar si lo puedes conseguir gratis?».

—Pasa, Xavi —le animó Manel al verlo en la puerta de su despacho—. Cierra, por favor.

El sargento se sentó delante de él y el inspector cerró los ojos antes de hablar.

—Me estoy haciendo viejo, Xavi.

—Vamos, hombre, si apenas has pasado de los cincuenta.

—Cincuenta y cinco. Me acerco a la edad de la segunda actividad. No sé...

—¿No lo dirás en serio?

El hombre se pasó la mano por la frente.

—Desde el 2017 esto es un sinvivir. Ya sabes... Atentados, *procés*, los altercados por la sentencia del *procés*, covid-19, las protestas por el rapero ese, el tal Hasan...

—Creo que no se llamaba así.

—¡Qué más da!

Xavi bajó la cabeza asimilando, así, todos los sucesos que habían puesto al cuerpo de mossos al límite durante los últimos cuatro años.

—Perdona, sé que no debería mencionar los atentados puesto que tú estabas en la Rambla aquel día, pero...

—Mira, Manel —le cortó—, todos hemos pasado lo nuestro, y eso que algunas cosas las unidades de policía judicial las hemos vivido desde la barrera, pero no sé si es el mejor momento para tener dudas. Te necesito entero.

El inspector suspiró y se encogió de hombros. Le llamaba para darle ánimos y era él el que los estaba recibiendo. Resopló y meneó la cabeza, y con ese gesto pareció recomponerse.

—Y tú, ¿cómo lo llevas?

—¿Lo mío? No interferirá en la investigación, ya lo sabes.

—Claro que lo sé. Pero ¿cómo estás?

Xavi se levantó de la silla del despacho y fue hasta un marco con fotografías que el inspector tenía colgado en la pared. Era la clase de su curso de inspector, y en ella aparecían todos los alumnos de su grupo.

—¿Sabes que tengo una de mi curso de sargentos que no he colgado nunca en la pared?

—No eres el único. Hay algunos que lo hacen y otros que no.

—Fui a la misma clase que Brou. Allí lo conocí.

El inspector no dijo nada.

—Oye, ¿sabes si de verdad fue el *major* Trapero el que ordenó mi reincorporación? Es solo curiosidad. El comisario de Barcelona no me lo dijo.

—Si no fue él, debió ser Estela. Da lo mismo. Sigo pensando que actuaste correctamente, y supongo que ellos también lo creen. Aunque... —dudó si continuar—, qué leches. Vigila a la sargento Morales, de Asuntos Internos. No ha digerido bien lo de tu reincorporación.

—Continúa convencida de que soy un asesino calculador y despiadado, ¿verdad? —dijo con sorna.

—Qué más da lo que piense. Solo ándate con ojo. Los jefes, los que mandan, creen en ti. Eso es lo importante.

—A ver si también lo cree la fiscalía.

—Eso, como bien saben los mismos que has nombrado antes, no lo podemos arreglar nosotros. Solo podemos trabajar con profesionalidad, que es lo que hacemos siempre.

Xavi volvió a sentarse delante del inspector. Le había cambiado la cara, se iba a centrar en el caso.

—Vale. ¿Qué me traes?

—Ya has visto las noticias, ¿no?

—Pues no, pero hemos verificado la identidad de la chica.

—Sí, claro. La prensa también lo ha hecho.

—¡Pasa de la prensa! Vamos en la buena dirección.

—Bien, sí, esto es un avance. ¿De verdad se dedicaba al porno por internet? ¿Lo podemos confirmar?

—Sí, pero no tengo claro que esto sea un hecho aislado.

—¿En qué te basas?

—En los trofeos. Se ha llevado partes de la chica, pero nos ha dejado un dragón hecho de papel.

—Dios santo. ¿Qué partes se ha llevado? No me quedé hasta el final del levantamiento.

—Dos dedos del pie izquierdo —se paró un segundo— y algunos trozos del cuerpo.

El inspector cerró los ojos antes de preguntar.

—¿Eso quiere decir que seguirá matando?

—No lo sé, pero ¿el que empieza una colección que lleva tiempo esperando se para con el primer sobre de cromos? Estoy seguro de que este asesino ha empezado algo que en su mente llevaba tiempo fraguándose. No sabemos aún qué ha sido el detonante, pero creo que esto es solo el principio. Y eso dando por hecho que la chica es la primera, claro.

—¡Joder!

—Quizá me equivoque.

—Lo dudo —le contestó mientras revisaba el teléfono—. Pero ¿cómo coño han...?

—¿Qué pasa?

Espiró aire con fuerza.

—Lee.

El sargento cogió el teléfono que le ofrecía y vio la noticia de un diario digital.

«La mujer asesinada en Barcelona era una estrella del porno por internet», rezaba el titular. En la noticia se podía leer que el asesino la había tirado junto a un contenedor y que le faltaban algunos dedos.

—Esto no ha salido de mi grupo. Tenemos que hermetizarnos. ¡Y deja de dar novedades del caso a los superiores!

—No puedo hacer eso, Xavi.

—No te digo que no se lo expliques al comisario o al *major*, pero sí que no cuentes nada a los demás. No podemos trabajar con filtraciones que solo benefician al asesino. Esto no ha hecho más que empezar, y aquí todo Dios conoce a un periodista. El caso está bajo secreto de las actuaciones, no tienes que dar parte a nadie.

—Esto no sale de los mandos, te lo aseguro. El *major* o el comisario jefe acabarían con ellos si hubiese ocurrido así.

El inspector se frotó la base de la nariz y respiró hondo.

—Mira —continuó el sargento—, lo que sé hasta el momento me tiene un poco a oscuras. El asesino dejó como firma un dragón de papel. Se aseguró la relación de ese objeto con la víctima por el tatuaje que le arrancó e introdujo en una bolsa. Pero lo dejó separado del cuerpo y dentro de un contenedor. —Paró de hablar e hizo un gesto con la mano para sí mismo—. Podría no haberlo visto nadie y haberse perdido entre los desechos.

—Bueno, yo estuve allí. Se le veía el brazo, y enseguida se dieron cuenta de que le faltaba un pedazo en el hombro. Por lo que me dijeron tus agentes, dejarlo a la vista fue premeditado.

—Esto no lo dudo. Pero entonces ¿por qué no buscó un lugar más fácil donde mostrar su obra sin arriesgarse a que se perdiera la oportunidad de exhibirse? ¿Por qué dejó su firma lejos del cadáver con el riesgo de que pasara inadvertida?

—No sé qué decirte. Tú eres el experto.

—Solo estoy lanzando preguntas al aire que aún no sé contestar.

—Entiendo que prevés más víctimas.

—Claro. No tengo dudas. Las preguntas que me hago no van encaminadas a eso.

—Entonces ¿a qué?

—Me pregunto si ya ha habido otras chicas que no descubrió nadie. Es decir, que se las llevó el camión de la basura.

—¿Cómo?

—No tengo claro si también quería que este cuerpo fuese al contenedor, si al ser sorprendido por el testigo no pudo tirarlo y se vio obligado a dejarlo allí.

El inspector detuvo la conversación mientras analizaba las palabras del sargento. Solo le venía a la mente una pregunta.

—¿Crees que hay más víctimas que se dediquen al porno en internet?

—No, creo que eso lo sabríamos. Si las hubiera, alguien habría denunciado su desaparición. Lo de ahora es una evolución, eso lo tengo claro, pero también tenemos que descubrir por qué se ha producido en este momento. ¿Por qué ahora ha sido esa chica el objetivo? Por eso me planteo que haya podido empezar antes. Ha sido meticuloso, no ha dejado huellas y tan solo hay un testigo lejano, que no aporta demasiado y que corresponde al factor suerte; esa parte de cualquier plan que nadie puede controlar.

Los dos guardaron silencio, y el sargento se levantó para irse.

—Ya te informaré. Si no tienes nada más que decirme...

—No. —Hizo una pausa—. Me alegra tenerte de vuelta, Xavi.

—Y a mí volver, Manel.

15

Dos horas más tarde, los mossos de homicidios de Barcelona estaban en casa de Aurora Estévez Guijarro, conocida en el mundo de las *webcammer* como Clarise. Era un piso en la mejor zona de Terrassa, en pleno centro y cerca de la plaza Vella. La vivienda, que tenía tres habitaciones y dos baños, estaba decorada con buen gusto. Lo que más llamaba la atención era una habitación en especial. Una que se podría haber confundido con un plató de cine. En ella había dos focos dirigidos hacia una cama redonda y una cámara de vídeo conectada a un ordenador portátil que reposaba en un escritorio pequeño y ubicado al fondo. La cama era grande y estaba deshecha. Clarise se había ido o se la habían llevado a la fuerza. Un mosso de la científica hacía fotografías de todos los objetos que había en la mesilla de noche junto a la cama. Consoladores de muchas formas y medidas, cajas de preservativos y lubricantes en gel. Xavi y Carles observaban sin acercarse esperando a que su compañero terminara de documentar la escena, aunque allí no había una gota de sangre. Por lo que les habían adelantado los mossos de la unidad de investigación de Terrassa, el asesinato se había producido en otra habitación. Posiblemente, donde ella dormía cuando no estaba frente a la cámara. Una forma de aislarse de su trabajo y dejarlo separado de su vida privada. Vieron claro que allí no iban a encontrar respuestas, así que dejaron a aquel mosso acabando de hacer su trabajo y se dieron una vuelta por el resto del piso. No había nada fuera de sitio, o al menos eso parecía. La mujer tenía fotografías colgadas en la pared. En todas salía ella; parecían de sesiones como modelo, pero ninguna indicaba que tuviera familia. Pese a haber comprobado que así era.

Masip y García se detuvieron frente a la única puerta del piso que permanecía cerrada. Aunque estaban acostumbrados a ver de todo, sabían por experiencia que es bueno detenerse a respirar antes de entrar en el infierno. Solo unos pocos segundos, lo justo. Los dos llevaban guantes de látex y los respectivos protectores de plástico en los zapatos para no dejar sus propias huellas. Carles miró a su amigo antes de abrirla. Dentro no se veía nada. Estaba completamente a oscuras, con la persiana bajada y la luz apagada. El caporal buscó el interruptor y lo pulsó. No funcionó, así que sacó una linterna y alumbró el interior. El impacto le hizo retroceder medio paso al ver la escena que se revelaba ante ellos. Una cama deshecha empapada en sangre, que también se esparcía por las paredes en forma de salpicaduras.

—Por Dios. Joder.

—Creo que eso es lo que el asesino buscaba cuando bajó la persiana y dejó la habitación completamente a oscuras. Espera —le dijo señalando las lámparas de las mesitas—. Creo que ha desconectado la luz de los ojos de buey del techo, pero...

Xavi encendió las lámparas y estas sí que iluminaron la habitación.

Una luz tenue acentuaba el color rojizo de la sangre en las

paredes. El caporal apagó la linterna para observar lo que el asesino quería mostrarles.

—Qué hijo de puta. Vaya visión más tétrica y escalofriante.

—Está firmando su obra. Nos muestra de lo que es capaz sin ni siquiera dejar un cadáver en la escena.

—Sargento...

Masip se giró hacia el mosso que reclamaba su atención desde fuera de la habitación.

—No hay ni una sola huella. Ni siquiera en los picaportes o los interruptores. Las intenté revelar allí porque, como no tengo aún las de la víctima, así podría distinguir las que fueran diferentes. Pero nada de nada. Ni una. Ni siquiera las que tendría que haber dejado la persona que vivía aquí. Alguien ha limpiado la casa.

—¿Has pasado el Bluestar por la cama?

—Sí. Y hay restos de semen, además de la sangre que se ve a simple vista.

—Está bien. Buen trabajo, compañero. Gracias.

Xavi se apartó con Carles a un rincón.

—¿El asesino se entretiene en limpiar las huellas y nos deja restos biológicos que lo condenarían como autor en cualquier sitio?

—Creo que solo nos dificulta la investigación. Debe tener algún antecedente y sabe que conservamos sus huellas, pero no su ADN.

—Pero también podría haber echado lejía o algún producto para destruir su rastro biológico, o intentar quemarlo todo como el malnacido de L'Hospitalet de hace unos años, ¿no te parece?

—Claro, pero a aquel hijo de puta no le salió bien, aunque en este caso, eso haría que se estropeara su obra. ¿No ves qué cuidado está el escenario? ¿Lo impactante que resulta? Quería que lo viéramos así.

—Qué zumbados están, Xavi. No consigo entenderlos después de tantos casos.

—Eso es bueno. Créeme.

El caporal se quedó pensando en estas palabras de su amigo. Le conocía bien y siempre le había asombrado la capacidad de Masip para entender cómo piensan los psicópatas. Todos tenemos un lado oscuro, como decía Eduardo, un amigo común de los dos, y el del sargento estaba orientado a un mundo perverso que él se alegraba de no conocer. Porque sabía bien que, en el fondo, eso era lo que no dejaba a su amigo dormir muchas noches. Lo miró mientras este observaba la escena concentrado, y recordó el tiempo que habían compartido y que nunca le había fallado. Entonces rememoró las historias de su superhéroe favorito de cuando era niño y lo parecidos que eran su amigo y Bruce Wayne, el *alter ego* de Batman. Más que superhéroe, un justiciero porque, en aquellas páginas de papel que tanto le gustaban de niño, alguien tenía que llegar donde incluso la ley era incapaz de hacerlo. Cuando se hizo policía y empezó a trabajar tomó conciencia de que hay una línea muy fina entre el policía corrupto y el agente demasiado implicado. Este último no saca ningún provecho, pero a veces su determinación puede llegar a hacer que algunos honrados traspasen esa línea. Incluso sin ser conscientes de ello. Pero claro, eso siempre, como en aquellos cómics y a pesar de los buenos propósitos, acaba por tener consecuencias. En ocasiones, devastadoras. Sonrió pensando que si su amigo hubiera sido Batman, él nunca habría podido ser Robin, por sus veinte kilos de más. En todo caso, le habría tocado ser Alfred o el comisario Gordon. Dos personas que nunca iban a abandonar a aquel que lucha por la justicia, aunque esta, a veces, no sea precisamente justa. Aunque tuvieran que apartarse del camino para que la ley llegara a quien más lo necesita. Aunque eso significara, a veces, romper tus propios principios. Por suerte, en un mundo donde la maldad campa a sus anchas, siempre hay gente dispuesta a hacer ese sacrificio personal y otras que le ayudan a no perder el norte en pleno temporal. Al final, lo que importa es si después eres capaz de dormir por la noche. Y a pesar de que su jefe arrastraba sus propios demonios, el caporal García nunca había tenido problemas de sueño.

16

Muy lejos de allí, Míriam Albó peinaba como un autómata el pelo liso de su melena rubia con reflejos. Lo hacía observando cómo su juventud se iba marchitando sin remedio. A pesar de sus veintisiete años recién cumplidos, sabía que no podría continuar haciendo eso mucho tiempo más. O que no debería. Pero en aquello se había transformado su vida y, aunque se preguntaba cómo había podido acabar así, nunca se permitía la respuesta.

Se maquilló los ojos y se pintó los labios con el color que le encantaba a Pedro. En realidad, ese era el *nickname* que utilizaba, «Pedro165». Un rojo intenso. Siempre se lo pedía, y ella, a veces, aceptaba sus sugerencias. Y las de muchos otros. Miles.

Se levantó de la silla del tocador y vio la cama grande y bien hecha donde no dormía, pero en la que pasaba la mayor parte de la tarde hasta bien entrada la noche. Le gustaba separar el trabajo de su vida privada y prefería dormir en la otra habitación del apartamento. Aquello no era más que un decorado falso, tal y como ella lo percibía durante muchas horas al día. Como cuando aceptaba esas sugerencias de Pedro, de «JuanXXIII» o del usuario «Cachondo023». Durante esas horas ella les pertenecía, a pesar de estar sola en la habitación con la única compañía de una cámara de vídeo y una buena conexión a internet.

Miró el reloj y vio que aún le quedaban unos minutos de descanso. Se fue a la ventana del comedor y abrió los postigos de madera blanca. Con nostalgia, se reclinó sobre la poyata y observó el Mediterráneo que se extendía en el horizonte. Respiró la brisa marina de aquella hora de la tarde, vio los barcos amarrados y soñó, por unos segundos, que se perdía mar adentro. Sola o quizá con su mejor amiga, pero desde luego sin hombres a bordo. Cerró los ojos un instante, pero se levantó rápido al darse cuenta de que no podía perder más tiempo. En breve empezarían las conexiones y aquel día, además, esperaba a un invitado.

Cerró de nuevo la ventana y se dirigió a una mesita que tenía cerca de ella. Abrió un cajón y sacó un bote pequeño del que extrajo un polvo blanco que depositó en la superficie en forma de raya. Lo esnifó y esperó a que la droga se filtrara por su nariz hasta llegar al organismo. Miró sus pechos y se los arregló para igualarlos en un sujetador palabra de honor que le iba a durar muy poco tiempo puesto.

Alguien llamó a la puerta. Se puso un camisón, respiró hondo y observó por la mirilla. Un chico de poco más de veinte años esperaba detrás de la puerta.

—¿Eres Diego?

—Sí —dijo tímidamente intentando esconder que aquel no era su verdadero nombre sin saber qué le esperaba detrás de aquella puerta.

Míriam cambió la cara y la iluminó con una sonrisa. Empezaba la actuación, y aunque la mayor parte de las veces le resultara repulsivo, aquel era su trabajo y necesitaba dejar atrás cualquier tipo de emoción. Era una cuestión de supervivencia.

Abrió la puerta, le dio dos besos y le dejó entrar. El joven se quedó en el recibidor, pero pronto lo hizo pasar a una habitación contigua, justo al lado de la entrada, donde había improvisado una recepción con una silla y una mesita. Le llevó una Coca-Cola y un vaso y le indicó que se sentara. En ningún caso le iba a permitir acceder al resto de la casa. De allí, directo a la habitación. Y fuera.

Le explicó cómo iría la cosa y él asintió sin rechistar. Se le notaba algo nervioso, pero Míriam le dijo que se relajara y que se dejara llevar. Le entregó el material y le explicó que, sobre todo, se pusiera la máscara que le había pedido que trajera consigo. En la otra ocasión en la que había hecho un sorteo, el tipo había llevado una de Drácula. Pero aquella vez, todo había sido un montaje de su *webmaster*, y el ganador era un amigo del negocio. Incluso alguno de sus seguidores se había quejado, convencido de que el sorteo no había sido real. Ahora sí era un desconocido, y era ella la que lo orquestaba todo. Otro reto más para Míriam. La número uno.

El chico le mostró una bolsa. No había olvidado la máscara. Le dijo que era para proteger su intimidad, pero en realidad a ella le daba igual. No verle la cara le ayudaba, y así evitaba también tener que besarle.

Mientras miraba la hora en su móvil cerró la puerta de la habitación pequeña dejando dentro a su invitado y se dirigió rápido hacia la habitación más grande. Tocaba entrar en aquel decorado para el disfrute artificial de muchas miradas lascivas a las que ella no tenía acceso.

Se tumbó en la cama y con el mando a distancia activó la conexión. Tenía un televisor de plasma de cincuenta y cinco pulgadas donde se veía a sí misma. En el lado derecho podía ver también los *nicks* de las personas que se conectaban y le enviaban mensajes en tiempo real. Estos aparecían en el lateral de la pantalla. Cogió el lubricante y untó el consolador. Empezaba su espectáculo.

Casi media hora más tarde, y después de simular dos orgasmos, escuchó un ruido que provenía del comedor. Pensó en que quizá no había dejado comida suficiente a su gato y no recordaba si tenía la ventana abierta para que pudiera salir y entrar libremente. No podía moverse en aquel momento puesto que aún le quedaban bastantes minutos de conexión, y ya le pedían un anal. Pero tendrían que esperar. Sin desvelarles lo que era, les dijo a sus admiradores que había llegado la hora de entregar el premio que había sorteado días atrás. Había un ganador que iba a disfrutar del trofeo que era ella.

El chico esperaba en la habitación contigua y no perdía detalle de la actuación de Míriam a través de su móvil. Aquella era la llamada que esperaba y con la que había soñado. Se tenía que poner una máscara, lo que le quitaba presión, por mucho que se dijera a sí mismo que sería capaz de hacerlo sin ella. Puede que se le diera bien y además estaba bien dotado. Había llegado su momento. Según se terciara, se la quitaría como ganador y sería envidiado por medio mundo. Aunque eso no le convenía.

Míriam esperaba en la cama. Ya tenía que haber entrado. Le hizo un comentario juguetón a uno de sus seguidores a través del chat mientras se disponía a satisfacerlos. La puerta se abrió y Míriam se dirigió a la cámara.

—Esto es lo que queríais, ¿no? Alguien va a recibir su premio.

Ella vio como se aproximaba a la cama con caminar titubeante. Llevaba la máscara puesta e iba completamente vestido. No era la máscara que le había dicho que llevaría, y aunque eso la decepcionó, ya era tarde para decirle algo. Decidió continuar.

—¿Aún no estás desnudo? —preguntó en un tono travieso—. Te dije que solo te pusieras la máscara. Eso lo arreglamos ahora mismo ¿verdad? —resolvió dirigiéndose a la cámara.

Los mensajes aparecían en la pantalla a un ritmo tal que le era imposible leerlos y contestarlos. Estaba volviendo a triunfar y sería de nuevo la reina de la página web.

Quien llevaba la máscara pasó delante de la cámara, dejándola a su espalda, y se quedó mirando a Míriam, que empezó a advertir que algo no iba bien. No decía nada y solo la miraba sin moverse. Con una mano, enfundada en un guante negro, se subió la máscara y permitió, así, que solo ella pudiera verle la cara.

Míriam palideció al instante.

—No. Por favor... —solo fue capaz de decir.

Los usuarios aplaudieron aquel giro de guion y pensaron que Míriam, que siempre se superaba, les estaba ofreciendo algo diferente. Una actuación que, pese a que muchos la tachaban de falsa, era lo que querían. Una fantasía por la que pagaban. Aquel afortunado había conseguido el premio gordo. Míriam les decía a menudo que un día iba a sortear una noche con ella diferente, y esos días su popularidad subía como la espuma. Pero algo no iba bien. Míriam estaba pálida, como bloqueada, mientras los comentarios se sucedían en el lateral.

«¿Cómo la tiene de grande, que pones esa cara? Jajaja».

«Dale caña, colega».

«Dale duro, *bro*».

Se volvió a bajar la máscara y, antes de que Míriam pudiera decir nada más, le enseñó un cuchillo. Ella no tuvo tiempo ni de gritar.

Sin saberlo, sus miles de seguidores iban a ver a través de sus pantallas un acontecimiento único que les costaría olvidar. No estaban preparados para aquello y no alcanzaron a comprender qué pasaba hasta que fue demasiado tarde. Cuando vieron el cuchillo hundirse en el cuerpo de la chica, algunos no pudieron soportarlo y apagaron el ordenador. Otros se horrorizaron viendo como recibía puñaladas una y otra vez.

Otros no se perdieron el espectáculo.

17

Cristina Espejel había salido a correr un poco. Aún no podía hacer todos los kilómetros que le gustaría, pero se conformaba con unos pocos. Sudar y meterse en la ducha. Eso la ayudaba a coger aire y centrarse en las cosas importantes. El atardecer en Cadaqués era algo difícil de superar en cuanto a belleza natural, y tenía suficientes rutas para disfrutarlo.

Dejó el coche aparcado y enfiló la avenida Verge del Carme hasta el camino de la Cala Nans, que llega hasta el faro homónimo, para después regresar por el mismo recorrido. Era una ruta corta de algo más de seis kilómetros en total, pero con constantes desniveles. La panorámica, sin embargo, merecía el esfuerzo, puesto que el camino bordeaba la costa y tenía una vista privilegiada del mar.

Hacía poco que se había reincorporado a su trabajo tras unas semanas de desconexión. Antes había venido el cambio de trabajo, de domicilio y de vida. «Antes» era un tiempo demasiado pasado como para no querer olvidarlo.

Subió por un repecho intentando recortar la zancada, pero notó que le faltaba el aire. Era normal, los reinicios siempre son difíciles. Tras recuperar el aliento en una parte más llana, contempló el mar azul y la costa agreste. Le pareció una visión reparadora. Cuando llevaba casi tres kilómetros llegó al faro, donde paró unos minutos para estirar los músculos.

El sol empezaba a ponerse y miró al horizonte con una sensación plena, esa que proporciona la dopamina. Estaba en el punto de retorno y debía prepararse mentalmente para la vuelta, para afrontar las cuestas que ahora encontraría. Aquellas que antes había subido ahora tendría que bajarlas, y viceversa. Pero no le importó en absoluto. Si algo le había enseñado el atletismo de competición era a prepararse mentalmente para afrontar retos. Cuánto la había ayudado el deporte y cuánto le agradecía que la hubiera hecho capaz de tomar la decisión más importante de su vida.

Pero ahora se enfrentaba a un reto muy distinto: la aceptación. Y era consciente de que la acogida dependía en gran medida de su entorno. Su madre hacía años que lo sabía y, a pesar de la sorpresa inicial, estaba de su lado. En cambio, al que más le había costado encajarlo fue a su padre. Aquel hombre no pudo pronunciar ni una sola palabra cuando su hija, entonces llamada Joan, les comunicó que se sometería a una operación de reasignación de sexo. Desde aquella conversación, hacía ya un año, apenas había vuelto a hablar con él. Tan solo dos veces, y siempre por teléfono. Su padre aún no conocía a su hija.

Cristina se enfrentó a las últimas pendientes de tierra con las pulsaciones altas justo antes de alcanzar la zona asfaltada de la carretera que la devolvía a la civilización. Dejaba atrás aquellas vistas y aquella calma que solo le proporcionaba el sonido de las pisadas de sus zapatillas deportivas y su propia respiración. Aquel día, como todos los que solo quería escucharse a sí misma, no había llevado cascos para oír música.

Su reloj inteligente marcaba el final del recorrido a escasos cien metros de su coche; la distancia justa para bajar las pulsaciones. Y mientras se encaminaba hacia él, aprovechó para estirar las piernas y los brazos tras el esfuerzo. Notó que su teléfono móvil vibraba. Miró la pantalla y vio que era su jefe.

—Dime que estás en Cadaqués —le pidió sin esperar respuesta.

—Sí, estoy aquí. ¿Dónde iba a estar?

—Pues ve cagando leches a la dirección que te enviaré ahora a tu móvil junto con un enlace. Ábrelo en cuanto cuelgue y comprenderás la urgencia.

—Cálmate. Además, vengo de correr. Apenas tengo en el coche una toalla y algo de ropa deportiva para cambiarme. Tendría que ir a pegarme una ducha y...

—¡Déjate de duchas y ve allí ahora mismo, joder!

El tipo colgó el teléfono sin dar la oportunidad a Cristina de quejarse de nuevo. Odiaba que hiciera eso.

Cristina alcanzó el coche y notó de nuevo una vibración, esta vez doble, en el bolsillo de su cortavientos. Abrió WhatsApp con curiosidad por saber qué sería tan urgente que ella no pudiera ni pasar por su casa a ducharse. Leyó la dirección de un domicilio cerca del puerto de Cadaqués y se estremeció. Le sonaba esa calle, en un pueblo pequeño todo está muy cerca. Abrió el archivo y le dio al *play*. En el vídeo aparecía una chica en una actitud claramente provocativa. Palideció. Casi se le cayó el teléfono de las manos al prever lo que estaba a punto de acontecer en la pantalla de su móvil cuando vio a un tipo con una máscara. A pesar del tamaño de la pantalla, intentó centrarse en la expresión de la joven y se llevó la mano a la boca de manera involuntaria. Después vinieron los gritos y la sangre, y comprendió entonces que el día no había hecho más que empezar y que iba a ser muy largo.

18

El sargento llegó a su casa pasadas las siete de la tarde. El día no había ofrecido muchos avances a la espera de la autopsia, pero habían logrado identificar a la víctima. Casi todos los del equipo llevaban un día sin dormir desde el hallazgo del cadáver, por lo que les había pedido a todos que se fueran a descansar, salvo a David, que, al no haber estado en el levantamiento, se quedaría hasta la noche por si saltaba alguna novedad. Al día siguiente era importante localizar al *webmaster* de Clarise y hablar con la familia de la chica. Les acababan de comunicar la noticia de su muerte y, según sus colegas de la unidad de investigación de Terrassa, era mejor que aquella tarde les dejaran asimilarlo. El sargento estuvo de acuerdo.

Colgó la chaqueta en el perchero y recordó que, aunque no tuviera hambre, debía obligarse a cenar alguna cosa. Se acercó a la pizarra de plástico, de metro y medio de ancho y uno de alto, que, a modo de cuadro, decoraba el comedor del apartamento. Sacó de su carpeta los datos de Aurora con la denuncia por desaparición que algún familiar había interpuesto en la comisaría de Terrassa. Esto les había guiado hasta Aurora, su nombre verdadero. Otra víctima más de la maldad humana. Y de allí hasta su casa, lugar desde el cual retransmitía el contenido pornográfico que protagonizaba. Se dedicó durante un rato a ver en su ordenador la página donde se alojaba el perfil de Clarise, gracias al enlace que le había facilitado Edu. Allí había cientos de chicas mostrando y vendiendo su intimidad a cualquiera que pudiera pagar por ello. Se preguntó cómo podían llegar a eso aquellas jóvenes. Era inevitable en su trabajo preguntarse cómo algunas personas acababan en situaciones en las que jamás pensaron que se encontrarían. Unas veces, por malas decisiones combinadas con la mala suerte, para el que crea en ella. Otras, porque se lo habían ganado a pulso, sin que la suerte hubiera tenido nada que ver. Una suerte en la que Masip no creía. Se inclinaba más a pensar que todo acababa dependiendo de las decisiones de cada uno. Como les sucedió a Brou y a él al responder un aviso que no era de su competencia y que los había llevado a un lugar que no imaginaban cuando salieron de la jornada de formación en el edificio central de los mossos. A su vez, esto fue algo que evitó que otra patrulla del cuerpo policial se encontrara con aquel marrón.

Así de simple, las decisiones y sus consecuencias.

Dejó el ordenador y el mundo sórdido de donde provenía la víctima. Necesitaba ordenar su cabeza. Desde que se había hecho cargo del caso, el futuro *post mortem* de aquella mujer había pasado a ser su responsabilidad.

Empezó a estructurar todos aquellos datos en su diagrama particular de manera minuciosa. De una fotografía de Clarise, en la que aparecía sonriente, salían diversas líneas a rotulador que llegaban a otras, como la imagen solitaria del contenedor donde la hallaron. De esta, a otra con el cuerpo junto a la basura. Al otro lado, el detalle de los dedos del pie con las dos falanges amputadas. Del escenario que había dejado el asesino en su propia casa, a varias que hacían referencia a su familia y su página web. En definitiva, en aquellos detalles notables para la investigación se resumía de manera literal la vida y la muerte de la víctima.

El sargento abrió un paquete de Donettes rayados, sus favoritos. Después volvió a la nevera y sacó la botella de vino que había abierto el día anterior y se sirvió una copa. Aún le quedaba para otra, pero la guardó. No iba a beber más que una. Regresó al salón y se quedó en la entrada observando el esquema de relaciones del caso.

Advirtió que una de las líneas que salían de la cara de la chica llegaba hasta un interrogante. El *webmaster*. Tenían que localizar a aquel tipo.

Xavi había utilizado solo una parte de la pizarra. Sabía bien que era muy probable que aquel no fuera sino el principio. Cuando un asesino de aquellas características empieza solo tiene una opción: continuar satisfaciendo sus instintos más primitivos. Se preguntó también a qué respondía que se llevara los dedos. Por qué aquellos dos en concreto. Y que lo hiciera asimismo con otras partes del cuerpo era desconcertante. En cualquier investigación, todo es cuestión de hacer las preguntas adecuadas para encontrar las respuestas.

Salió de sus pensamientos al notar que vibraba su teléfono móvil en el bolsillo. Era Carles, su amigo.

—¿Dónde? —respondió directamente el sargento al teléfono.

—Joder, Xavi, con tu sentido ese. En Cadaqués.

—Vale. ¿Cuándo ha sido?

—Hace muy poco. Y no te lo pierdas, esta vez la ha matado mientras hacía un directo.

—¡No me jodas!

—Sí, se ha vuelto viral, y ha ocurrido hace tan solo hace veinte minutos.

—Vale. Llama a Carol y que me recoja. Mejor quédate aquí y mañana por la mañana visita a la familia de la primera víctima en Terrassa. Ya sé que los de la unidad de investigación de allí han hablado con ellos, pero será mejor que vayas tú. Necesitamos saber de su vida, ya sabes.

—Carol está en camino. Me adelanté —le dijo mientras dejaba ir una especie de risa.

—Estupendo. ¿Ves como no es nada especial saber qué se espera de los demás?

—Sí, claro —rio el caporal.

—Por favor, búscanos un hotel o míranos algo por allí. Cadaqués no es barato y aunque ya casi estamos fuera de temporada, no sé cómo estará el tema. Lo que nos dé una dieta.

—No te preocupes. David ya está en ello desde la comisaría y se lo mandará a Carol. No creo que podáis volver esta noche a Barcelona.

—Gracias, Carles.

—Qué, ¿no lo echabas de menos?

—Por desgracia, sí.

19

Entrevista. Grupo de asistencia psicológica.
Parte de registro 3 de 8

La psicóloga paró de apuntar un momento. Xavi se había detenido en la explicación y no sabía bien si tenía que continuar.

—No sé si es mejor que vayamos a donde parece que no quiere ir, sargento.

Xavi levantó la cabeza y le devolvió la mirada.

—¿No quiere que sigamos en el piso de Barcelona?

—Claro. ¿No le parece que ahí puede estar la causa de que esté aquí?

El sargento repitió una de sus características muecas.

—Creo que no, pero usted es la especialista. Bueno —miró el reloj—, aún vamos bien de tiempo. Volvamos allí. Ha visto los vídeos, ¿verdad?

—Claro. Se hicieron virales. Sobre todo el que se tomó desde el edificio de enfrente.

—Por supuesto. Sabe que la acusación de Asuntos Internos se basa en ese vídeo, ¿no es así?

—Sí.

—¿Sabe que no lo hacen por las imágenes sino por el audio?

—No le entiendo.

—En la imagen no se me ve tocando a aquel tipo, pero se oye la voz de una mujer diciendo que lo había empujado. En realidad, dice «Lo ha *tirao*», pero parece que para la sargento Morales viene a ser lo mismo. Ella consiguió una declaración de la mujer diciendo que vio como lo empujaba, aunque eso no lo mostraba el vídeo que grabó su hija.

—Aquí está en un entorno seguro, todo lo que me diga quedará aquí. ¿Lo hizo?

Xavi se levantó y fue hasta su bolsa, donde tenía su ordenador, pero también una botella de agua.

—Uy, perdone, no le he ofrecido ni agua.

—No se preocupe —le contestó dando un trago a la que él llevaba y dejando de nuevo la botella en la bolsa.

La psicóloga esperó a que el sargento se sentara de nuevo, pero este se dirigió a la única estantería que había en la sala, donde se apoyaban tres fotografías. En una de ellas estaba la psicóloga con un niño de unos diez años y una niña de no más de cuatro. La foto tenía ya unos años de antigüedad. La cogió para verla más de cerca.

—¿Sus hijos?

La mujer pareció incómoda.

—Discúlpeme —le dijo el sargento ante su cara de sorpresa—. No estoy acostumbrado a ser yo el que contesta a las preguntas.

—No, no se disculpe. Sí, son mis hijos.

El sargento observó los libros que tenía en la estantería. Todos relacionados con su trabajo.

—Ya que estoy aquí, ¿qué me puede decir de la papiroflexia? —le preguntó señalando uno de aquellos libros.

—Bueno, le puedo decir que las manualidades ayudan a la gente a centrarse y desconectar. Como pintar figuritas de soldados, coches, ya sabe.

—Sí, lo intenté una vez. Pero no me sirvió.

—¿La papiroflexia?

—No, lo de los soldados. Lo leí en unas novelas muy interesantes, pero cada uno acaba encontrando su propia fórmula. Yo prefiero hacer deporte.

—Eso también va bien, claro.

Volvió a señalar un libro de la estantería.

—¿Usted los recomienda a sus pacientes?

—Claro. ¿Por qué me pregunta eso?

—Ya que estoy aquí, todo ayuda en una investigación.

—Pues pregunte lo que quiera saber. Si eso le puede ayudar.

—¿Continúo? —dijo Xavi.

Ella asintió y pareció aliviarse de que se sentara de nuevo en el sofá.

Mientras, en un despacho contiguo, la sargento Morales, de la División de Asuntos Internos, estaba absorta en la conversación que se producía entre el sargento y la psicóloga. Llevaba unos cascos puestos y la acompañaba un mosso de la unidad.

—Yo llevo poco aquí, sargento, pero eso que haces es, como poco, irregular —le dijo este.

—Nada es irregular si yo no lo digo, ¿vale? Solo necesito los detalles para darle el golpe final y llevarlo donde se merece.

—Tampoco lo podrás utilizar contra él en un juicio. Ni en

el expediente. No tenemos una orden judicial. ¿Por qué lo haces? Estás obsesionada con Masip.

—Es información. Ya sé que no la podré utilizar, pero la información es poder. ¿No sabes eso? Anda, cállate —le dijo con un grito sordo—. No me dejas oír.

El mosso abrió el periódico y se puso a leer intentando desentenderse de su jefa.

—Sigue hablando. Vamos, Masip. Veremos esta vez quién caza a quién.

20

Mientras Carol conducía, Xavi estaba sumido en sus pensamientos. Hacía bastante que no volvía por aquellas tierras que lo habían acogido en su primera etapa como policía. Estuvo destinado en la comisaría de La Bisbal d'Empordà y, poco después, en la de Figueres, tierra de Dalí, donde se ubica su museo. Pero ahora se dirigían a Cadaqués, donde había residido el artista eterno.

Le encantaba la Costa Brava, porque realmente lo era. Agreste, con vientos indomables y de gran belleza. Y aunque conocía bien el Empordà, el lugar a donde se dirigían era uno de los pocos que Xavi aún no había visitado, Cadaqués, un pueblo grande con un puerto ubicado entre dos montañas, algo aislado del resto de la comarca. Xavi, de hecho, había pateado más el sur, el Baix Empordà, ya que estuvo allí destinado y fue el lugar donde conoció a su exmujer, con la que trató de construir una vida en común. Aquello no funcionó, pero aquel intento fracasado de vida compartida no empañaba los recuerdos que tenía de aquella zona. También conoció allí a su amigo Carles y, a través de este, a Ferni, que era su amigo de la infancia y al que Xavi tenía mucho afecto. En definitiva, aquella era una tierra a la que el sargento intentaba volver siempre que podía para pasar unos días de desconexión. Este no era el caso. Ahora iba a investigar si tenían allí a una nueva víctima del asesino de las chicas web. Porque, de confirmarse, ya podrían utilizar el plural, con todo lo que eso conllevaba.

Por competencia territorial, aquel asesinato lo iba a llevar la Unidad Territorial de Investigación de Girona, pero como podía ser que estuviera relacionado con el caso que tenían en Barcelona, era muy probable que se hiciera un equipo conjunto. Eso no era del agrado de Masip, por alguna experiencia previa, pero antes de saber si le endosarían a alguien en su grupo debía dirigirse hacia el domicilio de la víctima. De todas formas, al tener una investigación en curso y sobre todo al haber ya una jueza instructora con diligencias abiertas, él seguiría llevando el caso.

Mientras los kilómetros pasaban, el sargento observaba con atención la pantalla de su teléfono móvil. David le había enviado el vídeo de la muerte de Míriam, como se apodaba la joven, y Carol, con un ojo en la carretera y otro en la pantalla de Xavi, no podía evitar hacer un gesto de estupor cuando alcanzaba a ver alguna de las puñaladas que le habían asestado en riguroso directo. El vídeo se había vuelto viral, lo que llevaría a la familia de la víctima a sumar aún más dolor al de la pérdida. También era un gran cambio en la secuencia del asesino, pero no era algo insólito. Estos tienden a evolucionar y mostrar al mundo su obra por internet. Sin duda, era un gran paso.

—Mira la carretera —le pidió Xavi.

Carol devolvió de inmediato la vista hacia la vía. Estaba avergonzada, como si un profesor la hubiera pillado copiando durante un examen.

—Es que, Xavi..., nunca había visto algo así, en directo. —Hizo una pausa—. Bueno, que tenga que investigar yo, claro.

—Ya lo verás, pero más tarde, no mientras conduces. Aunque prefiero que no lo veas, que trabajes como si no hubiera imágenes. Después, podrás hacerlo tantas veces como quieras. Necesito que me digas qué observas en el escenario y en la chica, sin condicionantes.

—Vale, no hay problema. No es morbo, solo...

—Ya.

Ella se echó a reír. Se conocían demasiado.

—Oye, ¿vamos a trabajar con el Área de Investigación Criminal de Girona?

—No lo sé. ¿Conoces a alguien allí?

—Sí, pero de hace tiempo. ¿Y tú?

—También. Algunos agentes de esa unidad estuvieron conmigo en las patrullas de La Bisbal. Buena gente.

—Y a ella, ¿la conoces?

Xavi la miró arqueando las cejas.

—¿A quién?

—Vi la noticia en el diario no hace mucho. Era una entrevista extensa. Creo que ahora se llama Cristina.

—¿Cómo que ahora se llama Cristina?

—Sí, antes se llamaba Joan.

Xavi meneó la cabeza alzando los hombros.

—No tenía ni idea. ¿Tú la conocías?

—No, pero he oído comentarios.

—¿Qué dicen de su trabajo?

—Que es muy buena.

—Pues a mí eso es lo único que me interesa.

21

La carretera era algo más estrecha de lo que Carol había supuesto, así que intentó no correr a pesar de que el levantamiento del cadáver podía haber comenzado ya. El inspector Márquez, jefe de Xavi, había hablado con su homólogo de Girona para pedirle que retrasara esa diligencia mientras el sargento salía de Barcelona. Pero una vez informada la jueza de guardia, hacía media hora, el cronómetro se había puesto en marcha.

También le había dicho su jefe que esta vivía en Girona, así que era posible que, si no había llegado al lugar de los hechos, se encontrara en la carretera igual que ellos. A aquella demarcación le correspondían los juzgados de Figueres.

Al salir de una curva larga se encontraron con el pueblo más abajo. Era realmente bonito. Una imagen de postal formada por un enjambre de casas blancas iluminadas, a esa hora de la noche, por las farolas y una gran luna llena que se proyectaba en el mar azul oscuro. En lo más alto, la iglesia, que se alzaba en medio de las viviendas recortando, así, la vista de la entrada al Mediterráneo. Hacía fresco, algo que notaron al bajar una de las ventanillas del coche para ventilarlo tras el viaje.

Xavi conectó el GPS de su móvil para que le señalara la dirección y le mandó un mensaje al sargento de homicidios de Girona para decirle que, según su teléfono, estaban a ocho minutos del lugar. Este le contestó que no corriera, que la jueza aún no había llegado. También le dijo que allí se encontraría con la caporal Cristina Espejel. Él se había tenido que ir por otro caso, el de dos homicidios en La Jonquera. Y con un gesto con la mano, Xavi le indicó a Carol que no hacía falta que corriera.

Recorrieron algunas calles más, muy estrechas, hasta alcanzar la calle Doctor Bartomeus. Vieron, entonces, a un mosso en un portal. Era una casa de dos plantas en primera línea de mar.

—Es allí.

—¿Allí? —dijo sorprendida la mossa—. ¿Cuánto debe valer una casa aquí?

—No lo sé. Me ha avanzado Manel que es una especie de apartamento en el segundo piso. Parece que el dueño anterior lo acondicionó dividiendo la casa en dos y multiplicando por esa cifra el beneficio de la venta, claro. El de abajo es de unos alemanes que ya están de regreso en su país.

—Joder. Mataría por una casa en primera línea como esa.

—Quizá lo han hecho.

Hubo un breve e incómodo silencio.

—Aparca allí —pidió Xavi a su compañera mientras un mosso uniformado se dirigía a ellos para indicarles que no podían dejar el coche en aquel lugar.

Después de identificarse, el agente les pidió que lo apartaran un poco para dejar libre un espacio. Esperaban a la jueza de guardia. Por lo general, la comitiva judicial se traslada desde el propio juzgado, pero fuera de horas o en el caso de vivir lejos, sus miembros lo hacen por sus propios medios o son los mossos los que envían algún coche a recogerlos. Además, desde hace unos años, también está presente la figura de un fiscal de guardia.

Otro mosso uniformado salió por la puerta de la casa. Era azul y de madera, algo que se replicaba en todo el pueblo.

—¿El sargento Masip?

Ante el asentimiento de Xavi, este les pidió que le siguieran.

Subieron por una escalera estrecha, pero menos de lo que hacía entrever la entrada. Rebasaron el primer piso y subieron al segundo. Otro mosso de uniforme custodiaba la puerta de la vivienda. Se quedaron allí, a la espera de que alguien les indicara que podían acceder. Aún no era un caso suyo, así que el sargento no protestó. Enseguida apareció un mosso de paisano con unos peúcos para que se los calzaran. Se los pusieron, así como sus respectivos guantes de látex, que ambos llevaban consigo.

—La caporal les espera con el cuerpo.

—¿No están aquí el sargento o el jefe de la unidad? —preguntó Carol.

—No, ya se han ido. Por cierto, sargento, Pep le manda recuerdos.

Xavi no dijo nada y observó la entrada. En ella se podía apreciar el toque femenino. Todo bien colocado y ordenado. A su derecha había una puerta medio abierta. Parecía dar a una habitación pequeña. Desde su posición se podía ver un butacón negro y un par de cuadros de temática marina. Nada fuera de lo común, pero sí muy alejado de lo que hubiese esperado encontrar.

Siguió caminado por un pasillo amplio, dejando atrás y a la izquierda la cocina. Delante tenía dos puertas. Una cerrada, y tras la otra había otros mossos trabajando. Los *flashes* de las cámaras de la policía científica destacaban en la poca luz del pasillo. Xavi se desvió hacia la puerta cerrada.

—Es por aquí, sargento —le advirtió el mosso.

Masip le ignoró y abrió la puerta. Carol lo siguió y el agente, que se quedó indeciso unos instantes, fue detrás.

Era una habitación grande en la que todo estaba impoluto. Había una cama de matrimonio bien hecha y una ventana a la que se dirigió el sargento. La abrió para encontrarse con el mar y algunas barcas amarradas. Le rozó la cara la brisa fresca de esas horas, y apreció lo que en algunas culturas llaman «la luna del cazador». Carol se quedó boquiabierta. Realmente había gente que tenía el privilegio de vivir en zonas así, donde debía ser imposible cansarse de contemplar las vistas. Mientras la mossa seguía ensimismada, el sargento abrió el armario. Muchos vestidos y, aquí sí, alguna caja de zapatos medio abierta. Aquel parecía el único desorden. En la pared, una copia de un cuadro de Dalí, y ocho, contó Xavi, fotografías de ella con otras personas. La única que reaparecía aparte de ella era otra mujer algo más joven. Se las veía abrazadas, hasta en tres ocasiones.

—¿Su pareja? —preguntó Carol al aire.

—No. Es la hermana. Tiene sus mismos rasgos, y la primera es de hace años, cuando eran pequeñas.

—¿La hermana? ¿Solo tiene una?

—El resto de las personas que aparecen solo pueden ser su padre o amigos. Quizá algún hermano —examinó una en la que estaba con un chico algo más mayor que ella—, pero lo dudo. Su madre murió cuando eran muy pequeñas. No hay el retrato de nadie que, por edad o parecido, pueda serlo a día de hoy. En cambio, apuesto a que es esta señora más joven que aparece aquí con dos niñas pequeñas.

—Quizá las abandonó.

—Yo diría que murió. Si las hubiera abandonado no creo que la tuviera aquí de recuerdo.

—Imagino que cuando eran muy pequeñas, no mucho después de cuando se hizo esta foto —le dijo Carol sosteniendo la fotografía que tenía en la mesita de noche, donde se podía ver a dos niñas de corta edad con una mujer de unos treinta y pocos años sonriendo. Era la misma persona que aparecía en la de la pared.

—Xavi, me parece que aquí falta una fotografía.

El sargento se acercó y observó que, en efecto, aquellas ocho instantáneas formaban parte de un grupo de nueve expuestas de tres en tres. Faltaba la que estaba más a la derecha y abajo. Quizá la última de ellas.

—Anota eso. O está por el piso o el asesino se la ha llevado.

—Espera —dijo mientras se agachaba a recoger algo.

Le mostró al sargento un marco idéntico a los que colgaban de la pared, pero sin ninguna foto dentro.

—Vale. El asesino se ha llevado esta fotografía. Esto no ocurrió, que sepamos, en el piso de Clarise.

—Tomo nota —dijo Carol—. Bueno, al menos de esta víctima sí sabemos con seguridad la identidad antes de empezar a buscar a su asesino.

—Eso me comunicaron antes de salir. Entérate de cómo hemos dado tan rápido con ella, aunque quizá se deba a la viralidad del vídeo.

—Se llamaba Míriam Albó Pérez —les dijo alguien desde la puerta.

Una mujer alta y con el pelo caoba les observaba sin entrar en la habitación. Después de lo que les pareció un análisis externo, entró con paso firme.

—¿Míriam? ¿Utilizaba su nombre real? —dijo Carol, sorprendida.

—Así era.

Xavi también analizó a la mossa, que se acercaba extendiendo la mano hacia él. Llevaba mallas de deporte y una sudadera. Vestimenta nada habitual para el levantamiento de un cadáver.

—Soy Cristina. O caporal Espejel, como prefiráis. Disculpad que no os reciba con mis mejores galas, pero esto me ha pillado haciendo deporte y vine lo antes que pude.

—Tranquila, solo faltaría.

Los tres se quedaron en silencio.

—Supongo que algo sabréis de mí —acabó diciendo con una especie de pesar.

El sargento le tendió también la mano. Estrechó la suya y notó que ella lo hacía con firmeza, pero sin llegar a apretar.

—Lo cierto es que he oído muy poco. Disculpa que no haya ido a presentarme primero. Quería conocer a la víctima antes de verla como tal.

—Ella está en la habitación de al lado.

—No, allí está su cuerpo. Ella está aquí —dijo moviendo la cabeza para abarcar la habitación.

La caporal Espejel sopesó esa respuesta.

—La gente se suele lanzar a ver el cuerpo como los buitres a la carroña. Han pasado varios mandos por aquí. Nunca están presentes en el levantamiento de un cadáver. Y creo, además, que alguno ya la había visto en sus vídeos.

Xavi no dijo nada, aunque le pareció interesante su aportación.

—Cristina, falta una fotografía en aquella pared. Que no se nos pase buscarla en el registro. No creo que esté, pero no dejemos de hacerlo.

—Muy bien —contestó la caporal—. Entonces ¿qué? ¿Os la presento y decidís si os lleváis mi caso con vosotros?

Masip respiró hondo y Carol le miró. No hacían falta palabras para saber lo que le disgustaba a su jefe que alguien insinuara que se iban a quedar un caso sin motivo.

—Nosotros no nos llevamos ningún caso —le respondió Carol—. Pero entiende que las similitudes con el nuestro son evidentes. La otra chica, en Barcelona —dudó antes de decir nada y esperó la aprobación de su sargento para proseguir—, se dedicaba a lo mismo.

La cara de Espejel cambió de repente, revelando así que no tenía conocimiento de la muerte de Clarise.

—Esta información es muy reciente. Te rogamos que no la difundas, aunque, en realidad, ya ha empezado a salir en los medios digitales. O sea que mañana abrirá todos los informativos —añadió el sargento.

Xavi le lanzaba un cable a su colega y le revelaba una información muy sensible para hacerle ver que allí estaban para ayudar, pero que si se establecía un vínculo entre los casos, no dudarían en asumir aquel.

—Ahora entiendo por qué se ha marchado mi jefe y me ha dado este caso. El muy cabrón debía saber que me iba a durar poco —dijo casi para sí—. En fin, ¿vamos? —sugirió con pesar.

El sargento Masip dio un repaso a la habitación antes de salir. Seguramente volvería a revisarla más adelante. Para poder atrapar a su asesino iba a tener que conocer bien a Míriam, porque había alguien ahí fuera que ya lo había hecho. Tanto como para poder acercarse a ella y acabar con su vida.

Y no solo eso. Por algún motivo, la había elegido. El porqué de esa elección era, en ese momento, la pregunta más importante.

22

Mientras se dirigían a la habitación donde se encontraba la víctima, Cristina, que iba delante, se giró hacia ellos de nuevo antes de hablar.

—Supongo que os lo habéis preguntado, pero sí, una de estas casas vale un dineral.

—¿Era suya o vivía de alquiler? —preguntó Carol.

—En propiedad.

—¿Pasta de la familia o de...?

—Aunque cueste creerlo, es de buena familia. Bueno, lo era, claro. Su padre es empresario y la hermana estudia una de esas carreras que solo les sirven a los que no se han de preocupar de si el mercado laboral los podrá absorber, ahora no recuerdo cuál. Pero me han dicho que la pasta es de ella. Parece que triunfaba en internet. Sé que la mayoría de las chicas que se dedican a esto se mueren de hambre, pobrecitas, pero las que triunfan, si tienen algo de cerebro, pueden ganar mucho dinero. Además, estas casas en primera línea son difíciles de conseguir.

—¿Eres de aquí? —preguntó Xavi.

—No. Nací en Sabadell, si a eso te refieres, pero cuando me enviaron a Figueres hace años, en mis primeros destinos, compré aquí una casita en ruinas que he ido restaurando poco a poco. Hoy en día no me lo podría permitir, claro, pero antes del *boom*, mientras mis compañeros se compraban un Golf, yo me metí en una mansión. Y sí, ahora vivo aquí. Más arriba, claro, yo no veo el mar tan de cerca.

—¿La habías visto? ¿A ella? Sabes mucho de ella y su familia.

—No. Pero este es un pueblo pequeño. Me he quedado de piedra cuando me ha llamado mi jefe, y aún más cuando nos ha llamado el energúmeno que hace de... —abrió la aplicación de notas de su teléfono para consultarlo— *webmaster*. Todo ha sido una sorpresa. Aquí, desde lo de Dalí, no ha vuelto a pasar nunca nada.

—¿Te ha dicho su nombre el *webmaster*? —preguntó Carol apuntando con bolígrafo en su libreta.

—Sí. Tengo sus datos. Me ha dicho que le hacía algo así como de representante o persona de confianza. Estaba muy nervioso. Le manejaba la web y le servía de contacto con los dueños de la página. Que, en este caso, parece que son unos tipos de Madrid.

El sargento arqueó las cejas. El caso se podía hacer muy grande. Esas chicas trabajaban desde sus casas, pero podían estar en cualquier parte.

—¿Nos puedes pasar el nombre?

—Sí, claro.

—Nos interesa mucho hablar con él.

—Sí, no hay problema. Luego le digo a Adolfo que os lo pase. Forma binomio conmigo, y está en ruta hacia aquí. Él ha pasado por la comisaría de Girona a buscar coche y emisora. Y, de verdad, disculpadme por mis pintas. No he podido ni ducharme. Suerte que llevaba algo de ropa para cambiarme y no he llegado aquí con la ropa sudada. En fin, cosas del directo.

Los dos investigadores le restaron importancia.

Entraron en la habitación y observaron una cámara de vídeo tirada en el suelo. Estaba conectada a un ordenador que aún permanecía abierto, aunque sin emitir nada. En el vídeo del asesinato se veía como la víctima, después de recibir las primeras cuchilladas y en un intento desesperado por sobrevivir, daba algunas patadas al aire y una de ellas impactaba en la cámara. A partir de aquel momento, la imagen se volcaba y se perdía el ángulo de visión perfecto que Míriam había preparado para su espectáculo. El resto de la filmación casi no mostraba nada, puesto que la cama tapaba más de la mitad de la imagen. En la parte inferior se podían apreciar las piernas de la joven mientras el asesino, encima de su cuerpo, terminaba lentamente con ella. No hacía falta esperar al forense para saber que había muerto desangrada. Esto, al menos, denotaban las sábanas teñidas en casi toda su extensión de color rojizo. Xavi se acercó para examinar de cerca la expresión de Míriam, que tenía los ojos cerrados.

Una vez delante del cuerpo, Xavi y Carol dirigieron su mirada a los pies, después a las manos, y finalmente se miraron el uno al otro. Cristina pudo notar la conexión entre ambos. Masip observó con atención a Espejel, que palideció al poner los ojos en el cuerpo de Míriam.

—¿Estás bien, compañera?

—Sí, perdona. Es que vengo de correr y hace horas que no como ni bebo. No es nada. Se me pasará enseguida.

—Ve a beber un poco de agua, mujer, o te acabarás desmayando —le dijo Carol.

—No, no, de verdad. Ha sido un momento malo, pero ya está.

Masip se acercó al cuerpo. Levantó la cabeza sorprendido y, mirando a Carol, le dijo:

—Le faltan dos dedos de la mano derecha.

—Sí, lo he visto —contestó Cristina, cuyo rostro había recuperado ya el color—. Les he comentado a mis colegas de la científica que los busquen. Quizá se los cortó en el frenesí de la muerte y están entre las sábanas.

—No estarán —aseguró Xavi.

—¿Cómo lo sabes?

—Se los lleva —añadió Carol—. Aunque en Barcelona fueron dos dedos de los pies.

Los tres se quedaron mirando el cuerpo de Míriam, que, pese a todo, parecía estar en paz. Xavi observó con claridad que le había rodado una lágrima por la mejilla; gracias al maquillaje que lucía para los vídeos se había quedado marcado su recorrido hasta la oreja, debido a la posición de su cabeza en la almohada. El sargento Masip miró a Espejel, quien no necesitaba escuchar lo que el sargento estaba a punto de decir. Lo sabía.

—Caporal, si tienes efectivos haz que precinten los contenedores de los alrededores. No veo por aquí su firma, y puede que haya vuelto a hacerlo igual que en Barcelona. Mañana, con la luz del día, tendremos que revisarlos.

—¿Qué buscamos en los contenedores?

—Un origami. No sabría decirte qué figura buscamos, pero creo que, como en Barna, será la de un dragón. Un dragón de papel.

—Joder. ¿Algo más?

—Sí. Nos quedamos el caso.

23

Mientras Xavi y Cristina observaban los detalles del cadáver, un agente les anunció desde la puerta que la jueza había llegado con el fiscal. La caporal se acercó a la entrada para presentarse, pero el sargento siguió examinando de cuclillas el cuerpo y las heridas producidas por un objeto punzante, seguramente una navaja. A simple vista reparó en que esta no era la misma herramienta utilizada en el crimen que ellos investigaban en Barcelona, aunque no podían negar ciertas similitudes.

Antes de empezar el levantamiento, el sargento Masip tuvo la primera duda: si el asesino no dejaba el arma homicida en el lugar del crimen, ¿por qué la había cambiado? Además, se había llevado partes de la chica, sí, pero no de la misma manera que en el caso de Clarise. «Está evolucionando», pensó. Y supo que si de verdad evolucionaba, lo hacía de manera muy rápida y pronto tendrían más noticias de él en forma de nuevas víctimas. Dos en apenas tres días... Iba muy deprisa, y ellos aún no.

—Buenas noches, señoría —oyó decir a Espejel.

La jueza había llegado. Xavi se incorporó para presentarse, pero se sorprendió al ver a una persona conocida.

—Buenas noches, señoría —repitió el sargento.

—Hola, Xavi. Qué sorpresa —le contestó la jueza.

El fiscal, que no era muy alto, llevaba gafas de ver, tenía poco pelo pero bien peinado y vestía un traje gris y una corbata oscura, se quedó en la puerta como si aquello no fuera con él.

En la habitación donde estaban los dos agentes de la científica, la caporal Espejel y la agente Carol Ferrer se hizo el silencio y todos permanecieron inmóviles. Como si esperaran órdenes para poder continuar.

La jueza se acercó a Xavi, quien tuvo que quitarse el guante de látex para estrecharle la mano. Estaba igual a como la recordaba Xavi. Llevaba la chaqueta colgada de un bolso de diseño negro y vestía un elegante jersey verde con una minifalda negra acorde con unas botas altas de color marrón oscuro. Tenía los ojos negros y el pelo azabache en una media melena. No era muy alta y estaba algo más delgada de lo que la recordaba.

—Oh, perdona —dijo ella disculpándose por no haberse dado cuenta del detalle del guante.

—No se preocupe, señoría. Tenemos más. Cuando quiera le explico un poco todo esto, y después que el forense —buscó detrás de la jueza para localizarlo— empiece su análisis preliminar.

Mientras se acercaba a saludar al fiscal y buscaba también con la mirada al forense, un hombre menudo entró en la habitación.

—El doctor Robert —dijo Xavi, casi con sorpresa.

—¿También le conoces? —expresó atónita Espejel.

—Sí, aunque hacía años que no nos topábamos —contestó el forense en un tono que solo Xavi pudo interpretar.

El sargento llevaba sin verlo siete largos años, desde el último caso que compartieron.

—Adelante, sargento. ¿Qué tenemos? —preguntó la jueza.

—Antes que nada, le presento a la caporal Cristina Espejel, quien, por competencia territorial, se hacía cargo del caso hasta que lo ha asumido mi unidad.

Se giró hacia ella y le extendió la mano. Esta, que ya se había quitado los guantes emulando al sargento, le dio la suya. La jueza se volvió hacia Xavi.

—Pero ¿no sigues en homicidios de Barcelona?

—Claro.

—Ah, entiendo. Lo que viene en los chismes esos de internet.

—Creo que sí. Pero aún tenemos que estudiarlo bien.

—De acuerdo, empieza.

—Veamos. La joven se llamaba Míriam Albó e, igual que la víctima de Barcelona, se dedicaba a la pornografía online, aunque por lo que dicen los que trabajan en esto, «ellos no hacen porno». Las chicas son *webcammers*, y los que toda la vida han sido «los chulos» ahora se hacen llamar *webmasters*. Lo cierto es que las dos se conectaban a diversas plataformas de pago por internet para mostrarse haciendo aquello por lo que los clientes pagaran. A veces estos solo pagaban por hablar con ellas; otras, por ver masturbaciones o sexo en vivo. A Míriam, que parecía ser una estrella en esto, y lo podrá ver grabado porque la mataron en directo, el asesino la sorprendió en plena actuación y le asestó numerosas puñaladas.

—Para, para. ¿Cómo que lo podré ver grabado? ¿Me estás diciendo que la han matado mientras retransmitía por internet?

—Así es, señoría. De hecho, ya es un vídeo viral.

—Esto nos ayudará un montón —dijo el forense con cierto tono jocoso.

A Xavi no le gustaba que se hicieran bromas en presencia de una víctima. Había superado esa etapa hacía años. A la jueza tampoco pareció hacerle gracia; el fiscal, en cambio, permanecía impasible observándolo todo desde la entrada.

—Empiece con el cadáver, por favor.

—Sí. Disculpe, señoría —dijo el doctor Robert advirtiendo que allí nadie estaba para sus ironías.

Acabaron de destapar el cuerpo y corroboraron que le faltaban dos dedos de la mano derecha. El meñique y el anular. Ella estaba en posición decúbito supino, es decir, que si hubiera tenido los ojos abiertos estos habrían mirado al techo. Quedaba por ver si en la parte posterior le faltaba algún trozo de carne, como en el cuerpo de Clarise, pero de entrada lo que más destacaba eran las heridas punzantes que presentaba. Eso sí, tal y como había advertido Xavi, el arma homicida era distinta. Podría ser que aquel fuera un patrón y que el asesino cambiara de arma en cada crimen. Por desgracia, solo sabrían si esa teoría era cierta si aquel al que perseguían volvía a matar. Cuando la movieron para verle la espalda, comprobaron que a Míriam no le faltaban trozos del cuerpo como a Clarise.

El levantamiento, o más bien la presencia de la comitiva judicial, no duró en exceso. Una vez hecha la inspección ocular y levantada el acta por parte del secretario, solo quedaba trasladar el cuerpo al anatómico forense. La jueza ordenó que se practicara la autopsia y se hicieran las primeras diligencias, dictando las órdenes como si aquel caso fuera de ella, sin saber todavía si tendría que inhibirse en favor de la jueza de Barcelona que llevaba el primer caso. Antes de irse pidió a

Xavi hablar con él separados del resto. El sargento se dirigió hasta la ventana que habían abierto, por la cual entraban ya los primeros rayos de sol de la mañana.

—Xavi, ¿crees que están relacionados?

—Todo apunta a que sí, pero es pronto para saberlo con certeza. Hay algunas diferencias, que pueden ser por simple evolución, así que tenemos que analizar bien los indicios.

—No te desentiendas de este caso.

—Señoría... —intentó decirle el mosso.

—Llámame Bea, que ya no nos oye nadie, por favor.

—Bea, claro. No dudes que, si están relacionados, y ahora mismo es lo que parece, estaré en cabeza. De hecho, te voy a pedir la intervención de los datos asociados al teléfono de Míriam. Y también el teléfono del chulo, o *webmaster* o como se llame. Ya le he pedido a Julia, la jueza de Barcelona, los datos asociados de la primera víctima, y estamos a la espera de que la compañía nos los facilite. Necesitamos tener el registro de las llamadas que hicieron las víctimas, aunque el tráfico de contactos por internet nos dificulta el trabajo. De esos no sabremos nada más por las compañías. Suelen estar fuera del país, y es una pesadilla llegar hasta la mesa del que nos los puede proporcionar.

—Sí, claro. Ahora me voy al juzgado a prepararlo todo. Te lo iré avanzando hasta que me hagas llegar las peticiones en papel. —Hizo una pausa—. ¿Tú qué crees?

—Es difícil aún atar cabos, pero tiene pinta de asesino en serie. Hay muchas similitudes. ¿Dos chicas que se dedican al porno por internet y asesinadas con un par de días de margen? Demasiada casualidad. Pero lo ha hecho muy seguido, quizá podría haber sido alguien con un brote psicótico. Aunque, por otro lado, no es fácil acceder a las chicas. Ellas solo tienen contacto con sus seguidores por internet, y eso requiere conocimiento del medio y disponer de tiempo.

—Ya.

Los dos se quedaron un momento en silencio.

—Vale de trabajo por un rato. ¿Qué es de tu vida? Desde que dejaste de salir con Lucía, no sé nada de ti. ¿Sabes que ella se va a casar?

—No, pero me alegro por ella. Se merece ser feliz.

—Uy, lo siento. Quizá no debería haber...

—No, mujer —dijo sonriendo Xavi—. Hace ocho años de lo mío con Lucía, y me alegra todo lo bueno que le pase. Y tú, ¿qué tal estás con...? —dudó—. ¿Era Román?

—Sí, era.

—Pues lo siento, hacíais muy buena pareja.

—Díselo a la jueza de Mercantil.

—¿Con una de Mercantil? Madre mía... —dijo Xavi arrancándole una sonrisa a Bea.

—Sí, ya ves. Las de Instrucción no tenemos tanto glamour.

—¿Por eso pediste una plaza fuera de Barcelona?

El silencio de ella fue una afirmación.

—Ahora vivo en Girona. Y me encanta, aunque la plaza la tenga en Figueres, de momento.

—Pues es un viaje ir cada día hasta Figueres, te lo digo por experiencia. Estuve destinado aquí hace ya unos años.

—Sí, las funcionarias se acuerdan de ti.

Xavi arqueó las cejas, sorprendido.

—Vamos, un chico joven y apuesto paseando por el juzgado con su jefe. Pues claro, hombre.

—Nos estamos desviando, Bea —le dijo cuando percibió que Espejel los observaba a distancia.

—Vale. Mantenme informada, Xavi. Me ha alegrado mucho verte.

—A mí también.

—Será divertido trabajar por fin juntos después de tantos años —le dijo a modo de despedida.

—Bueno, lo que se dice divertido... —apostilló él haciendo un gesto con la cabeza hacia el cadáver.

—No quería ser insensible —respondió ella llevándose una mano a la boca.

—Te informaré, no te preocupes. —Le sonrió.

Mientras la jueza se despedía de todos y bajaba por las escaleras hacia la calle junto al fiscal, Cristina se acercó al sargento.

—Así que te llevas bien con la jueza borde...

—¿Cómo?

—Así la conocen los de investigación de Figueres.

—Pues por lo que sé, solo es exigente. Nos tendríamos que alegrar cuando los jueces son así, puesto que nos reclaman ser más profesionales y nos evitan dar palos de ciego. Y eso se traduce en condenas en el juicio.

—Es una forma de verlo.

El sargento se pasó la mano por el pelo hasta masajearse el cuello. Notó la falta de sueño y de café. Se giró hacia su compañera.

—Carol, en cuanto acabes ve a registrarte al hotel y duerme un poco. Yo te despierto más tarde, no te preocupes.

—¿Y tú?

—Ya sabes que duermo poco. Coge dos habitaciones para un par de días.

Espejel se fijaba en los dos mossos sin decir nada. Pensó que el sargento no quería contarle nada de la jueza y que había esquivado la pregunta. Masip, una vez Carol tuvo claras las instrucciones, se giró de nuevo hacia Cristina.

—Bea y yo nos conocemos desde hace años. Eso es todo. ¿Dónde podemos ir a tomar un café por aquí?

Cristina permaneció pensativa unos instantes. Miró a Xavi mordiéndose el labio y pareció leerle el pensamiento.

—Sígueme.

24

Entrevista. Grupo de asistencia psicológica.
Parte de registro 4 de 8

Xavi estaba convencido de que no lograría nada sacando
fuera sus demonios. No lo había necesitado nunca y en ese
momento tampoco creía en ello, pero era muy recomenda-
ble visitar a un profesional después de un suceso traumático.
De hecho, él aconsejaba siempre a sus agentes acudir a sus
respectivos psicólogos tras presenciar las muertes con las
que convivían y que, lamentablemente, se sucedían en su trabajo. Por ese motivo, de hecho, consideró que sería un hipó-
crita si no lo hacía él mismo. Aunque tenía claro por qué estaba allí.

—Masip, ¿quiere hacer un descanso?

—No, no. Pero gracias.

—Pues le escucho. Se había golpeado la cabeza contra la
pared.

El sargento cerró los ojos y empezó a hablar de nuevo.

—Aún no estaba recuperado del todo cuando oí una conversación que al principio no lograba entender. El tipo dijo:
«He matado a dos mossos. Nadie cuidará de mis hijas sin mí.

Mira lo que me has obligado a hacer, hija de puta. Las niñas ya están conmigo». La mujer le suplicó algo como: «No, por favor, Arturo. ¿Qué les has hecho? Déjame ver que están bien, te lo suplico». Es lo que recuerdo. Quizá las palabras no fueran exactamente esas.

—Lo entiendo —dijo la psicóloga.

—Recuerdo que empecé a ver de manera más nítida e intenté desbloquear la visión de túnel que se tiene en momentos de estrés. Localicé a Brou a mi lado, inmóvil. Él había recibido los balines en el estómago. Los míos, excepto uno en el hombro, los había parado el chaleco. Me empecé a incorporar y vi al tipo con una escopeta de caza. Escuché otro disparo. Me extrañé de no notar el impacto. El ruido seco de alguien rebotando contra una puerta de madera me hizo comprender que no me había disparado a mí. La mujer cayó delante de la habitación a la que intentaba acceder. Deduje allí mismo que sus hijas estaban dentro. No podía saber en qué estado las encontraría. Pero no se oía nada.

La psicóloga resopló de manera involuntaria.

—Eso pareció activarme, aunque me dolía la cabeza por el golpe. Me acabé de levantar, apunté al hombre y disparé.

—¿Disparó así, sin advertencia?

—¿Le parece poca advertencia los disparos que él había efectuado? Tenía a dos personas inmóviles y con heridas a mi lado. No, no le di la oportunidad de disparar de nuevo. Debía dejarle claro que se había acabado su ventaja. Aun con eso, no acababa de enfocar bien la vista. Ni siquiera vi si le había acertado. Tiene que entender que recibir el disparo de un calibre de 9 milímetros no es como en las películas. La bala atraviesa el tejido y si no toca un hueso o un órgano vital, el sujeto puede que solo note un pinchazo. No te echa para atrás con fuerza ni sales volando como en el cine. Diferente era, eso sí, la escopeta de caza que tenía él.

—No le juzgo, sargento. Recuérdelo, solo pregunto.

Xavi cerró los ojos y volvió a aquella habitación.

—Escuché sirenas a lo lejos. El sujeto continuaba de pie: yo había hecho aquel disparo por puro afán de supervivencia. Le grité que tirara el arma, pero el hombre me ignoró y se centró en una caja de cartuchos que había en una estantería. Me fijé bien y vi que el arma que tenía en las manos era de doble cañón. Eso me tranquilizó porque supe que debía recargarla para poder efectuar otro disparo. Pero no se detenía, así que disparé de nuevo. Esta vez hacia la pared, como advertencia, y ahora sí con plena conciencia de lo que hacía. Le dije que no fallaría con el siguiente, y entonces me miró por primera vez. He visto mucha mierda en mi trabajo, pero le aseguro que no fui capaz de ver qué le estaba pasando por la cabeza.

—Era un hombre derrotado, que había hecho algo horrible. Supongo que es imposible saber qué le pasa por la cabeza a alguien en esta situación —dijo ella.

—Pues eso es lo que se me exige a mí, por eso estoy investigado.

—Yo no lo veo así. Siga, por favor.

Xavi respiró de nuevo antes de continuar.

—No le sabría decir lo que duró aquella escena. Estábamos en silencio y los vehículos de emergencia se acercaban. Entonces, él sonrió de una manera extraña. Con calma, dejó la escopeta en el sofá y empezó a retroceder hacia el balcón abierto. Le seguí apuntando mientras lo hacía. Tenía la mirada perdida.

25

Los dos mossos caminaron unos minutos hasta que divisaron un pequeño bar, cerca del puerto deportivo del pueblo. Tenía la persiana medio abierta, pero sin dudarlo ella la traspasó y el sargento hizo lo mismo. Un señor de unos sesenta y tantos, algo encorvado y de aspecto bonachón, la saludó con una sonrisa.

—Dos cafés, Marcelo. El mío solo, como siempre. ¿El tuyo cómo lo quieres?

—Está bien así.

—¿No quieres comer algo? Debes estar sin cenar, igual que yo.

—No, no, tranquila, pero no te cortes.

—Yo comeré algo después. Tampoco me entra nada ahora. Pero, Marcelo, por favor, ponme también una botella de agua grande.

Se sentaron a una mesa apartada y Marcelo, después de servirles los cafés y el agua, volvió a la cocina y empezó a sacar lo que serían las tapas del día.

Cristina dio un trago largo de agua y se giró hacia Xavi.

—¿Qué te han contado de mí?

—Que eres una buena profesional.

—¿Nada más?

—Que antes eras un hombre.

—Uf. Directo a la llaga, me gusta. Pero no, yo siempre fui una mujer, aunque nací en el cuerpo equivocado. ¿Eso va a ser un problema?

—Mira, Cristina, lo primero que te he dicho es lo que a mí me importa, y en tu insistencia he visto por dónde querías ir. Lo entiendo, las cartas bocarriba. Yo solo pido que la gente con la que me rodeo sea profesional y leal. Después de eso, lo demás no me preocupa nada.

—Me alegra que seas tan franco.

—Es evidente que este asesinato tiene algo que ver con el que investigo en Barcelona. Sería demasiada casualidad que en menos de una semana asesinaran a dos chicas que se dedican a lo mismo. Creo que enseguida saldrán conexiones entre los dos casos y, si te parece, podemos trabajar juntos.

—¿No me vas a excluir?

—¿Por qué iba a hacerlo? Eres de la zona, por lo que dicen muy profesional, conoces los procedimientos y sabes dónde hacen unos cafés estupendos.

Ella sonrió.

—Solo te pido eso, lealtad. Si me la juegas, estás fuera.

—Me gusta la gente que va de cara. Te agradezco la sinceridad. Había oído hablar de ti y no sé por qué pensé que llegarías con tu equipo y nos echaríais a los de fuera, aunque en este caso somos nosotros los de aquí. Además, pensaba que estabas separado del servicio. Eso mencionaron en televisión. Seguí tu caso.

—No des mucho crédito a lo que oigas de mí por ahí. Aunque es cierto que me han reincorporado hace muy poco, pero ya sabes que hay gente con muy mala hostia.

—Qué me vas a decir a mí.

—Imagino que no debe ser fácil ser una mossa trans.

—En realidad, siempre he sido una mujer, pero el término que me corresponde ahora es «reasignada».

Xavi arqueó la ceja izquierda.

—Ya. Tenemos muchos términos —le aclaró con una sonrisa sincera.

El teléfono de Cristina empezó a vibrar y ella lo descolgó sin apartarse para hablar. Era el agente Adolfo, que ya estaba en el piso de la víctima.

—Jefa, el padre de la chica os recibirá si vais a verle, pero si quieres me acerco yo, que sé que estás sin dormir.

—No te preocupes por eso, pero ¿cómo? ¿Tan pronto?

—Parece que cuando le han ido a comunicar la muerte de su hija ha querido ir al piso a verla.

—Es lo normal.

—Le ha costado un huevo al inspector Flores convencerlo de que no podría ver a su hija en el escenario del crimen. Parece que conoce al comisario jefe de Girona.

—Ya.

—Por eso ha insistido en que le vayan a ver los encargados del caso en cuanto sea posible. Está en su casa. Te mando la dirección al móvil.

—Está bien. Se lo comento al sargento y ya os diré algo.

Colgó su teléfono y miró a Xavi, que permanecía impasible.

—Antes de ir a dormir, ¿te apetece una charla incómoda con el padre de la víctima?

—Por supuesto. Nunca rehúyo esas conversaciones.

—Pues vamos, sargento.

Xavi asintió y le dio otro sorbo al café para terminarlo. Aún tenía que ver de qué era capaz aquella mujer, pero sin duda el café estaba buenísimo.

26

El padre de Míriam les esperaba en su casa. El hombre vivía en una especie de mansión en la calle Eugeni d'Ors con vistas al mar y las casas del pueblo delante; un sitio privilegiado. Si el piso de la chica ya valía mucho dinero, aquella casa debía costar una fortuna. Era empresario y se dedicaba a algún negocio de importación. Uno de esos visionarios que siempre perciben lo que se avecina y son capaces de invertir en el momento correcto. Al sargento le extrañó que quisiera recibirles en aquel momento. A la familia se le da un trato especial en los homicidios, a menos que de entrada se intuya su participación en los hechos, pero no era el caso en aquella ocasión. La pérdida de un ser querido es algo terrible para cualquiera, y se necesita un periodo de duelo. Aún más cuando la muerte no ha sido natural o por accidente y se debe, en cambio, a otro ser humano. Este es un trago todavía más amargo. No es fácil procesar que alguien haya decidido arrebatarte lo que más quieres. Por eso se les suele dejar un tiempo si las circunstancias lo permiten. Sin embargo, eso va en contra de la investigación, el tiempo cuenta mucho, y por eso Masip siempre intentaba hablar con la familia lo antes posible. En este caso se le habían adelantado incluso a él.

Xavi se trasladó con Cristina. Carol iba a dormir un poco y después se acoplaría a Adolfo junto a otros miembros de la Unidad Territorial de Investigación de Girona para ayudarles con el papeleo, que iba a ser largo, mientras esperaban saber si el resto del equipo de Xavi iría a Girona o se quedaría en Barcelona para seguir con la primera víctima. Habían decidido que, por su proximidad a Cadaqués, se instalarían en la comisaría de Roses. Allí les habilitarían un despacho.

En el trayecto, y aprovechando que conducía Cristina, el sargento marcó el número de Carles García.

—Carles, ¿has podido dormir esta noche?

—Sí. De aquella manera, pero he descansado. ¿Y tú?

—Luego lo haré, no te preocupes. De momento esperad instrucciones, pero dile a Edu que esté preparado. Igual tenéis que subir.

—¿Y David?

—Llegado el caso se quedará allí. Ya sabes que, por si acaso, uno siempre tiene que estar en la retaguardia. Y en breve recibiremos los datos de los teléfonos que le pedimos a la jueza de Barcelona. Pero bien pensado, decide tú si se queda uno u otro. Me da la impresión de que a David no le va mucho el despacho.

—Vale. ¿Qué tal estáis por la Costa Brava? Qué buenos recuerdos tenemos de allí, ¿eh?

—Sí, pero de momento no hay tiempo para nada. Y eso que esta parte es la que menos conozco. De hecho, yo no había estado nunca en Cadaqués.

—Te lo perdiste el día que fuimos con el *escamot*. No sé qué estabas haciendo aquel día.

—¿Estudiando para ser caporal?

—Ah, sí, claro. Por eso yo suspendí la primera vez —le contestó riendo.

—Anda, te dejo, que ya estamos llegando. Informa de todo al inspector y dile que le llamaré cuando salga de hablar con el padre.

—OK. Ya me contarás.

El sargento se quedó un momento cautivado por las vistas que le ofrecía el trayecto. Las casas blancas y el contraste con el mar de fondo eran una visión reparadora. Sobre todo, antes de afrontar un mal trago como es el de tener delante a un padre que ha perdido a su hija.

A punto de salir del pueblo llegaron a la mansión, que estaba protegida por un muro de piedra en forma de vallado. Cuando alcanzaron la puerta exterior de forja llamaron a un interfono, y se les facilitó el acceso por una pequeña entrada. Una voz les indicó que dejaran el coche fuera del recinto, así que caminaron por una zona ajardinada con césped y palmeras colosales a ambos lados de un pasillo de gravilla blanca. En el borde opuesto del camino, dejaron atrás lo que parecía una capilla privada y continuaron caminando los últimos cincuenta metros hasta la puerta principal. Toda la edificación era de piedra.

Una señora les recibió en la entrada.

—El señor Albó les espera en la biblioteca.

Cristina miró a Xavi aguardando, quizá, una expresión de admiración por conocer a alguien capaz de tener en su casa una estancia a la que llamaban «biblioteca». Ella era una gran lectora. De repente se encontraron dentro de una sala enorme y repleta de libros. Las estanterías de madera eran de color oscuro y albergaban miles de volúmenes en toda la estancia. Tantos que no dejaban ni ver la pared. En el centro había unos sillones individuales de lectura frente a otro más largo de tres plazas. El padre de Míriam se encontraba al final de la habitación, observando un libro entre sus manos. La mujer que los había acompañado se retiró sin hacer ningún comentario y ambos se dirigieron a conocer al hombre que, de entrada, les había ignorado. Cuando estaban casi a su altura, este se giró, como sorprendido.

Los agentes sacaron sus placas y se identificaron.

—Sí, claro. Disculpen.

Medía un metro ochenta y no debía tener más de cincuenta años. Pelo cano, con volumen, y unas gafas de lectura que se quitó antes de estrecharles la mano derecha. En la izquierda sujetaba un ejemplar de la *Odisea* de Homero. Les preguntó si querían sentarse en aquellos sillones y sin esperar respuesta él hizo lo propio en una butaca. Xavi y Cristina le siguieron y se sentaron en el sofá grande.

—Ante todo, le acompañamos en el sentimiento —se adelantó Espejel.

El hombre hizo una mueca de sonrisa amarga.

—Nunca me gustó esa palabra —dijo en apenas un susurro que entendieron a la perfección.

Los mossos permanecieron callados a la espera de que se explicara.

—Una palabra que acaba en «miento» no me inspira confianza.

—Viene del latín y no hace referencia a «mentir», señor Albó —respondió ella.

El hombre alzó los hombros en señal de indiferencia.

—Señor Albó —tomó el mando el sargento—, ¿cuándo fue la última vez que vio a Míriam? ¿Por qué quería hablar con nosotros tan pronto?

El hombre hizo un gesto con las manos como si no lo recordara bien y cerró los ojos.

—Creo que hace dos meses. Nos peleamos... otra vez.

—¿Por su trabajo?

—Claro, agente. ¿A qué padre le gusta que su hija se desnude y haga qué se yo delante de una cámara? Por Dios —acabó diciendo, mirando al techo.

—Soy sargento. Y ya me imagino que a pocos. No me malinterprete, por favor. No somos insensibles, pero tenemos que conocer lo mejor que podamos a su hija para saber por qué alguien la mató. Si no está usted en condiciones de hablar, volveremos pasados unos días.

—¡¿Qué más da?! No, ya es demasiado tarde para todos. Quería pasar este mal trago lo antes posible para que pudierais centraros en encontrar a su asesino.

—¿Por qué cree que su hija se dedicaba a ese trabajo? —preguntó Xavi—. Sé que no le hacía falta el dinero para vivir.

—Míriam nunca aceptó mi dinero.

El padre se levantó del sofá y se giró hacia la estantería que tenía a sus espaldas. Se quedó mirando los libros mientras ellos esperaban a que continuara su relato.

—Cuando mi mujer murió, las niñas tenían ocho y doce años. Míriam era la mayor. A Carmen se la llevó un cáncer. No importa el dinero que tengas para enfrentarte a esa enfermedad. Nada fue igual después de aquello. Yo me centré en los negocios, y no crean que dejé de lado a mis hijas, o eso pensaba yo, pero no podía estar con ellas todo el tiempo. Míriam se fue alejando paulatinamente y, a los diecinueve, se marchó de casa. Sé que estuvo en varias casas de okupa, con gentuza de esa que no tiene donde caerse muerta. Y ya todo fue un declive.

—Se sorprendería si conociera a los padres de muchos de

esos okupas. Bueno, en realidad usted tiene su perfil. Casi todos son de buena familia.

—Supongo —admitió.

—Y con «buena» me refiero a «adinerada» —aclaró Masip.

Cristina abrió aún más los ojos. El hombre no pareció ofenderse y regresó a su sitio.

—Me quedé solo con Iveth. A Míriam la perdí de vista varios años, hasta que un día me crucé con ella aquí, en Cadaqués. Hará un año y algo de eso. Desde entonces nos hemos visto alguna que otra vez. Intenté acercarme a ella, pero no lo conseguí.

—¿Cuándo supo a qué se dedicaba?

—Me lo dijo mi Iveth. Y a ella se lo dijo un amigo.

—Su otra hija, Iveth, ¿cómo ha llevado todo esto?

—No sé si mal, pero creo que mejor que yo. Ella sí mantuvo más contacto con su hermana, pero no creo que puedan hablar con ella hasta dentro de unos días. Está muy afectada.

—Lo entendemos. De todas formas, dígale que cuando se encuentre preparada, nos gustaría hablar con ella.

—Sí, claro.

—No le molestamos más.

Se levantaron para irse.

—Sargento.

Los dos mossos se giraron.

—Encuentren al hijo de puta que se ha llevado a mi pequeña. Y si acaban con él, se lo recompensaré.

Los mossos se miraron sorprendidos.

—Nosotros no matamos a nadie, señor Albó. Eso no se la devolverá, y si busca venganza, lo destruirá por dentro. Se lo aseguro. Haremos todo lo posible para llevarlo ante un juez. Una jueza, en este caso.

—Le he reconocido. Le vi en la televisión. Sé que usted... Les daré un millón de euros —insistió.

Los dos mossos se miraron atónitos. Masip movió la cabeza antes de contestar.

—Da igual lo que crea que vio. Se lo repito, no ejecutaremos a nadie por dinero.

—Piénsenlo —repitió antes de volver a sentarse, abatido, en la butaca.

Los dos mossos salieron de la biblioteca y se dirigieron a la puerta. Una vez fuera, Cristina se volvió hacia Xavi.

—¿Te había pasado alguna vez?

—¿El qué?

—Venga ya, que te ofrezcan ese dineral por hacer un trabajo sucio.

—¿Sucio? Es inmoral, además de ilegal. No somos justicieros, aunque sepamos bien que no siempre se hace justicia. Por mucho que deteste a los asesinos, nunca he iniciado un caso con la intención de matar a nadie.

—¿Y una vez iniciado?

Xavi ignoró ese comentario y siguió caminado.

—Vamos —le acabó diciendo.

Caminaron en silencio por la grava. Xavi buscó la manera de desviarse hacia la pequeña capilla que la finca tenía en su interior y que había visto al entrar. Era una especie de ermita. Se detuvieron delante, junto a una doble puerta de madera, y observaron que dentro había tres bancos y la imagen de Cristo crucificado en el centro con la figura de una virgen a su lado. Desde su posición vieron que en el banco más cercano a la imagen había una mujer. Estaba de espaldas a ellos, concentrada en la figura de la Virgen. Parecía joven, por lo que Xavi pensó que sería Iveth.

Estaba con la cabeza gacha y parecía murmurar algo que no podían entender desde su posición. De repente, la joven reparó en ellos y giró la cabeza. Los mossos vieron, entonces, el rostro inundado de lágrimas de quien lo ha perdido todo. La chica fijó la vista en los policías, miró a Cristina y casi estuvo a punto de decir algo, pero no emergió palabra de ella. Sus ojos se clavaron en Xavi. Este no supo interpretar qué decían, pero asumió el dolor, y después de unos instantes, ella volvió la cabeza y siguió con sus oraciones. No había nada que decir, solo dolor que soportar.

27

Se despertó a las seis en punto de la mañana. Ni un minuto más. Abrió los ojos de manera automática, como si un mecanismo se activara de repente al oír la alarma del reloj. Había trasnochado la noche anterior, pero tenía que ir a su trabajo a pesar de que le iba a costar más de lo normal pasar la jornada; eran muchas horas de pie. Nada que no pudiera afrontar, eso sí, y más cuando había empezado a liberar, hacía ya tres días, a su ser interior. Era sábado y ansiaba llegar a su casa para poder recrearse en su nueva colección.

Encendió la cafetera y con el mando puso la televisión. Echaban episodios repetidos de *Los Simpson*. Mientras se preparaba el bocadillo se distrajo con las locuras de Homer y su familia. Poco después, cuando empezó a desayunar, puso las noticias.

Todo eran desgracias por el mundo. Hambre, guerras, atentados y, en un entorno más cercano, pobreza y desahucios. Sintió indiferencia y aburrimiento, además de la tentación de volver a los personajes amarillos, pero tenía que ver los avances en un caso que le despertaba un gran interés. Así que se tragó toda la basura en forma de noticias que la presentadora daba con cara inexpresiva hasta que llegó la que esperaba.

«Los mossos siguen investigando la aparición de un cadáver hace dos días junto a un contenedor en Barcelona. Hemos sabido que pertenece a una chica que se dedicaba al porno por internet. De momento no se tienen muchos datos, pero hemos podido saber que el asesino dejó una especie de firma en forma de objeto de papel, además de llevarse dos dedos del cuerpo».

El hombre sonrió mientras bebía su segunda taza de café. Empezaba a recoger los platos cuando algo le llamó de nuevo la atención desde el televisor.

«Última hora. Míriam Albó, estrella del porno en internet, fue asesinada ayer en Cadaqués. Los mossos investigan si este asesinato está relacionado con el de la mujer encontrada en Barcelona hace dos días. La víctima murió mientras realizaba un directo. Les avisamos de que las imágenes, aunque están pixeladas, pueden herir su sensibilidad».

Mientras la pantalla exhibía cómo Míriam era asesinada frente a su propia cámara de vídeo, el hombre daba un último sorbo a su taza de café. No se perdió ni un solo detalle. Cuando acabaron la noticia y pasaron a los deportes, salió de la cocina y se refugió en una habitación pequeña donde tenía un ordenador portátil. Se sentó delante de él, pero no lo abrió. No tenía demasiado tiempo, entraba a trabajar en una hora y media, tenía que coger dos metros y antes hacer una visita breve. Así que se quedó sentado en la silla contemplando las fotografías que decoraban una de las paredes. En ella estaban puestos de manera ordenada, uno tras otro, varios retratos de chicas con poca ropa. Muchos de ellos, firmados y dedicados. Se fijó en uno dedicado por Clarise. Lo tocó con los dedos y sintió un escalofrío de placer. Después, su mirada se posó en el de Míriam. Suspiró, pero no llegó a tocarlo. Solo se recreó en la sonrisa triste que emanaba de aquel papel fotográfico.

—Lo sé, querida, lo sé. Yo lo arreglaré.

28

Los dos mossos caminaron en silencio hasta el coche. No habían hablado después de ver a la que supusieron que era la hermana de Míriam intentando encontrar consuelo entre las paredes de piedra de aquella capilla. Cristina se giró hacia Xavi antes de entrar en el coche.

—Xavi, siento el comentario que te he hecho. No pretendía decir... bueno, ya sabes. Después de lo que debes llevar encima, yo...

—No te preocupes. Tengo la espalda ancha.

Se quedaron un momento en silencio y entraron de paisano en el vehículo policial. El sargento miró la hora y vio que pasaban de las siete de la mañana.

—Tenemos que descansar, Cristina. Déjame en el hotel y tú vete a dormir también. Nos vemos a la hora de comer, si te parece bien.

—Me parece genial. Mírame, necesito una ducha urgente.

—Tú organízate con los tuyos y que vayan haciendo las diligencias del levantamiento con la inspección ocular, y yo, desde el hotel, hablaré con los míos. Después nos pondremos al día.

Cristina puso la llave en el contacto, le dio al encendido y emprendió la marcha. El hotel no estaba lejos.

—Iveth está deshecha —comentó ella.

—Sí. Es lo normal, y entiendo que se refugie en una capilla. En esa privada tiene garantizado que no la molestará nadie.

Cristina miró a Xavi extrañada.

—No es nada relacionado con la iglesia o la fe. Me gusta ir a las iglesias por la calma y la tranquilidad que me da su silencio. Intento ir, cuando puedo, a la que llaman erróneamente la catedral del mar. En realidad, se llama basílica de Santa María del Mar.

Ella no dijo nada hasta que pareció encontrar algo en su interior.

—La fe —repitió Cristina con una especie de nostalgia en su voz.

—¿Cómo dices?

—Nada. Eso es lo primero que te enseñan en la Iglesia. La fe.

Xavi la observó esperando que le aclarara eso.

—Es decir, lo primero que te enseñan es: «Como lo que te voy a contar es algo que en el cine catalogarían como ciencia ficción, tienes que tener fe». Lo que viene a ser: «Créetelo sin hacer preguntas».

—Nunca me lo había planteado así. Lo reconozco. Pero ¿sabes? Envidio a los que de verdad sí creen en Dios.

—¿Por qué?

—Es más fácil afrontar la vida si de verdad crees que hay algo detrás. ¿No se trata de eso, en realidad? Estuve una vez en el entierro de un compañero, cuya familia era muy católica, y me asombró la entereza de todos ellos.

—¿Y entonces?

—¿Yo? No puedo creer en ningún Dios después de lo que he visto.

—Ya. Nuestro trabajo no ayuda mucho.

—No. ¿Y tú? ¿Eres creyente?

—Lo fui. Durante mucho tiempo de mi vida intenté creer que Dios tenía un plan para mí, que nadie sería tan cruel que me habría hecho nacer en el cuerpo equivocado sin razón. Pero al cabo de los años comprendí que no había sitio en su Iglesia para personas como yo. Y menos cuando esa fe desaparece con la realidad del día a día.

—Que cada uno crea lo que quiera, ¿no te parece?

Ella asintió y continuaron en silencio.

—¿Y tú?

—¿Yo?

—Sí. ¿Has creído alguna vez en Dios?

—Sí, cuando era pequeño y mi madre me llevaba a misa. Por suerte para mí, ya no.

—¿Por suerte?

—Claro. Te aseguro que ya me habría ganado una buena entrada, pero en sentido opuesto, para el cielo.

—Pues la verdad, no pareces mala persona, Xavi.

—Intento no serlo, pero he hecho cosas que... En fin.

—Te refieres al caso del balcón...

—No voy a hablar de eso, Cristina.

Ella bajó la cabeza y se arrepintió al instante de haber hecho aquel apunte.

—Bueno, ya sabes, Dios te perdonará si te arrepientes. Esa es la parte buena de ser cristiana —dijo ella sonriendo.

El sargento la miró antes de contestar.

—Ese es el problema. No me arrepiento de nada.

29

Cristina llegó a su casa después de dejar a Xavi en el hotel. Miró la hora y pensó que su madre estaría despierta. Hacía días que no hablaba con ella y sintió el deseo de escuchar su voz. No albergó esperanza de que su padre se pusiera al teléfono, ya lo tenía asumido, si es que eso era posible, y recordó que su madre siempre le decía que le diera tiempo. Antes de llamar se desnudó, dejando la ropa de deporte que había llevado todo el día en un cesto, y se metió en la ducha. Allí lloró amargamente. Cuando salió se puso una toalla en la cabeza, otra cubriéndose el cuerpo, y cogió su teléfono móvil.

Al tercer tono de llamada, su madre contestó.

—Hola, Cristina. Qué alegría que me llames.

—Ya sé que es pronto, mamá, pero hoy necesitaba hablar con alguien.

—No necesitas un motivo para llamarme, cariño.

—Lo sé, es que... no sé, el día ha sido duro.

—¿Por el trabajo?

—Sí. La maldad humana no tiene límites.

—Cristina, estudiaste mucho, no tienes por qué hacer ese trabajo. Eres joven.

—Lo sé, mamá, pero me gusta lo que hago.

—Hoy no.

—No, hoy no.

—¿Otra vez algún compañero tuyo se ha burlado? Denúncialo. A ver si alguno aprende algo.

—No, no, casi al contrario. He conocido a un sargento que me ha tratado solo y estrictamente como a una profesional. Desde que cambié de destino no he tenido conflictos, aunque paso de ir al comedor. Siempre noto el murmullo de alguno o de alguna, que también las hay.

—Lo siento, cariño. Los cambios en la vida a veces son traumáticos, qué te voy a contar.

—Ya —dijo con pesar—. ¿Está papá? —preguntó dudando si hacerlo.

—Está viendo el fútbol en el comedor. No sé qué partido se juega por la mañana, igual es grabado, pero ya sabes que le encanta. ¿Quieres que lo llame?

—No, no lo molestes. Ya sabes cómo se pone cuando le interrumpen el partido, además he visto por internet que ayer perdió el Madrid.

Las dos sabían que no era el fútbol el motivo por el que Cristina no quería molestar a su padre, pero callaron. A veces si no la nombras, la realidad es más llevadera.

—¿Me quieres contar algo? Estoy aquí.

—No, mamá, con escucharte es suficiente. Voy a picar algo y a acostarme, que aún no he dormido y será un día largo. Dile a papá que he llamado.

—Llama cuando quieras, hija mía.

—Adiós, mamá.

A Cristina le hubiera encantado hablar con su padre, pero en aquel momento quizá ni ella estaba preparada para esa conversación. Ya no era el campeón que eligió el atletismo antes que el fútbol como mal menor. Era la persona que había estado escondida dentro de sí misma toda su vida.

Regresó al salón y se sentó delante de la televisión para comerse una ensalada y algo de fruta. Incluso pensó en ponerse una película para intentar conciliar el sueño, pero sabía que aquella mañana las imágenes de Míriam Albó tumbada en la cama no la iban a dejar dormir demasiado. Y luego estaban aquellas fotografías en las que Míriam parecía clavar sus ojos interrogantes en ella. Unos ojos que le reclamaban atrapar a su asesino. Y Cristina juró al cielo que iba a pillar a aquel cabrón.

30

En el despacho del grupo de Xavi Masip, en la segunda planta del edificio de Les Corts, el caporal García y el agente Edu Tena se preparaban para recibir a Antonio Arán. Se presentó en una comisaría de los mossos en cuanto vio el vídeo de la muerte de Míriam y, aunque había dudado entre acudir con o sin abogado, lo hizo acompañado, consciente de que también moderaba el chat de Clarise. Enseguida vio que las sospechas se iban a dirigir hacia él, así que llamó a su abogado y decidió llevar la iniciativa antes de que agentes de las fuerzas especiales de los mossos reventaran la puerta de su casa. En la comisaría contactaron con el grupo de homicidios de Barcelona y lo citaron.

Los investigadores le tenían ganas, y aunque no descartaban su implicación, el hecho de presentarse le concedía solo algo de rédito. Pero, sobre todo, los mossos necesitaban información sobre cómo funcionaba ese negocio. Puede que les hiciera falta saberlo para entender por qué el asesino las había escogido a ellas en concreto.

El tipo era un armario con cara de niño y unas entradas en el pelo castaño que intentaba disimular con un buen corte. Quedó claro desde el principio, por su envergadura, que no se parecía en nada al asesino que se veía en el vídeo, aunque eso no descartaba su implicación.

Al principio observaba a sus interlocutores con recelo. Lo sentaron unos minutos en una sala sin decoración, salvo el calendario que adornaba la pared trasera, y con un ordenador detrás de una mesa con dos sillas en la parte contraria. Su abogado permanecía callado a su lado.

Antes de entrar, el agente David Fius le dijo al caporal que esperara un momento. Parecía tener algo urgente que contarle.

—Carles, sé que no es el mejor momento, pero he visto merodeando por el pasillo a la sargento de Asuntos Internos. No sé cómo se llama, pero sé cómo se las gasta.

—Se llama Pepa Morales. Déjala, está cazando moscas.

—No quiero problemas. Vine al grupo un poco obligado y, aunque me encuentro a gusto, no quiero meterme en líos.

—David, haz tu trabajo e ignora a la sargento. Esto no va contigo. Está obsesionada con Xavi.

—Vale, vale. No he dicho nada.

Carles se giró y entró con decisión en el despacho donde le esperaban. En primer lugar le estrechó la mano al abogado y después, con fuerza, a Antonio. Este, sin embargo, lo hizo de manera tímida y esbozó una ligera mueca de dolor al apartar la mano. Era una táctica psicológica, aunque el caporal no pensaba que le hubiera apretado tanto.

—Lo siento, es la costumbre —le dijo el mosso tras marcar territorio con ese gesto.

—No pasa nada —respondió Antonio frotándose la mano.

—Ya veo que ha venido con su abogado antes de declarar.

—Sí. Yo no sé mucho de estas cosas —dijo señalando la estancia—, y prefiero que me asesoren. No se ofenda.

—No, hombre. Ese es un derecho que usted tiene y que a mí me da mucha información.

—¿A qué se refiere?

—Bueno, un inocente no necesita nunca un abogado. Y usted está aquí en calidad de testigo.

—Claro. Ya he visto en la tele esos juicios que hicieron y sé que si eres testigo tienes que decir la verdad o te empapelan. Imagine que me equivoco en algo.

El caporal resopló.

—Mire, señor... —revisó sus notas—, señor Arán, esto no es un juicio y no sé si me ve pinta de juez. Los atestados policiales solo tienen valor de denuncia ante el juzgado. Eso se lo corroborará su letrado. Pero ¿acaso tiene miedo a mentir?

El tipo hizo una especie de mueca. El caporal apuntó algo en una libreta de forma oblicua sin que Antonio Arán pudiera ver qué era.

—Oiga, le he dicho que no declararé nada. ¿Qué apunta?

—Estamos en el siglo XXI y las declaraciones se hacen en un ordenador. No se preocupe, que esto ya se lo explicará su abogado. Mis notas son cosa mía. Piense que no tengo ni idea de cómo funciona este negocio que usted tiene.

El abogado le susurró algo al oído.

—Yo no tengo ningún negocio, caporal. Solo ayudo a las chicas a ganarse la vida.

—Está bien. ¿Cómo hace eso?

El tipo dudó un momento. El abogado asintió, pero el hombre seguía dudando.

—Mire la pantalla del ordenador.

Estaba apagada.

—No estoy tecleando nada. Hasta que no lo haga, usted no estará declarando, y después de eso tendrá que firmar la declaración junto con su abogado. Solo quiero saber cómo funciona el negocio, y con esto ayudará a dar con el asesino de Clarise y de Míriam. ¿No es lo que quiere?

El hombre asintió.

—Clarise se llamaba Aurora, supongo que esto ya lo saben. Míriam no quiso utilizar un *nick*. Nunca lo entendí, pero algunas chicas lo hacen así.

El caporal guardó silencio. Sabía que ahora era el momento de escuchar y aprovechar la situación de incomodidad que provocaba estar allí sin mediar palabra.

—Mire, yo me metí en esto por casualidad. Antes era usuario de estas páginas. Conocí a una chica que se dedicaba a ello y acabé entablando una relación. De eso hace ya seis años.

—¿Me puede decir su nombre?

—Solo el del trabajo. Se llama Betty, pero ya no está haciendo directos.

—Y ¿cómo va eso? ¿Qué hace... —revisó sus notas de nuevo— un *webmaster*?

—Pues un poco de todo. Modero los chats, les voy diciendo a los que se conectan que pueden adquirir vídeos y fotos dedicadas de las chicas... No sé, lo que ellas necesiten o lo que la situación requiera.

—¿Cómo se modera un chat? Perdone mi ignorancia.

—Verá, tengo la llave del chat, es decir, las contraseñas, y leo todo lo que les escriben. Si alguno se pasa de la raya, lo expulso de la sala. De la sala virtual —aclaró—. O si no aporta recompensas. *Tokens*, vaya. Es la moneda virtual con la que trabajamos nosotros.

—¿Qué más servicios ofrecen?

—¿Servicios?

—Sí, no sé. ¿Qué más se puede hacer en esas páginas aparte de mirar a través del ordenador para ofrecer desahogo sexual a los salidos?

—¿Ve? Usted no lo entiende.

—Pues explíquemelo.

—Hay otros servicios, pero no son en ningún caso de contacto directo. Bueno, casi nunca —reconoció.

—¿Y son?

—Intercambiar mensajes con ellas por unos cien euros al mes o mantener conversación durante unas horas.

—¿Ve?, eso me interesa. ¿Se puede acceder a las chicas de manera directa sin pasar por su filtro?

El hombre dudó antes de responder.

—Sí. Esas llamadas son privadas. Si el tipo se pasa, ellas son quienes las cortan y se quedan el dinero. A nadie le interesa que suceda eso. Es un trabajo a largo plazo y lo que todos queremos es que sigan conectados a ellas. Esto sube su posicionamiento en la plataforma. Cuánto más arriba, más clientes; aunque a las chicas no les gusta esa palabra.

—Ya.

—No sé qué más decirle. A los que se pasan los bloqueamos.

—¿Cómo?

—Los expulsamos de la sala del chat, como le decía antes.

—Ah, claro. Hay algo que nos interesa mucho. Míriam dice en el vídeo que va a entregar un premio, ¿a qué se refiere?

—Bueno, a veces se hacen cosas diferentes para ganar notoriedad en la página. Míriam sorteó un encuentro con ella.

—¿Cómo? ¿Un sorteo? —preguntó Carles, confuso.

—Sí.

—Pero ¿eso es habitual?

—¿Habitual? Qué va. Eso fue idea de Míriam y tuvo un exitazo. Para el sorteo hubo más de dos mil inscripciones.

—¿Hubo trampa? Es decir ¿estaba amañado?

—No, se lo juro. Ella no quiso. Quería que fuera así. Además, solo con eso ganó un pastón, pero...

—Siga.

—Creo que no lo hizo por dinero.

—¿Por notoriedad?

—No, no. Ella era muy cariñosa y sensual, pero siempre me dio la impresión de que aborrecía lo que hacía.

—Lo hacía por dinero, ¿no?

—Sí, sí, claro. Pero no sé, las veces que nos veíamos fuera de cámara, que no fueron demasiadas —se quedó pensativo—, siempre tenía aquella mirada triste. Qué pena.

—¿Tiene los datos del ganador?

—El *nick*, claro, y de este me acuerdo. Era «Diego666».

—Bien. Necesitaremos todo lo que nos pueda facilitar en forma de datos de la lista de los clientes que han podido acceder a las chicas.

El hombre miró a su abogado.

—Esa información es confidencial, y lo sabe, caporal —le dijo el letrado.

—Le recuerdo que de momento no sospechamos de su cliente, pero sí que buscamos a un asesino.

—Es que yo no sé si puedo dársela. Entiéndalo, la privacidad, ya sabe. Además, solo sabemos los *nicks* que utilizan.

—Usted mismo. Puede seguir los consejos de su letrado, al que habrán pagado los propietarios de la página, por lo que deberá juzgar usted a quién está defendiendo de verdad.

—Oiga, no le permito que...

—Pero déjeme que le recuerde —continuó García ignorando al letrado— que no estamos investigando a una pandilla de salidos, esto va de un asesinato —le dijo mostrándole una fotografía de una pierna de mujer con un trozo de carne arrancado.

—¡Dios! —gritó el hombre apartando la vista.

La impresión le hizo respirar muy rápido.

—¡Basta ya! —dijo el abogado levantando la voz—. Esto es improcedente.

El hombre acercó la foto hasta él arrastrándola por la mesa.

—¿Es de...?

—Qué más da.

El tipo se masajeó las sienes.

—Les daré la lista de *nicks* que tenemos asociados cada uno a un correo electrónico.

—Eso me servirá de momento, mientras lleven asociado también un número de teléfono.

—Esto no sé si... Algunos sí, claro, por lo de los mensajes, pero yo no sé si esto se lo puedo dar.

—Lo conseguiremos de una manera o de otra. Pero le aviso: este caso lo lleva la jueza del doce. No le gusta mucho tener que trabajar para obtener cosas que un inocente daría de buen grado.

El tipo tragó saliva.

—No, no. Quiero colaborar. Yo apreciaba a las chicas, no creo que haya problema. Solo son nombres falsos —le dijo con una sonrisa forzada y mirando a su abogado, que tenía cara de pocos amigos.

—No se preocupe por eso, ya nos espabilaremos.

—Agente...

—Dígame —le dijo evitando corregirle respecto a su grado.

—No sé si es importante, pero como lo sabrán igualmente, salgo en algunos vídeos.

El caporal lo miró casi sorprendido. No porque eso no fuera posible, sino por su aspecto. Se preguntó si alguien pagaría por ver a un tipo como aquel teniendo relaciones sexuales a través de una página web.

—Ya sé lo que piensa. Sí, hay mucho degenerado suelto.

31

Después del interrogatorio, García estaba en su mesa cuando entró el sargento Mesalles, de la científica, con una carpeta en la mano. Se la dio y se sentó en la silla que estaba frente a él.

—He preferido venir yo en persona, ya que al último que envié resulta que conocía a la víctima —le dijo medio en broma.

—No te preocupes. Estas cosas pasan.

—Échale un vistazo y lo comentamos. Entretanto miraré un par de correos que tengo pendientes.

Mesalles revisó su teléfono móvil mientras Carles abría la carpeta y empezaba a leer el informe sobre la autopsia que habían realizado los forenses. Les habían hecho llegar una copia a los de la científica, y estos, a su vez, elaboraron un reportaje fotográfico que también trasladaron a un informe.

El informe sobre Aurora Estévez Guijarro, apodada Clarise en el mundo de la *webcam*, era extenso y realizado por dos forenses, como es habitual en los homicidios. Se especificaba que el total de heridas punzantes habían sido treinta y siete. También que los cortes longitudinales de la carne en glúteo derecho y cuádriceps izquierdo se habían realizado con una herramienta muy afilada, sin poder especificar cuál era.

En cuanto a las agresiones sexuales, eran patentes tanto en vagina como en ano, con desgarro y ensañamiento en este último. Los forenses habían encontrado debajo de las uñas de tres de sus dedos restos de una sustancia que podría ser piel artificial, posiblemente de un guante de color negro traspasado a la víctima en el forcejeo. El tatuaje había sido extirpado con la misma herramienta con la que habían arrancado los trozos de carne. Todos esos cortes se habían hecho *post mortem*. Para finalizar, la causa de la muerte había sido la pérdida de sangre por las heridas, en especial por una que le había atravesado el hígado. La víctima había sufrido una muerte dolorosa.

Carles cerró el informe y se quedó pensativo. El sargento Mesalles guardó su teléfono y comentó:

—Dicen los forenses que no pueden establecer el orden de las heridas punzantes, pero que seguramente no fueron hechas de manera rápida.

—Eso también te lo puedo decir yo.

—¿Cómo lo sabes, Carles?

—Xavi me advirtió que mirara eso en el informe forense, porque se lo había parecido en las fotos que vio del levantamiento del cadáver.

—No te entiendo.

—Le pareció que no había un frenesí asesino, y eso le preocupa. Es decir, ninguna de las punciones se cruza con otra. Ni hay ninguna superpuesta. De las treinta y siete, si se hubieran hecho con saña y rapidez, algunas se hubieran superpuesto. Ya lo hemos visto otras veces. Aquí no. El tipo disfrutó haciéndolo y buscó zonas limpias donde penetrar la carne con el cuchillo. En cada una de las incisiones. Creo que eso le excitó tanto como cuando la violó. Aunque nos parezca increíble.

—Joder, amigo. Veinte años en esto y aún me dan escalofríos.

—Sí. Si hubiera querido solo matarla, le habría rajado el cuello o la habría apuñalado en el corazón. Al menos, cuando le cortó los trozos de carne y el tatuaje ya estaba muerta.

—Menudo animal.

—Eso lo definiría muy bien si no caminase a dos patas y entre nosotros. Los animales tienen más corazón y un instinto de supervivencia que nada tiene que ver con el sujeto que perseguimos.

—Bueno, os dejo con vuestro asesino. Yo tengo una inspección ocular en el paseo de Gràcia, donde han estrellado un coche en una de esas tiendas de ricos.

—Pues ánimo para ti también.

—Y dile a Xavi que me alegra que haya vuelto.

Carles no dijo nada, pero asintió mirando a su compañero, que se marchaba por la puerta silbando. Siguió repasando el informe forense por si se le había escapado algo en aquella primera lectura. Esos papeles solo eran la constatación de que perseguían a un monstruo.

Otro más.

32

Entrevista. Grupo de asistencia psicológica.
Parte de registro 5 de 8

—Pero ¿le dio? ¿Acertó?

—¿Cómo dice?

La mujer repasó sus notas.

—Me ha dicho que le disparó. ¿No le dio a esa distancia?

El sargento volvió al piso de Barcelona.

—Cuando disparé la primera vez, reconozco que lo hice más por instinto de supervivencia que por puntería. Por eso no le vacié el cargador. No sabía si le había dado, pero el tipo se paró un momento. Era un aviso mientras recuperaba la vista y asimilaba lo que había pasado. Bajé el arma un poco para recobrar la visión del individuo una vez fui consciente de que él no tenía su escopeta cargada y de que si se abalanzaba sobre mí, podía responder con mi arma. Entonces vi que el hombre se tocaba el hombro y que en su camisa azul celeste se dibujaba una mancha de sangre en forma de círculo. En ese momento supe que sí le había alcanzado. Después me devolvió la mirada sujetando una vez más la escopeta entre sus manos. Desvió la vista hacia la caja de cartuchos a escasos dos metros de él. Creo que le dije: «No llegarás a ella. Vaciaré el cargador si hace falta y a esta distancia te aseguro que no fallaré».

—¿Qué hizo él?

—Bueno, mi cabeza empezaba a funcionar, y aunque sabía que en esa escopeta no le quedaban cartuchos, aquella era el arma de un cazador, y estos suelen tener más de una. Quizá tenía otra cerca. No dejé de apuntarle. El hombre dio un paso para intentar acercarse a la estantería. Efectué otro disparo, esta vez de advertencia, y le hice comprender que se había acabado su ventaja, tal y como le había dicho antes. Entonces dejó la escopeta en el sofá y empezó a retroceder hacía el balcón abierto. Le seguí apuntando mientras retrocedía con la mirada perdida en su mujer, que yacía en el suelo encima de un charco de sangre.

—¿Y qué hizo usted?

—Continué apuntándole mientras caminaba hacia atrás, hacia el balcón abierto. Me ignoró. Tropezó con algo que había en el suelo, pero no se cayó y casi ni se inmutó. Siguió caminado hasta que su espalda chocó con la barandilla.

Xavi se quedó pensativo un momento.

—¿Y?

—Y saltó.

—¿No intentó detenerlo?

—Claro. Intenté echarme encima para sujetarlo y, de hecho, conseguí sujetarlo por el cinturón.

—Pero no logró pararlo.

—No, yo estaba herido en el hombro y no tenía la fuerza suficiente en el brazo para aguantarlo. Mis dedos cedieron y él se precipitó.

—Claro.

—Me asomé para comprobar dónde había caído, y fue cuando me grabaron las cámaras. Regresé al interior, donde había un silencio estremecedor. Centré la vista en la mujer, que había recibido un impacto directo en la zona abdominal. No mostraba signos de vida, pero, aun así, me acerqué a comprobar si tenía pulso. Estaba muerta. Llegué hasta el sargento Brou, que permanecía tirado en el suelo. Comprobé su muñeca y vi que conservaba el pulso. Tenía múltiples impactos de proyectil. Como le he explicado antes, las escopetas de caza disparan unos cartuchos que despliegan diversos balines que hacen que el daño sea todavía mayor. Yo tenía tres de esos balines entre el hombro y el chaleco, pero no era consciente de ello en aquel momento. Entonces, Brou pareció recuperar la conciencia y me miró a los ojos. Me quedé arrodillado junto a él.

—¿No había llamado usted a emergencias?

—Lo habíamos hecho antes de entrar. Lo cierto es que no tardaron mucho en acudir.

—¿Le llegó a decir algo?

Xavi suspiró.

—Me cogió del brazo y me dijo: «No me dejes solo».

33

Xavi y Cristina quedaron en la tasca de Marcelo antes de regresar al piso de Míriam al mediodía. Fue ella quien pasó a buscarle a las tres de la tarde después de comer algo; él lo hizo en el hotel. Comió un plato de pasta y medio trozo de carne rebozada, y ella, en su casa, antes de acostarse, una ensalada y fruta. Algo de energía para seguir avanzando en el caso, poco más. El sargento aprovechó para llamar a Carles y este le puso en antecedentes de la entrevista a Antonio Arán, el *webmaster*. Le explicó lo del sorteo y el premio, y quedaron en volver a hablar después de revisar de nuevo el piso de Míriam.

Se unió a ellos, algo más tarde, Carol Ferrer. Tras casi dos días sin dormir, había alargado un poco más el descanso. Cuando Cristina acabó el bocadillo que le había preparado Marcelo, se dirigieron al domicilio de Míriam.

El piso había quedado precintado después de que la funeraria se llevara el cuerpo a la delegación de Girona del Instituto de Medicina Legal de Catalunya. En la puerta del edificio, una patrulla de mossos conversaba con Adolfo, que les estaba esperando. Al llegar, el agente les salió al paso. Era un hombre alto y fuerte, con el mentón estirado y los ojos negros. Tenía el pelo castaño claro y andar de oso.

—¿No me traes un café de esos tan buenos, jefa?

—No tenían para llevar, lo siento. Luego iremos a tomar otro. Encárgate de la logística, ¿quieres? Estaremos el fin de semana en la comisaría de Roses.

—Ya me he encargado. En la unidad de investigación solo está el de guardia. Tenemos la sala para nosotros.

—Bien. Estos son el sargento Xavi Masip y la agente... Disculpa, no recuerdo tu nombre.

—No pasa nada. Me llamo Carol Ferrer.

Se dieron la mano.

—¿Dónde os alojáis?

—Están en el hotel Quatre Vents —intervino de nuevo Cristina, sin darles la oportunidad de contestar—. Está bastante bien y casi fuera de temporada es asequible —añadió antes de subir al piso de Míriam.

—Lo que nos da la dieta —apuntó Carol.

—Claro. A unas malas, tengo una habitación de sobra y un sofá —les dijo Cristina.

—No hará falta, pero te lo agradezco —respondió Masip.

—¿Qué quieres hacer ahora, Xavi? Por cierto —añadió Carol con una mueca—, el forense me dijo antes de irse que esta vez tiene coartada. Cómo se acuerda el muy jodido de aquel caso. Y mira que han pasado años.

—No lo entiendo —señaló Espejel.

—Es una historia muy larga, Cristina —indicó con pesar el sargento.

—¿Como la de la jueza?

Xavi no contestó, puesto que entraba de nuevo en lo personal y no tenían ese tipo de relación. No compartía estas cosas ni con algunos de los miembros de su equipo.

—Vamos arriba. Quiero ver el piso con tranquilidad. ¿Puedes conseguir que la científica me haga una copia de las fotos de la inspección ocular?

Cristina los miró sin comprender para qué quería él esa copia.

—Ya lo he pedido, Xavi —se adelantó Carol.

El sargento iba a entrar, siguiendo a sus compañeros que ya empezaban a subir los escalones hasta el segundo piso, pero se paró en la entrada y se giró. Se quedó observando la calle que llegaba hasta la casa. Había varios coches aparcados fuera de la línea policial. No se movía un alma y desde allí, como la casa hacía esquina y daba a una especie de playa pequeña, se podía oír el sonido de las olas que golpeaban en un dique.

—¿Qué pasa, Xavi? —preguntó Cristina que se quedó a esperarlo.

Este no contestó, como si estuviera concentrado en algo que solo pudiera ver él.

—¿Xavi? —insistió.

—Sí, no es nada. Disculpa.

Se giró y se metió en la entrada para subir las escaleras. Ellas, en cambio, se quedaron unos pasos más atrás.

—¿Qué ha sido eso? —preguntó Cristina.

—A veces, Xavi tiene un sexto sentido, que, bueno... Luego te lo explico. Y lo de la copia de la investigación, también —le susurró Carol mientras se adelantaba y seguía a Xavi hacia el piso.

Cristina fue tras ella moviendo la cabeza sin entender a qué se refería. Detrás iba el agente Adolfo Escobedo, como su único compañero. Una vez arriba, los cuatro se quedaron en la entrada un instante.

—Os habéis conocido abajo, pero os lo presento formalmente. Adolfo es con quien mejor me llevo. Es decir, es casi con el único que me llevo bien —aclaró Cristina.

—Es una gran investigadora y sobre todo una gran persona. No puedo pedir más. Vamos, que me trae sin cuidado si antes meaba de pie —soltó Adolfo ante los ojos de asombro de Carol.

—Como veis, tiene la confianza suficiente como para decirme cosas que no le toleraría a nadie. De hecho, es en el único en el que confío.

—Gracias, jefa.

Ella le guiñó un ojo y accedieron al apartamento.

El sargento pensó en lo mal que estaba el mundo cuando una persona como Cristina, de la que, a pesar de sus preguntas punzantes, hasta el momento no tenía queja, solo podía confiar en un compañero. Tampoco distaba tanto de él, que solo confiaba en su equipo. Pero como imaginaba, lo de Cristina no era por una cuestión profesional.

Al entrar, Espejel se encontró a Masip plantado en la entrada. Tenía los ojos cerrados, estaba concentrado, y los abrió para contemplar una especie de recibidor desde el cual se accedía al resto de las estancias. Había un pasillo alargado. El piso era más grande de lo que recordaba de su visita anterior, cuando estaba lleno de mossos trabajando. Ahora, sin más agentes que ellos ni la comitiva judicial, se respiraba silencio. Un silencio extraño, tal y como le parecía siempre que visitaba una estancia donde había vivido alguien que jamás volvería. Ese silencio funesto que se encuentran los familiares cuando regresan a donde antes vivían sus seres queridos; lugares en los que nunca más almacenarán nuevos recuerdos, donde solo quedan unas paredes inertes que acostumbran a retumbar con ecos vacíos. Sin embargo, antes de eso, antes de que la nada invadiera aquel lugar, los policías necesitaban profanar esa quietud.

La habitación de Míriam quedaba casi al final. En el centro, lo que habría sido el comedor en un piso convencional era la habitación que la chica dedicaba a su trabajo. Un decorado a simple vista. Y a la izquierda estaba la cocina, bastante grande y con una mesa que debía utilizar para las comidas. Sin embargo, lo que le había llamado realmente la atención al sargento era la reducida habitación ubicada justo a la derecha de la entrada. Era pequeña y quizá servía de cuarto para la plancha o despensa, pero Míriam había habilitado una mesilla pequeña y una silla de tipo butaca que no concordaban con el espacio ni con el resto de la casa. Allí recordaba haber visto una lata de Coca-Cola y un vaso que, sin duda, habrían recogido los agentes de la científica.

—Aquí había alguien durante la actuación de Míriam.

—¿Aquí escondido?

—No, no estaba escondido. Se tomó una Coca-Cola, y la puerta no está forzada. Ella le dejó entrar.

—¿Quieres decir que la bebida no era de ella y que su asesino se la tomó antes de matarla? —preguntó Cristina.

—Cosas más raras hemos visto, te lo aseguro —le contestó Carol.

—Además, tal y como me lo ha explicado Carles, ella sorteó un encuentro sexual con un fan de su página. Así que sí, se sentó tranquilamente a tomarse un refresco antes de matarla.

—Por eso hablaba de un premio en el vídeo. Sin esa información era difícil saber a qué se refería.

—Por favor, Cristina, llama al jefe de la científica y que acelere la búsqueda de huellas en el vaso y la lata que han recogido.

—Ahora lo llamo, pero ¿no crees que llevaría guantes? Se ve en el vídeo.

—Sí, pero quizá no los llevaba al entrar. Además, ella dice textualmente que va a dar un premio a alguien y cuando esa persona accede a la habitación no se espanta. Ahora sabemos por qué. De hecho, le espera. Es después cuando pasa algo y se da cuenta de que está allí para matarla. Ella cambia la expresión de repente, al verle la cara. O al ver el cuchillo. No se aprecia por el ángulo de la cámara.

—Tienes razón. Supongo que al ver el cuchillo.

Adolfo les llamó desde la habitación de Míriam, donde se había metido ajeno a la conversación de su jefa con Masip.

—Venid a ver esto.

Cuando entraron, este sujetaba una caja de cartón cerrada de unos cincuenta centímetros de ancho. Llevaba los guantes puestos para no dejar sus propias huellas, pero la tenía que aguantar en el aire para mostrarles la tapa. En ella se podía ver una gran luna llena.

—Estaba dentro del armario, pero debajo de otras cajas de zapatos. Lleva una inscripción un poco extraña, ¿no creéis?

Los mossos, una vez cerca, pudieron leer: «*Vestigium lupi*».

—¿No os parece raro?

—¿Qué hay dentro de la caja?

Adolfo la depositó en el suelo, sacó su navaja y rompió el celo en forma de precinto que debía haberle puesto Míriam. La abrió dejando atrás la tapa con aquella extraña inscripción. Dentro había ropa de mujer que parecía sucia. No la habían lavado antes de guardarla ni estaba bien doblada, a diferencia de la que tenía la chica en su armario.

—No entiendo nada.

—Puede que sea ropa de alguna de sus actuaciones —dijo Carol.

—No lo sé —intervino Cristina—. Pero creo que esas palabras en latín significan algo así como «el rastro del lobo».

—Eso es exactamente —confirmó Adolfo mostrando el traductor de su teléfono móvil.

—Muchas horas libres y demasiada curiosidad —le dijo Cristina a Carol, que la miraba con admiración por saber leer latín.

—Muy bien. Preservadlo todo —dijo el sargento—. Aún no sabemos qué es importante y qué no. Por lo tanto, ahora mismo todo lo es.

—Xavi —interrumpió Carol—, ¿puedo ver el vídeo ya? No me entero de nada.

—¿Qué? Ah, sí. Perdona. Pero antes tienes que contarme qué has visto tú en la inspección ocular. Espera un poco.

Carol resopló por lo bajo.

34

A las ocho de la tarde las tiendas de la zona comercial del Portal de l'Àngel empezaban a echar el cierre. En una de ellas, que pertenecía a una famosa multinacional, hacía ya unos minutos que invitaban a los clientes a irse a casa. El guarda de seguridad accionó la llave que bajaba la persiana metálica de la puerta de entrada y la dejó a medio cerrar.

Había hecho una ronda, como cada día, y revisado los cambiadores. Solo quedaban en la tienda las dependientas, la mayoría mujeres, acabando de ordenar y recoger las piezas que los clientes habían dejado mal colgadas en las perchas o directamente de cualquier manera en las estanterías.

El tipo medía metro setenta y cinco, era delgado, con el pelo corto y los ojos negros como el carbón, y apenas pasaba de los veinte años. Gracias a los servicios sociales había conseguido acceder a unos cursos de seguridad privada, y aunque aún no se atrevía con la oposición para acceder a la policía, no descartaba esta posibilidad.

La semana anterior había detenido a un ladrón que, al intentar llevarse unas piezas de ropa, había empujado a una de las dependientas haciéndola caer al suelo. Él lo había retenido hasta que se presentó una patrulla de los mossos y lo detuvo.

Hasta ese día, Julio Cedeño solo era un tipo introvertido que apenas saludaba a las trabajadoras y que se quedaba mirando los monitores en busca de «hurteros». Ese hecho motivó un cambio que ni siquiera él había previsto. Mientras seguía de pie en la entrada se acercó una dependienta.

—Julio, ¿te vienes con nosotras a tomar algo? Vamos casi todas, es el cumple de Raquel —le dijo Vanesa.

El joven mantuvo la mirada enfocada en el suelo. El contacto directo con sus ojos era demasiado para él, pero desde aquel incidente ella se sentía agradecida y lo veía distinto.

—No, no, gracias. Tengo que irme a casa.

—Bueno, otro día será —le contestó la chica.

Ella pasó por su lado y le tocó el brazo antes de desaparecer por la puerta metálica a medio cerrar. El chico hizo un gesto de placer, imperceptible para ella, al notar su contacto. No la perdió de vista mientras se reunía con sus compañeras.

Las otras chicas ya estaban fuera y, como era habitual, lo habían ignorado al salir. Deseaba ir con ellas a tomar algo, pero eso era una odisea para él. No simpatizaba con nadie y le costaba entablar cualquier tipo de conversación. Mirar a la cara a otro ser humano, sobre todo del sexo femenino, era una tarea hercúlea para Julio.

Se aseguró de que no hubiera nadie y esperó a la encargada, que era la que cerraba la tienda. Esta, mucho menos agraciada y con más peso que las otras chicas que trabajaban de cara al público, parecía tenerle asco. Le trataba como a un esclavo, a pesar de que él trabajaba para una empresa de seguridad y no directamente para la cadena propietaria de la tienda que ella dirigía. Aunque Julio también sabía que una llamada suya podía costarle un desplazamiento o incluso el despido.

—¿Has revisado todo?

—Sí. Como cada día —dijo sin mirarla.

—No me importa que lo hagas cada día. Me preocupa el día que no lo hagas, que se te pueda colar alguien. Imagina que se queda dentro un ladrón. O peor aún, un cliente encerrado; la de explicaciones que tendría que dar, y ya sabes que yo...

Julio desconectó de aquella verborrea —algo que ocurría a menudo— y esperó a que los labios de la encargada dejasen de moverse.

—Lo sé, señora, buenas noches —aseguró, sin importarle si su contestación encajaba o no con lo que ella había dicho, y la dejó allí, con la seguridad de que debía estar maldiciéndolo entre dientes.

Se acomodó el abrigo, que ocultaba la parte superior de su uniforme, y la mochila y caminó por las calles aún repletas de gente preguntándose cómo sería si aceptara un día la invitación de aquellas chicas, diez años mayores que él. ¿Se sentiría a gusto con una cerveza en la mano y rodeado de tantas mujeres preciosas? Vanesa realmente lo era, y ojalá pudiera hablar más con ella. Pero no podía hacerlo aún, y menos aquel día.

No iba a regresar tan pronto a su casa. Tenía que darse prisa, tenía una cita y por nada del mundo iba a dejar de asistir a ella.

35

La noche ya caía en la comarca del Alt Empordà cuando se reunían los equipos conjuntos que investigaban el asesinato de Míriam Albó. Lo hacían empleando las nuevas tecnologías que se habían implantado para las reuniones a distancia. Por un lado, el grupo de Xavi desde la comisaría de Les Corts en Barcelona, y al otro lado de la pantalla del portátil, la caporal Cristina Espejel junto a Adolfo, Carol, que hacía de intermediaria, y Xavi, quien dirigía la reunión desde la comisaría de Roses.

Hacía un tiempo que se había instalado en el cuerpo de los Mossos d'Esquadra la costumbre de hacer reuniones telemáticas. Por eso, ahora, muchas unidades contaban con un ordenador portátil con cámara para las videoconferencias. Carol tenía allí uno cedido por la unidad de investigación de Roses y preparó la conexión. Se iban a poner al día de ambos casos.

Después de coordinar las líneas de investigación para encontrar al hombre que había matado a Clarise y que había entrado en la casa de Míriam para asesinarla, Xavi y Cristina tenían que ir a entrevistar a la hermana pequeña de esta última, que finalmente había accedido a hablar con ellos antes de lo previsto. El sargento supuso que el padre habría insistido.

La reunión se alargó un poco, y sin apenas tiempo para despedirse, Xavi y Cristina dejaron a García con los detalles para dar con el sospechoso. Se suele decir que el asesino siempre es el último que ve a la víctima con vida, pero en aquel caso tenían que dar con una tercera persona: el tipo que había estado con ella antes de que muriera frente a su cámara de vídeo. Era muy probable que el asesino hubiera aprovechado la ocasión del sorteo para acceder a ella, pero si realmente había sido un sorteo limpio entre miles de hombres y algunas mujeres, ¿de verdad que la suerte, o en este caso la mala fortuna, había hecho que le tocara el premio al asesino?

Llegaron a toda prisa a la sala en la que les esperaba Iveth. Un despacho donde se recogían las denuncias de los vecinos y que, amablemente, les había cedido la Oficina de Atención al Ciudadano. Antes de entrar, Cristina se paró y cogió del brazo a Masip.

—Mejor entra tú solo, Xavi.

—¿Estás segura? Quizá una mujer encaje mejor en esta entrevista.

—No, no es una víctima de agresión sexual, solo es la hermana de la víctima, y vi cómo te miraba ayer en la capilla.

—¿Cómo me miraba?

—Hazme caso, se abrirá más contigo. Además, no he dado aún novedades a mi jefe. No te preocupes, que no desvelaré nada, pero algo tendré que decirle, ¿no?

—Está bien, como quieras. Luego nos vemos.

Cuando Xavi entró se encontró con una joven algo más alta que Míriam, de pelo rubio y ojos grisáceos. Tenía las facciones suaves y un gran parecido con su hermana. Solo tenía veintidós años. Xavi le estrechó la mano y la notó suave. Ella le miró a los ojos mientras lo hacía.

Tomaron asiento a un extremo de la mesa cada uno. Se quedó mirándole sin decir nada, entrecruzó sus piernas y esperó a que le preguntara.

—Disculpe la espera. La acompaño en el sentimiento —empezó Xavi.

—Gracias —dijo ella en un susurro.

—Si no se encuentra en condiciones, podemos esperar, pero le agradecemos que esté aquí. Además, a esta hora. Tengo que decir que el tiempo corre en nuestra contra —le dijo el mosso.

—No le entiendo.

—No creo que tardemos en tener otra víctima.

La chica abrió los ojos, asombrada.

—Creo que quien mató a su hermana ya lo había hecho con anterioridad, y volverá a hacerlo.

Agachó la cabeza intentando asimilar lo que le estaban diciendo antes de contestar.

—Adelante. La he llorado hasta quedarme sin lágrimas y la seguiré llorando los días que vienen. Puede que el resto de mi vida.

—¿Cómo era la relación con su hermana?

—Era buena. Nos distanciamos los primeros años después de que ella se fuera de casa, pero luego volvimos a encontrarnos.

—¿Le parecía bien lo que hacía?

—Claro que no. Pero ¿quién era yo para juzgarla? Solo Dios puede hacerlo.

Xavi pensó en su conversación con Cristina tras la referencia a Dios.

—Todos tenemos nuestras cosas... interiores —continuó—. Nuestros secretos. ¿Usted no los tiene, sargento?

La chica se tocaba inconscientemente una cruz que llevaba colgada al cuello.

—Claro que los tengo. Tampoco pretendo juzgarla a usted, no me malinterprete. Pero necesito conocer a su hermana en profundidad.

—Perdone.

—Puedes tutearme. Y no te disculpes.

Ella asintió.

—¿Qué pasó cuando Míriam se fue de casa?

—Yo lo sentí mucho, estábamos muy unidas. Pero empezó a discutir cada día más con mi padre y, al final, la situación se hizo insoportable. Así que se fue.

—¿Sabes a dónde?

—Se fue a Girona con una amiga del instituto que se llamaba Raquel Rodón. Sé su apellido porque su hermano iba a mi clase, cinco cursos por detrás de ella. Creo que se metieron en una casa okupa, y allí estuvieron un par de años hasta que un día el dueño reclamó su propiedad y los echaron. Entonces se fue a Barcelona.

—¿Con Raquel?

—Sí, pero Míriam conoció a un tío, un tal Paco, creo que se llamaba. Era un tipo no muy alto con el pelo rapado por los lados. Lo vi en una foto. No sé qué vio Míriam en él. Estuvieron un tiempo liados, y entonces fue cuando se metió con las drogas más a fondo.

—Sigue.

—Después parece que se reencontró con Raquel, y ella le explicó que estaba ganando pasta con una página de internet. Al principio, solo de contactos. Gente que quiere tener a alguien con quien hablar, ya sabes. Pero —dudó— creo que algo le pasó. Porque no mucho tiempo después empezó con esas otras páginas... —No logró acabar la frase.

—De sexo en vivo.

—Y se fue metiendo más y más, y acabó en el... —dudó de nuevo.

—En el porno.

Ella asintió.

—Me cuesta decirlo. Compréndelo, era mi hermana —dijo con los ojos humedecidos, preludio de dos lágrimas que corrieron mejilla abajo.

Se sacó un pañuelo de seda del bolso y se las secó.

—¿Hablabas a menudo con tu hermana?

—Estos últimos años sí.

—Y eso que dices que le pasó, ¿no sabes qué pudo ser?

—No me lo llegó a explicar. Ocurrió no mucho después de irse a Barcelona. Sé que volvió, discutió con mi padre, otra vez, y después de eso ya nada fue igual. Hasta aquel momento, ella aún venía por casa y pasaba algunos días antes de volver a irse, pero luego nunca regresó.

—¿Nos puedes dar una lista de las personas que recuerdes que tuvieran contacto con tu hermana durante estos años? Me interesa ese tal Paco.

—Sí, claro, pero no conozco a demasiadas más de las que te he dicho. Algunas personas solo las conozco por los apodos.

—Con eso nos arreglamos de momento.

—Si no quieres nada más, he quedado con mi padre para cenar y ayudarle con los preparativos del entierro. No sabemos cuándo nos darán el cuerpo, pero nos tenemos que preparar para la despedida.

—Sí, claro, faltaría más. ¿Te podemos llamar si lo necesitamos?

—Sí, no hay problema. Aquí tienes mi número —le dijo ella mientras lo escribía en los papeles que Xavi había llevado sin preguntar si estaba escribiendo encima de algo importante. Él le dio una tarjeta de visita donde estaba apuntado su móvil a mano.

Después se levantó de la silla a la vez que el mosso. Antes de salir por la puerta, Iveth se giró para mirar a Xavi y le mostró una sonrisa triste. Él no pudo evitar mirar aquellos ojos sumidos en la más absoluta de las penas. Ella bajó la cabeza y desapareció acompañada de un agente de seguridad ciudadana que la esperaba fuera.

El sargento regresó a la sala de trabajo del grupo y vio que Carles y Edu aún estaban conectados hablando con Carol. Por detrás apareció David estirando el respaldo de la silla hasta casi ponerlo plano, y una vez saludó recuperó su posición.

—Carles, haz gestiones con la unidad de información. A ver qué tienen de alguien que se llama Paco. Pelo rapado por los lados y sobre metro setenta, quizá menos. Son pocos datos, pero se mueve en el mundo okupa. Ellos tienen mucha información.

—¿Crees que está relacionado con el caso?

—No lo sé, pero seguiremos las pistas. Hace unos años estuvo relacionado con Míriam, y en ese tiempo nos dice su hermana que algo provocó una pelea con su padre. Algo que la cambió. Vamos a tirar de ese hilo. Quiero conocerla a fondo, ya lo sabes.

—Está bien. No seré yo quien discuta contigo y tu instinto, pero te aviso: el entorno de Clarise no sé si nos llevará a algún sitio. Viene de una familia muy humilde sin apenas recursos para conectarse a internet. No tenían ni idea de a qué se dedicaba. Solo que pagaba facturas a la familia.

—Vale. No dejaremos de investigar al *webmaster*. Pero vosotros centraos en Clarise hasta que descartemos otras líneas de investigación. Ya sabéis.

—Como dice Carles, por los datos que tenemos de ella, que aún no son muchos, viene de una familia desestructurada de Terrassa —añadió Edu.

—De acuerdo. También necesitamos información de alguna chica que se dedique al porno por internet que se llame Raquel. Según su hermana es la que la introdujo en ese mundo. Aprieta al *webmaster*. Te dará una lista de apodos, pero eso nos sirve. A ver si la conoce.

—No te preocupes, que daremos con ella.

Xavi respiró hondo antes de continuar hablando.

—Mirad. Tenemos dos asesinatos, de momento, pero con diferencias muy notables. Clarise tenía signos evidentes de violación con restos de semen incluidos. Al asesino no le importó dejar estos restos, pero sí utilizó guantes. No quiere ser descubierto, pero no pudo evitarlo en aquella ocasión. En cambio, a Míriam no la violó. Ni le dejó, o no encontramos, la firma que sí dejó a Clarise. Los dos crímenes fueron con arma blanca. Creo que el de Míriam fue algo más personal. Quizá ella era el objetivo principal del asesino.

—En cambio, su desahogo sexual fue con la primera.

—Sí, pero Míriam tenía a simple vista más heridas que Clarise, hechas con más rabia, a tenor de las imágenes. Además, el hecho de hacerlo con público pudo provocar en él otro tipo de desahogo sexual. Ella se ofrecía a sus seguidores a través de la red igual que Clarise. Quizá aprovechó esa conexión en directo para ofrecer un espectáculo diferente. Pensad que una violación podría camuflar su mensaje. Es decir, por qué hacer algo que su público hubiera interpretado como una farsa. Además, no disponía de mucho tiempo. Estaba en directo, podría aparecer alguien en cualquier momento a socorrerla. Pensadlo bien. Hizo algo que solo él podía hacer. Y para su desahogo sexual, como dices, solo tiene que darle al *play* para rememorarlo las veces que quiera. No veáis en él a una persona normal, y mucho menos os pongáis en su piel porque esto es imposible. Es un psicópata de manual. Que no podáis hacerlo significa precisamente que vosotros no lo sois.

Se hizo un silencio entre los agentes.

—Está bien, Xavi. Lo haremos así.

—Creo que Míriam es la clave. Y creo que su asesino ya la conocía de antes. Busquemos qué provocó ese cambio en la vida de Míriam. Ya está bien por hoy. Carles, mañana centraos en la familia de Clarise.

—De acuerdo —contestó Carles mientras se dirigía hacia Edu y David—. Recoged bártulos que nos vamos a casa. Mi mujer estará contenta —acabó diciendo a la cámara antes de apagar el ordenador.

Se desconectaron. Xavi y Carol se quedaron allí junto a Cristina y Adolfo. Esta se acercó hasta el sargento.

—Por cierto, ¿la chica está algo más recompuesta que ayer?

—¿Quién? —contestó Xavi, que pareció salir de sus pensamientos.

—Iveth.

—Sí, dentro de lo cabe en una tragedia. Supongo que como todo en la vida es cuestión de tiempo.

Ella le miró con una mueca de resignación.

—No todo.

36

Isabela movía rápido los dedos por su teléfono móvil de última generación. No quería hacer ruido y despertar a su hija de casi dos años, que en ese momento dormía. Eran más de las once y, aunque se había desconectado de la web, seguía una conversación con un chico al que había conocido meses atrás por la red y que, desde el primer momento, le había resultado encantador. Él accedió a ella como muchos otros, registrándose primero en la página y después pagando con *tokens* hasta que consiguió mantener conversaciones privadas con ella. Cuando los usuarios mostraban un buen comportamiento con las chicas, los *webmasters*, como administradores del chat, los ponían en una especie de clasificación privada a través de la cual veían si eran rentables o simples mirones sin beneficio. Con este filtro sabían muy bien a quién le daban el número de teléfono. Algunos hombres solo necesitan un poco de cariño y no sentirse solos. A ella, este le parecía uno de ellos.

—¿Cómo le fue ayer el cole a tu hija? Me dijiste que no se encontraba muy bien, ¿verdad? —preguntó él.

—Está mejor, gracias por preocuparte.

El nivel de cercanía era ya tan alto que Isabela le había hablado de algo que traspasaba una línea infranqueable en aquel negocio: su vida privada y la persona que más le importaba en el mundo. Aún se preguntaba cómo había podido llegar a hacerlo, pero el chico era tan encantador que no era consciente de lo que le había contado hasta que colgaba el teléfono. Algo que, por otro lado, le ocurre a demasiada gente. Toda nuestra vida está expuesta en las redes sociales: amistades, aficiones, vacaciones, familia... De allí cualquiera, y también los policías, obtienen mucha información. Y aunque después hay que tratarla y filtrarla, en otros tiempos obtenerla hubiera costado cientos de horas de trabajo. Se podría decir que los investigadores sacan petróleo de las redes, y los delincuentes, gasolina ya refinada.

En el caso de estas jóvenes, son los *webmasters* quienes, con su consentimiento, controlan aquellas conversaciones en teoría privadas. Con Julio lo eran desde hacía un par de semanas; una cada día hasta tener la sensación de llegar a conocerlo bien.

—Me alegro —escribió él.

—Sí, está mejor, aunque tuve que ir a buscarla y dejarla con mis padres mientras estaba aquí, ya sabes..., trabajando.

—Claro que lo sé —contestó añadiendo un emoticono de una cara sonrojada—. Estuve conectado y vi tu espectáculo. Como siempre, estuviste maravillosa.

—Calla, Julio. Por cierto, y ya sé que no tengo derecho a preguntártelo, pero ¿ese es tu verdadero nombre?

—¿Por qué no tienes derecho?

—Bueno... —Escribió esa palabra, la envió y pensó en cómo decir lo siguiente sin ofender a su amigo—. Yo no me llamo Isabela.

—Lo sé, mujer. —Añadió el emoticono de una cara riendo—. No me importa. Sí, yo me llamo Julio.

Ella sonrió al leer aquel mensaje. Pensó en decirle su nombre, pero prefirió no hacerlo todavía. Aunque le había hablado de su hija, sería una cuestión abstracta mientras el otro no supiera quién era ella realmente. Decírselo suponía cruzar un mar que, en aquel negocio, le brindaba toda su protección.

—Julio, te tengo que dejar. Me han dicho que cortemos un poco las llamadas por todo eso que está pasando. No estoy muy al día, pero un amigo que se encarga de esto me ha dicho que no me preocupe.

—¿Por lo de esas chicas?

—Sí, no he tenido tiempo de mirarlo aún. No sé qué ha pasado. Con la niña voy de culo.

—No te preocupes, seguro que no es nada que te afecte.

—¿Hablamos mañana?

—Lo intentaré. Estoy de viaje por trabajo, pero mañana habré vuelto —le escribió él.

—Julio..., gracias. Contigo a veces no sé si no soy yo la que necesita una buena conversación. Besos.

—Besos —se despidió Julio.

Cuando el hombre dejó el teléfono se giró hacia la ventanilla y observó la calle. Desde el coche, y a cierta distancia, tenía una posición privilegiada de la entrada que estaba vigilando. Se refugiaba en las sombras, a resguardo de mirones, porque lo que tenía que hacer requería ausencia de improvisación; a pesar de que estaba allí gracias a algo que no había podido prever. Así era la vida y así se adaptaba él, como había hecho siempre desde muy pequeño. Miró su reloj y pensó que, como era la hora de cenar, aún tendría un poco de tiempo. Lo necesitaba.

Cogió la carpeta que tenía en el asiento del copiloto, la abrió y sacó una fotografía de Isabela. Posaba ante la cámara en ropa interior, de un color azul celeste, y en la misma cama que le servía de escenario de trabajo. Estaba firmada y dedicada por ella, y le había llegado hacía dos días. La miró, y tras besar sus dedos índice y corazón los deslizó por la cara y el cuerpo de Isabela en aquella instantánea. Saboreó el momento e imaginó el día en que la pudiera tocar de verdad. Después depositó la foto con cuidado dentro de la carpeta y la dejó al lado de su ordenador portátil. Llegaba la hora de su afición favorita. Se puso unos guantes de látex. Con ellos perdía tacto, pero dominaba la técnica, así que no le resultaba demasiado molesto. Desplegó una hoja de papel y la recortó hasta dejarla en un cuadrado. Empezó a hacer pliegues. De manera laboriosa y medida, juntó unos con otros, retorciéndolos a su antojo. Todo suave y metódicamente. El origami es un arte ancestral, y él, enamorado de la mitología japonesa, lo seguía de forma obsesiva, como lo hacía todo. Poco a poco, el papel se iba transformando en algo que no se podía adivinar. Aquello era lo que más le fascinaba. De repente dobló el papel con los dedos apretados y pudo ver la cabeza de la bestia. Sus alas, su cola. Un dragón que se presentaba ante él de manera majestuosa. Lo admiró con orgullo. Después lo depositó en una bolsa hermética transparente que quedó junto a la fotografía dedicada de Isabela. En aquella carpeta tenía almacenadas muchas otras imágenes eróticas, pero ninguna más de Isabela. De hecho, no había ninguna repetida.

De pronto, un coche apareció por la esquina. Julio se quedó inmóvil en el suyo, casi sin respirar. Desde donde estaba apenas podía ver dos sombras en el interior del vehículo que estacionaba cerca de la puerta de acceso al establecimiento, así que sacó sus prismáticos y enfocó la entrada de un hotel. Sonrió cuando vio que dentro se metía una joven realmente atractiva junto al mosso que ya había visto en casa de Míriam. Imaginó que ella también sería policía y se tocó la entrepierna de manera involuntaria. El mosso esperó un instante antes de entrar, observando el entorno del hotel. Poco después se perdió en el interior detrás de ella.

Era mejor no bajar la guardia. Aquel mosso se había hecho famoso meses atrás...

Por tirar a un tipo desde un balcón.

37

Después de media hora de coche, Carol y Xavi habían llegado a su hotel, el Quatre Vents de Cadaqués, para cenar y descansar. Los dos mossos reservaron una mesa en el restaurante y esperaron la llegada de Cristina, quien se había ofrecido a acompañarlos y que, en ese instante, al igual que ellos, se disponía a ducharse. En un primer momento, Espejel quiso llevarlos a otro restaurante más familiar que conocía, pero el sargento declinó el ofrecimiento y propuso dejarlo para otro día. Necesitaba ir a su habitación y ponerse de nuevo con el caso. Además, tampoco tenía demasiada hambre, y en aquellas circunstancias no iba a saber apreciar la cena exquisita que les había prometido Cristina.

Esta no tardó en llegar; escogieron una mesa apartada y repasaron la carta del menú de entre semana.

—Por favor, Cristina, consígueme la copia de la inspección ocular para cuando volvamos a Barcelona.

—¿Ya os vais?

—De momento no, pero no tardaremos en hacerlo, de esto estoy seguro. Tengo que reunirme con el equipo en persona, esto de las videoconferencias no me va demasiado, y aquí, por ahora, solo va a quedar una parte de la investigación. Las pistas nos llevan a Barcelona. De la parte de aquí me gustaría que te ocuparas tú, si te parece bien.

—Puedes contar conmigo.

—Me alegra saberlo, pero antes déjame recordarte que si trabajas con mi equipo, eres parte de él. Lo que quiere decir que la información siempre ha de llegar a nosotros antes que a nadie de tu unidad. ¿Lo entiendes?

—Claro, no te preocupes. Sé trabajar en equipo.

—Disculpadme un momento —les dijo el sargento a sus compañeras mientras se levantaba de la mesa y se dirigía al baño.

Cuando este se metió dentro, Cristina acercó su silla a la de Carol y le preguntó en un susurro:

—¿Le caigo mal?

—¡Qué va! Le caes bien, no lo dudes.

—Pero es un poco... tosco, ¿no?

—Mira, Cristina, no seré yo quien hable mal de Xavi. Sé por lo que hemos pasado juntos y, sobre todo, sé lo que arrastra él.

—No, no me malinterpretes. Me cae bien, pero es muy... directo. No estoy acostumbrada.

—Tú no te quedas corta, ¿no crees?

—Sí, lo sé. A veces ni me doy cuenta.

—Haz lo que te pide y no tendrás problemas. De hecho, al contrario. Te incluirá en el equipo sin reservas. La confianza, como todo, necesita algo de tiempo. Pero tranquila, como te digo, tienes terreno ganado. Lo conozco bien.

—Oye, ¿y lo de la jueza?

—Eso pregúntaselo a él. Pero el sargento siempre se ha llevado bien con los jueces, y con las juezas, claro. De hecho, un día le pregunté por qué siempre les cae bien.

—¿Y cómo lo consigue?

Carol sonrió al recordar la pregunta que ella misma le había hecho a su jefe tiempo atrás.

—Nunca les vende motos. No les pide cosas que sabe que no le pueden dar. Y, sobre todo, me ha recalcado en más de una ocasión, aunque a veces pueda encontrarse en la situación de tener que omitir alguna información ante un juez, jamás le miente. «Háblales con franqueza y, cuando lo hagas, mírales a los ojos», dice.

La caporal respiró y dio un trago a la copa de vino blanco que había pedido. Era un buen consejo, tan simple como utilizar el sentido común, pero qué poco se hacía.

—Lo tendré en cuenta. Gracias.

Carol miró hacia la puerta del baño y esta vez, al ver que Xavi aún no venía, fue ella quien se acercó a Cristina.

—Bueno, y hace unos años tuvo un lío con una jueza —le confesó guiñándole un ojo.

Cristina sonrió y vio aparecer a Xavi. Mientras se acercaba, este observó a las dos con una sonrisa en la cara. Se quedó delante, mirándolas, y se dirigió a Cristina.

—¡¿Qué?! Te ha explicado lo de la jueza, ¿no?

Las dos borraron su sonrisa al instante. Cristina no podía creerse que lo hubiera averiguado.

—Ah, no te he hablado del sentido X del sargento, ¿verdad? —apuntó Carol a modo de confesión mientras él se sentaba.

—Nada de eso, Carol. Y ya sabes que eso de la X no me suena bien. Es porque la conozco demasiado, así de sencillo —añadió con una mueca en forma de sonrisa.

Cristina se la devolvió mientras reflexionaba sobre qué significaba todo aquello. Estaba claro que tenía una idea preconcebida y equivocada del sargento, y quizá su fama era más que merecida. Sabía bien que juzgar a alguien por lo que dicen o por unas imágenes, que solo mostraban una parte del todo, era un error. Aun así, muchos lo hacían, sin pensar en las consecuencias. Dio un nuevo trago a su copa y, aunque se empezaba a sentir a gusto con ellos, enseguida sintió que en aquel caso algo no encajaba. Y comenzaron a llegar las dudas, justo cuando el camarero les traía la sopa de primer plato.

38

Un rato después, el sargento estaba sentado en la cama de su habitación del hotel. Ordenaba la carpeta con los datos de la investigación del asesinato de Míriam y los comparaba con los del de Clarise. Las coincidencias eran evidentes, pero había algo crucial que los diferenciaba. No le cabía duda de que el de Míriam había sido más personal y, precisamente por eso, no le cuadraba que en la escena no hubiera aparecido la firma del asesino, el dragón de papel que este sí se había molestado en dejar en el primer caso. Pero tampoco podía pasar por alto que a Míriam la había asesinado en el transcurso de un directo, con los riesgos que esto comportaba. Regresó, entonces, a los datos de la autopsia de Clarise —violación anal y vaginal y muerte con navaja de doble filo— y de nuevo a las instantáneas de la inspección ocular. ¿Estaba pasando algo por alto? ¿Quizá la posibilidad de que hubiera dos asesinos?

Meneó la cabeza. Estaba cansado y era consciente de que llevaba demasiadas horas sin dormir. Sus neuronas seguramente ya le estaban pidiendo un descanso. Cerró todas las carpetas y fue a beber un poco de agua. Fue entonces cuando algo le alertó. Escuchó un leve ruido que provenía del pasillo. Se quedó un momento esperando en silencio, pero nada. Decidió abrir la puerta con cautela. No había nadie. Miró a ambos lados del pasillo desierto. Ni rastro.

Hasta que fijó su vista en el suelo.

El sargento volvió dentro y cogió, a toda velocidad, su teléfono móvil y lo guardó rápido en el bolsillo. Comprobó que tenía una bala en la recámara de su arma. Salió de nuevo al pasillo, giró a la derecha y corrió hacia las escaleras apuntando al frente con su pistola. Pensó que los ascensores, en el lado contrario, suponían un camino muy complicado y una trampa que nadie utilizaría.

Enseguida llegó a la planta baja. No había nadie ni siquiera el personal que se queda de noche —recordaba haber visto a un hombre en la recepción cuando había subido tras la cena—. Miró detrás del mostrador. Nadie tampoco. Pero consiguió ver algo que sí le llamó la atención: la pantalla del ordenador estaba encendida y en ella aparecía su nombre y el número de su habitación en primer plano. Oyó un ruido y apuntó con su arma hacia la puerta principal del vestíbulo. El tipo que entraba se asustó, se puso de rodillas y levantó las manos. El sargento reconoció al instante al recepcionista y bajó la pistola.

—¿Se ha cruzado con alguien? —le preguntó.

—¿Qué? No. No tenemos dinero en la recepción, se lo lleva el encargado cuando...

—No voy a atracarle, hombre. Soy mosso d'esquadra. Alguien tiene que haber salido por aquí hace nada.

El hombre se levantó poco a poco.

—No. No me he cruzado con nadie. Ha sonado la alarma de un coche en el aparcamiento y he salido a ver qué pasaba. Alguien ha roto el cristal del coche de un cliente, pero no creo que se hayan podido llevar nada.

—¿Hay otra salida?

—No, no. Solo se puede salir por aquí, pero yo estaba en el aparcamiento.

Xavi marcó el número de Carol, que cogió el teléfono a duras penas. En pocos minutos estaba abajo con cara de sueño e intentando asimilar lo que le explicaba su jefe.

—Protege la puerta y que no salga nadie.

—¿Qué pasa, Xavi?

—He tenido visita. Voy a hacer una requisa planta por planta. Necesito que llames a Cristina, que es la que vive más cerca, y que llame al jefe de turno regional de Girona. Que ponga controles en la carretera de salida de Cadaqués.

—Vale, pero ¿qué ha pasado?

—Parece que tengo un amigo nuevo.

—Te refieres a...

—Sí.

—¿Cómo sabes que es él? —le dijo con preocupación asimilando sus palabras.

—Ha dejado un regalo para Míriam en mi puerta.

39

Entrevista. Grupo de asistencia psicológica.
Parte de registro 6 de 8

—¿Fue allí cuando el sargento Brou...?

—No, poco después.

La psicóloga asintió.

—¿Qué hizo luego? Me refiero a la habitación cerrada.

Xavi cerró los ojos y volvió al piso de Barcelona.

—Entraron dos mossos de uniforme y me identifiqué. Les dije que aquello era la escena de un crimen y que, a partir de aquel momento, no dejaran pasar a nadie que no fueran los sanitarios para atender al sargento Brou. Yo aún le sujetaba la mano. —Hizo una pausa y respiró hondo—. Pero de repente noté que dejaba de apretar. Fue una sensación extraña. Como si la vida se le escapara en un suspiro. Y después, nada.

—Ya.

—Mire, doctora, he visto mucha muerte y he tenido que ver morir a más de un amigo, pero reconozco que me costó asimilar que aquella mano se soltara. Como si haciéndolo se dejara ir hacia algún lugar donde le esperaran. Pensará que estoy loco.

—No, no. Por eso acudes a iglesias. ¿Qué buscas allí?

Xavi la miró con sorpresa.

—Vaya, la felicito. Cuesta mucho sorprenderme, y lo ha hecho. No suelo contar a nadie que visito alguna iglesia. De hecho, casi siempre es la misma.

La mujer empezó a revisar sus notas.

—Bueno, sí, lo tengo por aquí en mis anotaciones. No sé por qué se sorprende. Olvide esta última pregunta. Estábamos en la habitación cerrada.

El sargento se tomó unos segundos antes de contestar.

—Antes de eso, intenté reanimar a Brou. Lo hice en cuanto soltó mi mano. No sé el rato que estuve con el masaje cardiaco, pero cuando terminé y llegaron los sanitarios me costaba respirar del esfuerzo. Entonces miré hacia la puerta y volví a ver el cadáver de la mujer. Avancé hacia ella y vi la expresión que tenía. Era pánico. Pasé por su lado y abrí la puerta poco a poco, intentando prepararme para algo aún peor que lo que acababa de pasar. Esperaba encontrarme a dos niñas, y a saber en qué estado. Pero no vi nada. La persiana estaba bajada del todo. Allí solo reinaba la oscuridad.

»En pocos segundos me acostumbré a esa falta de luz y pude ver gracias a la poca que entraba por la puerta que había dejado abierta a mis espaldas. Era una habitación que servía de salón, no tan grande como el comedor del que venía. Tenía una pantalla de televisión de esas enormes y unos sillones dispuestos para verla, estanterías con libros y un mueble bar. También había allí una caja de seguridad grande, donde supuse que debía guardar sus armas de caza. En ese instante caí en la cuenta de que, en el comedor, donde había pasado todo, no había ningún televisor. Busqué el interruptor, palpando en el lateral de la puerta hasta que lo encontré, y encendí las luces. No parecía haber nadie.

—Pero...

—Sí. Al fondo vi una especie de montículo de ropa. Había algo tirado en el suelo, y lo habían cubierto por encima. Respiré hondo. La tragedia podía ser aún peor. Quise acercarme, pero algo me impedía avanzar. Le parecerá absurdo, pero era como si caminara a cámara lenta. Como si todo a mi alrededor se hubiera ralentizado para prolongar ese espacio dentro de la habitación. Supongo que era la reacción de mi subconsciente ante la tragedia que se avecinaba.

Xavi respiró hondo.

—Le confieso que fue la primera vez en mi vida que tuve miedo. Una vez delante del montículo empecé a retirar piezas de ropa. Las fui apartando una a una hasta que noté un cuerpo humano debajo. Uno pequeño. Y seguí hasta que llegué a ellas. Allí estaban. Dos niñas de unos ocho años abrazadas, inmóviles, pero con los ojos muy abiertos y enrojecidos. Sus semblantes eran el vivo reflejo del terror. Nunca olvidaré aquellas miradas.

40

A la mañana siguiente, Xavi tomaba café en el comedor del hotel cuando Cristina apareció. El sargento miró la hora para asegurarse de que no eran más de las ocho, como había comprobado hacía no demasiado, y continuó leyendo la prensa local, que daba algún detalle sobre la muerte de Míriam, hija de una familia muy arraigada en Cadaqués.

No hacía más de tres horas que se habían acostado. La requisa había resultado infructuosa y en los controles no se había detectado a nadie sospechoso. La sorpresa se la había llevado Cristina Espejel cuando vio lo que alguien había dejado en la puerta del sargento. Dentro de una bolsa de plástico, transparente y hermética, había un dragón de papel. Una figura diferente a la encontrada al lado del cuerpo de Clarise, pero hecha con el mismo esmero. Sin duda, un origami japonés. Se lo había entregado a una patrulla que lo llevaría a la policía científica para que lo estudiara.

Utilizaron el sistema de incendios para que los clientes salieran a la calle. Por suerte, y por ser final de temporada, no eran demasiados. Después les explicaron que tenían que hacer una búsqueda en todo el edificio, incluidas sus habitaciones, por lo que les hicieron rellenar un papel con su consentimiento. Algo necesario, aunque el sargento tuviera pocas esperanzas de que diera resultados. Algún cliente se negó al principio, pero cuando supieron que buscaban a un asesino, se convencieron a sí mismos de que era mejor que alguien comprobara que su habitación era segura. Cuando todo acabó, y al no haber conseguido nuevas pesquisas, intentaron dormir. Y aunque solo fuera por puro cansancio, lo consiguieron.

Xavi la saludó desde el fondo del comedor. Estaba sentado cerca de una ventana desde la cual podía ver el mar. Dejó su periódico sobre la mesa y esperó a que llegara Cristina.

—¿Hace mucho que te has levantado?

—Duermo poco. ¿Y tú?

—Yo tampoco duermo demasiado.

—¿Cómo sabías que me encontrarías aquí?

—No lo sabía, pero he probado suerte. ¿Y Carol?

—Ella sí que duerme bien. Y después de lo de anoche, dejaré que descanse un poco más.

—¿A ella no le atormentan los demonios?

Xavi la miró con cierto recelo, sabía que esa pregunta iba dirigida realmente a él.

—No tengo, hace años que duermo poco. Y cuando investigo un caso, menos aún. ¿Y tú? ¿Los tienes?

—Digamos que no he tenido una vida fácil.

Xavi asintió.

—¿Sabes? Suelo hacer curas de sueño cuando termino un caso y le pongo las esposas al asesino —le confesó.

—Y a algunos, dos balazos en lugar de grilletes. —Cristina se arrepintió al momento de decirlo—. Lo siento, no quería... Me he dejado llevar por el tono de la conversación. Yo también lo hubiera hecho. Sin dudarlo, y a más de uno.

—No te preocupes. Me gusta la gente que dice lo que piensa. De todas maneras, te aseguro que en la inmensa mayoría de los casos los delincuentes acaban simplemente entre rejas. Lo que pasa es que esos no abren las noticias ni nadie escribe novelas sobre ellos. No me envidies por los otros casos. Es un consejo de compañero.

—No quería ofenderte, en serio.

—Tranquila, me lo puedes compensar con un café. ¿Te parece? Pero no aquí. ¿Estará abierta la tasca de ayer?

—Sí. ¿Y Carol?

—Le enviaré un mensaje y nos reuniremos allí cuando se levante.

—Vale. Le diré a Adolfo que me llame cuando llegue a Cadaqués y le indicaré dónde estamos. Viene de Vilafant. Es un pueblo cerca de Figueres.

—Perfecto.

Caminaron los escasos trescientos metros que había entre el hotel y la tasca de Marcelo. A esa hora, el hombre aún estaba abriendo y sonrió al verlos de nuevo.

—Buenos días, Marcelo. Como ves, ya no soy yo la única que no duerme demasiado y que agradece mucho que abras tan pronto.

—Buenos días. Ya me gustaría a mí poder dormir más, la verdad —confesó con pesar el dueño.

—Nadie tiene lo que de verdad quiere, ¿eh? —contestó Cristina con una sonrisa mientras se sentaban a la misma mesa que el día anterior—. Ponnos dos cafés, ¿te parece?

El hombre le devolvió la sonrisa, se dirigió a la máquina y empezó a moler el café provocando un ruido estridente, pero también un olor que a Xavi y a Cristina les dio una extraña sensación de bienestar.

—Como me levanto pronto, vengo a por el café aquí antes de coger el coche y salir hacia Girona cada día —le confesó ella.

—Tienes un buen trecho.

—Se hace bien. Menos la parte esta inicial, que tiene bastantes curvas. Pero vale la pena. Y eso que yo no veo el mar abriendo la ventana. Bueno, sí lo veo; de fondo y entre edificios, claro.

—Ya.

—¿Y tú? ¿Vives en la misma Barcelona?

—Sí, pero de alquiler. No me da el sueldo para tanto.

—Dicen que los alquileres allí son muy caros.

—Lo son. Yo tuve la suerte de que me alquilaran un piso unos amigos de mis padres. Lo tenían para cuando sus hijos estudiaran, pero les salieron rana. Resumiendo, pago un alquiler asequible para el sueldo de mosso y puedo vivir en la ciudad. A cambio les cuido el piso. Es difícil poder vivir en Barcelona. Mucha gente no tiene con qué pagarlo. Aunque como sigan cargándose el turismo y dejen de venir los extranjeros, puede que al final incluso termine el éxodo hacia ciudades más asequibles cercanas a la capital.

—Ya. Todos nos buscamos la vida, supongo —dijo ella en un tono que el sargento no supo interpretar—. ¿Has pensado en el caso, Xavi?

—Claro.

—Sí, vaya pregunta. ¿Y bien? ¿Alguna idea de por dónde tirar?

—Creo que el asesinato de Míriam guarda muchas similitudes con el de Clarise. Me gusta llamar por el nombre a las víctimas. También hay algunas cosas que no son iguales, aunque eso puede tener que ver con la evolución que sigue el asesino. Me desconcertaba que no dejara un origami en la escena. Pero mira, ya lo tenemos.

—Te confieso que pensé que habías perdido la cabeza cuando nos pediste que buscáramos eso en los contenedores.

—Te aseguro que no. Además, Edu miró en webs especializadas, y se necesita ser muy bueno para hacerlos. Creo que el de ayer es similar, pero no igual. Y ese es un dato que debemos tener en cuenta, ya que no encaja con el hecho de que no lo halláramos en la escena del crimen o en los alrededores.

—Registramos los contenedores y no había nada, te lo garantizo.

—Lo sé. Creo que en Barcelona el único objetivo era que no se perdiera en el traslado ni al dejarlo en el contenedor. El asesino quería que estuviera cerca de ella y que nosotros lo encontráramos. —Hizo una mueca moviendo la cabeza y los hombros—. O no, y es simplemente que no le dio tiempo de meterla a ella en el contenedor con su dragón.

—Pero no había ninguno en casa de Míriam. Estoy segura.

—O nosotros no lo encontramos y decidió dejarlo en mi puerta para ella. Yo nunca estoy seguro de nada.

—¿Por qué?

—Nunca sabes qué piensan. Puede que crea que yo se lo haré llegar. O sencillamente, que esté firmando su obra. En su cabeza, esas chicas deben tener cerca un dragón. O eso creo.

—Pero ¿cómo diablos sabe que no lo encontramos? Yo ni sabía del de Barcelona hasta que lo dijisteis vosotros.

—Esa es una muy buena pregunta. Puede que nos espíe. O que esté más cerca de lo que creemos.

—Joder.

—Sí.

Los dos dieron un trago a su café.

—¿Alguna idea del tipo de asesino que buscamos?

—Por el caso de Barcelona, te diría que es un hombre joven o importado.

—¿Importado?

—Ya me entiendes, extranjero. Aunque los de aquí tampoco se quedan mancos.

—La madre que los parió a todos.

—Sí —dijo Xavi respirando hondo.

—Pero ¿por qué tiene que ser joven o importado?

—El *modus operandi* es nuevo o no lo conozco, pero te adelanto que de este tipo de criminales he leído muchas fichas. En el primer caso hubo además una violación, y los violadores suelen reincidir. En ocasiones, y para no volver a la cárcel, optan por matar a sus víctimas. Son psicópatas, les da igual si están vivas o muertas tras satisfacer sus deseos. Por lo tanto, o viene de fuera y no tengo acceso a su historial o cuando empezó y lo pillaron, de eso no tengo dudas, era menor y sus antecedentes están capados. Solo podría acceder a ellos si tuviera un buen motivo. Y sobre esto... Creo que tenemos unas huellas en la lata de Coca-Cola de la entrada ¿verdad? A ver si por ahí sale algo.

Cristina arrugó los labios y Xavi alzó las cejas esperando que le dijera lo que no le cuadraba.

—En el vídeo se ve que el asesino lleva guantes.

—Claro, pero dudo que los llevara puestos cuando entró en casa de Míriam. El tipo se presentó y se ganó su confianza para poder pasar. Ella lo esperaba en la cama para transmitirlo en directo y hablaba de un premio. Y no olvides que se llevó una fotografía.

Xavi se quedó pensativo mientras Cristina asimilaba aquello.

—Pues sí que es un poco chapucero. No me cuadra que un asesino en serie deje con tanta facilidad sus huellas.

—Aún no sabemos si es un asesino en serie, son solo dos víctimas, y te sorprendería lo que son capaces de hacer. Tenemos que reunir todas las pruebas y analizarlas antes de poder predecir su próximo movimiento.

—Está bien.

—Sabes qué significa eso, ¿verdad?

—Que en algún lugar ese malnacido está planeando su siguiente asesinato.

El sargento tomó otro sorbo de café antes de hablar.

—Puede que esté equivocado, Cristina.

Ella sonrió.

—Lo dudo mucho.

Xavi no contestó y apuró su taza. Alzó la mano y le indicó a Marcelo que le hiciera otro. Miró a Cristina, que con la cabeza le indicó que con uno tenía suficiente. Solo podía pensar en si se le habría pasado por alto el dragón de papel en aquel piso. Pero no era posible, algo había ocurrido durante el asesinato de Míriam y estaba convencida de que lo iban a descubrir.

41

Iveth estaba de rodillas en la capilla familiar, cabizbaja y rezando. Aquel era su refugio desde que su hermana había sido asesinada. Tenía los ojos quebrados por el dolor incurable de la pérdida y observaba la cara de la Virgen María, cuya escultura adornaba aquel lugar. Quería ver en ella a Míriam, quería poder decirle todo aquello que no pudo contarle en vida. Porque si lo hubiera hecho, quizá ella hubiera podido escoger otros caminos. Otros senderos que no la hubieran conducido a aquella locura que ahora condenaba a Iveth y que consumía a su padre como una vela. Y aunque no había podido mirar el vídeo que corría como la pólvora por internet, por momentos era capaz de visualizar con relativa nitidez cómo un cuchillo se clavaba en la carne de su hermana. Iveth dejó escapar un grito ante esa imagen y volvió a la realidad. Alguien la llamaba y lo hacía en un susurro casi imperceptible. Entonces, una mano la cogió del hombro y ella se apartó de un salto.

Se giró y descubrió una figura conocida. Era su padre pidiéndole que se calmara. Poco a poco se serenó y se sentaron juntos en el primero de los tres bancos de aquella capilla.

—Hija, ¿te encuentras bien?

—Sí, perdona, me has asustado.

—Lo siento. Paseaba por el jardín y te oí gritar. Pensaba que tú... No sé ni lo que pensaba.

—Siento si te he asustado, papá. Es que no sé cómo afrontar esto.

—Yo tampoco, pero al final —le dijo mirando al Cristo que presidía la capilla— será Él quien decida. Como siempre. Se llevó a tu madre antes de tiempo, y ahora a tu hermana...

—Ya lo sé, papá, pero parece que Dios se ha cebado con nuestra familia, ¿no crees?

—No digas eso. Hay un plan para todos, y algún día nos reuniremos de nuevo con ellas.

—Yo no sé si eso será posible —dijo Iveth mientras le caía una lágrima.

—Cariño, eso que hacía tu hermana es nuestro Señor quien deberá juzgarlo.

—Pero, papá, a ti esto te estaba matando. Míriam te hizo sufrir mucho, y nunca lo entendí. ¿Qué os pasó?

—Ya no importa.

—A mí sí.

El señor Albó se levantó del banco dando por concluida la charla. Ella le miró con pena. Algo carcomía a su padre desde hacía años, y el hombre se lo guardaba para él incluso en aquel momento.

—Me iré unos días al piso de Barcelona después del entierro. Tengo que salir de aquí. Necesito alejarme —añadió Iveth.

—Lo entiendo.

Empezó a caminar hacia la salida, pero se giró en la puerta.

—¿Has hablado con los mossos?

—Sí, con el sargento Masip.

—Espero que pille al hijo de puta que le hizo eso a tu hermana.

Iveth asintió.

Cuando su padre salía por la puerta se levantó y se dirigió a la estatua de la Virgen a la que le dijo, casi a modo de confesión:

—Yo también lo espero y no me voy a quedar aquí sentada.

42

Unas horas después, en la comisaría de Les Corts, en Barcelona, Edu estaba escribiendo el nuevo oficio para el juzgado, y David observaba la pantalla con los auriculares puestos. La jueza les había autorizado la intervención del teléfono de Antonio Arán, el *webmaster*. No se producían llamadas entrantes, así que tenía abierto en el ordenador la versión digital de *La Vanguardia*, que alternaba con las de *El Periódico* y *El Mundo*. No pudo evitar un soplido fuerte. Edu se giró para ver qué le pasaba.

—¡Me cago en sus muertos!

—¿Qué pasa? ¿Quién está llamando?

—No, no. El teléfono está muerto. Hace horas que no dice nada.

—¿Entonces?

—Otra noticia de un atraco de menores a un anciano.

—Qué hijos de puta.

—¿Sabes cuál es el problema?

—Creo que son muchos.

—Qué va. Muchos de esos problemas no existían hace veinte años. ¿Sabes por qué? Porque antes de que todo dios tuviera plenos derechos pero ninguna obligación, había dos tipos de leyes. La que venía escrita y la ley de la calle. A veces eran complementarias.

Edu puso cara de no entenderlo.

—Me explico. Hoy algún sujeto roba algo baratillo, no sé, algo que no pase de delito leve, lo que antes era una falta penal, vamos.

Edu asintió.

—Pues si lo devuelve cuando lo pillan y ve que el comerciante, que bastantes problemas tiene ya con la que le cayó con la pandemia, no quiere líos en el juzgado y prefiere dejarlo correr, el muy hijo de puta se va de allí vacilándole. ¡Y hasta sale riéndose en nuestras narices! El mensaje es claro: robar es gratis.

—Sí, puede ser. Pero...

—Déjame terminar. Hace unos años, antes de que los policías nos volviéramos esclavos de un sistema que nos controla con cámaras en los teléfonos móviles, arreglábamos la situación en un santiamén. Así, del derecho y del revés. Dos hostias bien dadas. Así, con la mano plana —le dijo mostrándole unas manos enormes—. Y nada de torturas ¿eh? Como mi viejo cuando era niño, y mira lo bien que he salido. Porque los vacíos legales los podíamos arreglar nosotros con dos guantazos y así se lo pensaban dos veces antes de robar o de reírse de un comerciante, porque en aquellos tiempos con nosotros no se atrevían. Hoy mira lo que pasa en la calle. Pero si se ríen de nosotros en nuestra cara, ¿qué le harán a la gente de a pie?

—Ya. No sé...

—Que ya no hay respeto por nada ni principio de autoridad, ni con nosotros, ni con los maestros, ni con los médicos. Con nadie.

—En eso te doy la razón.

—Chaval, que estamos blandengues. Antes sí que hacíamos de policías. Ahora míranos.

—Hombre, tío, estás metido en la investigación para atrapar a un más que probable asesino en serie. Intentamos detener a un monstruo. No sé si como policía harás algo más importante.

—Eso es cierto —razonó.

—Además, mejor no le cuentes tu teoría a Xavi.

—Pues por lo que he oído de él, creo que estaría bastante de acuerdo.

Edu forzó una sonrisa.

—Mejor no lo hagas. Llevo muchos años con él, y no te creas todo lo que leas por ahí. Ahora estás en un grupo de élite, no repartiendo mamporros. Creo que la policía ha evolucionado mucho desde esos tiempos de los que tú hablas.

—Ya, ya, tranquilo. Si no supiera controlarme no estaría aquí. Mira bien mis manos. Ni un pianista.

Edu las observó. Estaba seguro de que no había tocado un piano en su vida y pensó en el pobre desgraciado que probó aquella teoría a las bravas, años atrás.

—Qué tiempos aquellos —suspiró David.

Su compañero sonrió.

—Por cierto —añadió—, ¿qué pasa con esa sargento de Asuntos Internos? ¿Nos vamos a llenar de mierda?

—No sé de quién me hablas.

—Ah, claro. Soy el nuevo y estoy fuera del círculo. Pues eso me da por culo, porque si pilláis, también me salpicará a mí. Y no me lo puedo permitir. No puedo —acabó diciendo como en un susurro.

—David, eres del grupo como los demás, eso ya te lo explicarán los mandos. En este grupo no se trabaja sin confianza. No hay ningún problema con nadie de Asuntos Internos, el problema lo tiene esa sargento. No nos afectará. Xavi no lo permitiría.

El agente se giró hacia sus papeles no muy convencido, pero dando por cerrada la conversación.

El caporal García entró en la sala con una carpeta. Venía de la calle tras haber salido para atender una llamada. Pronto notó que el ambiente estaba tenso.

—¿Todo bien, compañeros?

Los dos asintieron con la cabeza sin decir nada, lo que confirmó su sensación.

—De acuerdo —dijo obviando, por el momento, lo que hubiera pasado allí—. El chulo nos ha dado una relación de nombres, o mejor dicho de *nicks*, de los clientes de las dos chicas y también de las otras cuatro que controla. Y además nos ha facilitado todas las grabaciones en vídeo de Míriam y Clarise que él almacenaba, y un listado con los chats de los directos.

—Pues ha cambiado de móvil porque por aquí no ha entrado ninguna llamada.

—Puede que tenga dos y ahora utilice otro, y no el que nos dio. Me ha llamado desde un fijo. Me parece que de quien no se fía es de los dueños de la página de internet que aloja la web de las chicas.

—¿Cómo te lo ha dado?

—En un disco de memoria.

—¿Por qué no lo envía por mail?

—Dice que no quiere dejar ningún rastro, así que nos tocará pasarlo al ordenador. E insiste en que no tiene más material. Parece que ahora le ha entrado la conciencia.

—Buf —resopló David.

—Yo lo haré —dijo Edu—. Pero ayúdame con los vídeos. Tenemos que verlos todos. Yo veré los de Míriam y tú, los de Clarise. Luego ya miraremos el material de las otras cuatro.

—De acuerdo.

—Vale. Y por favor, haz tú una copia de los mails y *nicks* para Xavi y déjasela en la carpeta de su despacho. Creo que bajarán de Cadaqués por la tarde.

—Está bien, claro. —Dudó un momento—. ¿Alguien me va a explicar por qué el sargento se lleva una copia de todo a su casa? ¿Se monta una réplica del caso en el comedor? —preguntó jocoso buscando su complicidad.

Pero Edu y Carles se miraron y no le siguieron la broma.

—Voy a hacer la copia —acabó diciendo resignado—. Aunque antes voy a por un café. ¿Queréis uno?

Carles y Edu declinaron la oferta con la cabeza, así que David salió de la sala y se dirigió a las escaleras para bajar a la primera planta, donde estaba el comedor con las máquinas de café. Cuando estaba a punto de salir se abrió una puerta a su izquierda y vio que una mossa se quedaba plantada delante de él. David miró hacia los lados, hacia el hueco de la escalera, arriba y abajo para comprobar que no había nadie.

—¿Estás loca? Nos podría ver alguien.

La sargento Morales, de Asuntos Internos, ignoró su comentario y le dijo con una sonrisa que evidenciaba su soberbia:

—Sígueme, anda. Tenemos que hablar.

David siguió a Morales por el pasillo a cierta distancia, comprobando que no le vieran otros mossos o, peor aún, alguno de sus compañeros. La sargento se metió en una especie de sala de entrevistas que él ni siquiera sabía que estaba allí. Cuando entró cerró la puerta detrás de él.

—Esto no puede seguir así. No tengo nada que ofrecerte y, por lo que he podido ver, Masip no va por libre. Lo comparte todo con sus agentes.

—Bueno, así podré quitar de en medio a todo su grupo.

—No hacen nada ilegal. Te repito que no estoy viendo nada que...

—Eso no lo decides tú. Ya sabes que estás con tarjeta amarilla y a punto de expulsión. Te perdoné aquello, pero lo puedo recuperar enseguida. Y de esta no te salva ni Dios.

—¿Qué cojones quieres que te diga? ¡No soy un puto chivato!

—No. Eres un mierda que no prestó ayuda a un ciudadano mientras tu compañero le rompía los dientes.

—Eso no fue lo que pasó. El muy cabrón se resistió a la detención tras haber robado a una anciana que se rompió la cadera al caer al suelo. El hijo de puta se dio de bruces contra el bordillo; Marcial no le empujó ni le dio un puñetazo que, por cierto, sí se merecía. Yo estaba allí, tú no.

—No vamos a entrar otra vez en una discusión estéril. Nuestro trato es que tú me ayudas con mi problema y yo me olvido del tuyo.

—Maldita hija de puta, qué bien te vino que me destinaran al grupo de Masip justo cuando te cayó el caso.

—Te lo voy a pasar, pero no te acostumbres. Tu compañero puede que acabe en la cárcel, no quieras tenerme de enemiga. Así que dime algo, porque mi paciencia tiene un límite.

—Sé que le han dicho que tendrá que ver a una psicóloga de la casa. No sé mucho más.

—Eso me interesa. Quiero que me digas cuándo será.

—¿Y qué vas a hacer? ¿Grabarlo? —preguntó con guasa.

El semblante de la sargento respondió por ella.

—Tú solo avísame, y de esta quema saldrás indemne.

—Lo haré, pero con eso quedaremos en paz, ¿de acuerdo?

—Claro.

Ella sonrió de manera falsa y David salió del despacho odiándose a sí mismo. Su situación personal, en cambio, le dejaba poco margen. Mientras hacía los trámites de la custodia de su hija no podía permitirse una imputación. Sabía que Masip no estaba trabajando al margen de ninguna ley, pero no tenía otra opción. Si debía elegir entre su hija y su jefe, no había debate posible. Llegado a ese punto, tenía claro quién iba a caer.

Ya no tenía elección.

Xavi y Carol estaban de camino a la comisaría de Roses, donde habían quedado a media mañana para hacer una videoconferencia con Carles, Edu y David para poner en común todo lo que tenían sobre el caso.

—Creo que hubiera sido mejor coger el hotel en Girona y no en Cadaqués —protestó Carol.

—Prefiero estar cerca del escenario. Tenemos la comisaría de Roses como centro de mando, pero hoy tendremos que ir a Figueres al juzgado y por la tarde regresar a Cadaqués. Me gusta estar cerca de donde vivían las víctimas, ya lo sabes. Mañana entierran a Míriam y quiero estar allí.

—Pues si nos quedamos, tendré que llamar a Lluís para decirle que hoy tampoco volveré.

—¿Cómo os va?

—Más bien que mal, la verdad.

—No sé si entiendo eso.

—Me gusta mucho y yo a él, creo. Pero tenemos un carácter fuerte y a veces chocamos. Y no te imaginas lo alejado que está de la calle.

—Es un intendente. Creo que en pocos años será comisario, es normal que se aleje. Pero él pateó y desgastó suela. Esto no se olvida. Y es de los que tienen buen criterio.

—Ya, pero... Es verdad, son cosas de pareja. ¿Tú cómo llevas lo del dragón?

—¿Yo? Bien.

—¿Te está retando?

—No, para nada. Esto es para las series malas de la tele. Supongo que no supimos encontrar el que dejó cerca de Míriam y solo se asegura de estampar su firma. Además, ya sabes que a veces ellos viven una ilusión. Puede que dentro de él necesite que las chicas tengan su dragón.

—¡¿Para qué?! Por Dios.

—Si supiera la respuesta, avanzaríamos mucho en el caso. No lo sé. ¿Cómo piensa la mente de un psicópata? He estudiado a muchos, además de los que he perseguido, y lo único que tienen en común es la falta total de empatía hacia el ser humano. Después, cada uno crea su propia fantasía para satisfacer sus necesidades. El dragón debe de estar en la de él. Tenemos que descubrir por qué es tan importante para el asesino. Tanto que se arriesga a dejarlo en mi puerta. Hace tiempo me hubiera preguntado cómo cojones sabe de mí, pero después de lo de aquel vídeo y el linchamiento mediático... En fin, y eso que no tengo redes sociales.

—Sí, mejor que no lo sepas. Hasta yo me acabé quitando de las redes sociales durante un tiempo por toda esa porquería que decían e inventaban contra ti. Era asqueroso.

—Te aseguro que eso no me quita el sueño. Lo único que me lo podría quitar es mi conciencia, y no es precisamente ella la que hace que me cueste dormir.

—Lo sé, Xavi. —Se quedó un momento en silencio—. Es escalofriante que existan bestias así.

—Sí, pero —hizo una pausa— ¿has pensado alguna vez lo

que debía ser perseguirlos sin medios adecuados? Imagínatelos, a esos monstruos, en la Edad Media. O hace tan solo ciento y pico de años. Ni ADN ni huellas. La lofoscopia no tiene ni ciento cincuenta años. Solo contaban con las declaraciones de los testigos.

—Claro. Como con las que llamaban «brujas». La de inocentes que quemaron sin pruebas. Cualquiera las podía llevar a la hoguera sin más prueba que su palabra. Y ya no te digo si hablamos de los miembros de la Inquisición. No sé quiénes eran más malos.

—Ya. Aunque yo me refería a los monstruos que actuaban con un trastorno de la personalidad sociópata en otros tiempos.

—Yo también.

—*Touché* —le contestó el sargento.

Siguieron conduciendo. Carol miró por el retrovisor y vio que Cristina y Adolfo iban justo detrás de ellos.

En el otro coche, los mossos de Girona seguían a sus compañeros. Como la ruta era conocida, no había hecho falta que estos les hicieran de guía. La caporal Cristina Espejel estaba absorta en sus cosas hasta que la voz de Adolfo la sacó de su mundo.

—¿Me estás escuchando, jefa?

—¿Qué? Perdona. Estaba en mis cosas.

—Te decía que si es interesante trabajar con ese tal Masip.

—Sí. Interesante como poco.

—Cenasteis juntos ayer. ¿Qué tal es en el cuerpo a cuerpo y sin cadáveres de por medio?

—Parece un buen tipo, la verdad.

—¿Y esa fama que le acompaña?

La caporal hizo un gesto con las manos.

—No sé. Es muy listo, eso seguro.

—Ya.

—Parece que tiene una visión de las cosas muy interesante. Me cae bien. Y no tiene prejuicios. Ya sabes cómo valoro eso.

—Pues si a ti te cae bien, a mí también.

—De momento no nos han apartado. Me lo dijo y lo cumple.

—Ya veremos si después de este caso empiezan a repartir medallas.

—No, no creo que eso le importe.

De repente notó como si en aquel ambiente faltara algo y encendió la radio. Buscó varias emisoras hasta que dio con una de música. La voz de Santiago Auserón y *La negra flor* acompañaron su viaje hasta la comisaría de Roses. Con más preguntas que respuestas, pero con un dragón de color azul en una bolsa de pruebas.

Un dragón para Míriam.

45

Julio Cedeño había llegado a su casa pasadas las tres de la madrugada. Le costó abrir los ojos cuando sonó su despertador a las seis de la mañana y, algo insólito en él, consiguió volver a quedarse dormido. Era domingo y no tenía que ir a trabajar. Lo necesitaba, así que puso los pies en el suelo sobre las once, ya descansado. Aunque más bien lo despertó Chusco, su perro, que le reclamaba su paseo diario tras haberse perdido el del día anterior.

El piso en el que vivía se lo había comprado su madre años atrás. Si no le hubiera dejado aquel agujero, le sería imposible vivir en Barcelona con su sueldo de vigilante de seguridad. Cosas del sentimiento de culpabilidad materno. Así que, con este gasto cubierto, solo tenía que pagar la electricidad, el agua, y dos bombonas de butano para calentarse en invierno. La vivienda, vieja y pequeña, era suficiente para él. Tenía un comedor, una cocina americana, un baño y dos habitaciones no muy grandes. En una de ellas tenía una especie de despacho. Una mesa con una silla y un ordenador portátil conectado a internet. Lo cierto es que pasaba casi todas sus horas libres allí, y después, en su almacén alquilado. Su refugio.

Fue a la cocina y se puso un vaso de leche al que le dio un

trago. Se comió una galleta y se vistió de mala gana. Cogió la correa de su rottweiler y lo sacó a la calle. Después de un paseo de media hora llegó a su almacén, que no estaba demasiado lejos de su piso. Comprobó que no le veía nadie, o más bien que nadie reparaba en él, y se metió en su lugar favorito del mundo. Su sanctasanctórum. Un espacio donde cabía un coche que aparcaba en la calle y donde tenía una mesa, una silla y un ordenador portátil. Cerró la persiana y encendió la luz tenue de una bombilla colgada del techo. Se sentó frente a su ordenador.

Lo encendió y se conectó al buscador. Introdujo «mosso tira por el balcón a una persona». Enseguida salió un resultado entre miles. Le dio al *play* de YouTube para escuchar a una mujer que narraba, haciendo callar a la que llamaba «mamá», cómo un tipo aparecía por el balcón en el momento en que otro traspasaba la barandilla y caía al vacío. Pausó la imagen en el momento en que el sargento Masip salía al balcón y miraba hacia abajo. Intentó ampliarla para verle la cara, para observar su rostro después de haber provocado una muerte, según había asegurado quien comentaba el vídeo. No vio en la cara de aquel hombre a un monstruo, pero sí a un asesino. Lo recordaba bien de las noticias, ya que había abierto todos los periódicos e informativos, y sabía interpretar bien aquella mirada. Se la había visto de nuevo unas horas antes en Cadaqués, cuando entraba en su hotel y se giró para observar el entorno. Aquel fue el primer momento en muchos años en que alguien le generaba cierta inseguridad, pero el sargento no iba a ser rival para él y, desde luego, no le iba a impedir que acabara su obra.

Minimizó sin cerrarla aquella pantalla y abrió en la página de inicio una de las webs que tenía guardadas en «favoritos».

Enseguida aparecieron todas aquellas chicas ordenadas según su puntuación. Aunque era evidente que ya no se iba a conectar más, en el primer puesto seguía Míriam, pues los administradores de la página habían habilitado un portal donde la gente podía dejar un mensaje a la que había sido la reina durante tanto tiempo. También lo habían hecho con Clarise, que, gracias a aquello, estaba la segunda. Se introdujo en los chats, previo pago, y escribió: «Adiós, chica sin pasado. Ya formas parte de algo más grande que una vida insignificante. Ahora tienes un futuro y un dragón de papel». Se desconectó antes de leer los insultos de otros fans recriminándole que le escribiera tonterías a una chica a la que adoraban y que ya no estaba allí para defenderse. Hizo lo mismo en el chat de despedida de Clarise.

Después de eso se desconectó de internet y se giró hacia la pared blanca que tenía detrás. Se levantó y buscó el cierre que había en un pliegue diminuto a ras de suelo. Hacía un año que había encargado a un carpintero que le hiciera dos paneles grandes que cubrieran la pared. Este pensó que eran para un armario, pero cuando vio que en aquel espacio no cabían estanterías, no supo interpretar para qué los querría. Y con el tiempo fue el propio Julio quien se encargó de camuflarlos. Abrió las dos puertas y contempló su obra, aquella que daba sentido a su existencia. Era el dibujo de un gran dragón.

No se podía negar que tenía talento. El mural estaba pintado con un realismo atroz y atendiendo a la perspectiva. Casi abarcaba toda la pared interior, pero no estaba terminado, y él, minucioso, no quería correr para completarlo. El animal mostraba sus grandes fauces abiertas, como amenazando a aquel que lo mirara. A sus pies había muchas doncellas medio devoradas. Yacían allí, sin sepultura ni descanso, en espera de que el dragón acabara de consumir sus carnes. Algo que no ocurriría por el momento, ya que estaba dispuesto a suministrarle tantas jóvenes como necesitase hasta saciar su hambre. Cogió un escarpelo e hizo dos pequeñas hendiduras en la parte baja de la pared. Chusco protestó inquieto, pero su amo le dio la orden de no ladrar y él agachó la cabeza. Julio se apartó para contemplar de nuevo su obra, esta vez a distancia. Y sonrió.

Aún faltaban más.

46

Habían pasado la mañana revisando las notas de los dos casos y poniendo al día del primero a Cristina y a Adolfo. Este último había salido a fumar y el resto permanecían absortos repasando fotografías mientras Xavi leía el informe y la declaración de Antonio, el *webmaster*. Carles había hecho un buen trabajo con aquella declaración.

De repente oyeron que alguien corría por los pasillos hacía la sala donde estaban. Era el agente Adolfo Escobedo y llevaba un papel en la mano. Cuando entró vio a su jefa sentada junto a Masip. Estaban en el despacho del sargento Vicens, que se lo había cedido al ser domingo. Pasó corriendo y sonrió a Carol, que se encontraba en una mesa tecleando un oficio, mientras le mostraba el papel como si fuera un premio. En el otro lado de la pantalla del ordenador, en videoconferencia, estaban el caporal Carles García y los agentes Edu Tena y David Fius a la expectativa, a falta de las nuevas líneas de investigación que marcara el sargento. Solo vieron la mano de Adolfo depositando el papel con fuerza en la mesa.

—Le tenemos —dijo este con una sonrisa.

Xavi esperó a que aclarara aquella afirmación tan contundente.

—¿A quién? —preguntó Cristina.

—Al asesino. Sus huellas han revelado un nombre. Es Diego Borrás, vive en Barcelona y tiene veintiséis años.

—Es joven, como dijiste, Xavi —le comentó la caporal.

El sargento Masip no articuló palabra y recogió el papel para observar los datos que venían en la ficha. Como era de suponer, los antecedentes siendo menor no figuraban allí. Siendo mayor de edad sí tenía una detención policial, de hacía cuatro años, por una alcoholemia positiva con la que había causado un accidente mortal.

—Necesitamos los antecedentes de menor. ¿Quién tiene perfil de acceso por aquí? —preguntó Xavi.

—Solo el jefe de unidad, que no está, y el jefe de la oficina de denuncias, que ya te avanzo que es más papista que el papa y no nos dejará entrar con su clave de usuario sin estar él presente —contestó Cristina.

—Pues ponte en contacto con la Fiscalía de Menores de Girona. Necesitamos esos antecedentes.

—Ahora enviaré a alguien que esté en Girona. El agente de la UTI de guardia irá, no te preocupes —dijo Cristina.

—El sujeto vive en Barcelona, o al menos esa es la última dirección que nos consta en las bases de datos —añadió Adolfo sin levantar la vista del ordenador.

—De acuerdo. Y ya que el teléfono del chulo no...

—Del *webmaster* —aclaró con sorna Cristina.

—Eso —le concedió la corrección con una media sonrisa—. Bueno, como no da señales y nos tienen que informar desde Comunicaciones sobre los datos, nos iremos de excursión.

Todos esperaron las nuevas órdenes del sargento después de aquel avance.

—Haremos dos equipos —siguió Xavi—. Carol, ve con Adolfo; Carles y David irán a buscar al sujeto a esa dirección. Edu, quédate con las intervenciones telefónicas; David aún no lo domina y puede que entren llamadas, nunca se sabe. Y advierte al sargento Medina, de Telecomunicaciones, para que aceleren los datos asociados. Cristina y yo salimos de aquí ahora e iremos a ver a la jueza. Necesitaremos una orden de entrada en su casa y quiero explicárselo en persona.

Todos asintieron. Nadie discutía nunca las órdenes de Masip, porque sabían que este nunca decía nada al azar y todo estaba meditado.

Enseguida se hicieron dos grupos y, minutos después, dos coches salían del aparcamiento de la comisaría de Roses, más el otro de la comisaría de Barcelona. En uno viajaban Cristina y Xavi, y en el otro Carol y Adolfo se dirigían a vigilar el piso de Diego Borrás, que se había convertido en el principal sospechoso del asesinato de Míriam. Desde la comisaría de Les Corts, Carles y David iban a buscar a un sujeto cuya detención podía poner fin a la investigación en un tiempo récord y sin más víctimas.

Y aunque aún tenían que reunir todas las piezas del puzle, algunas empezaban a encajar.

47

De camino a Barcelona, Xavi marcó el teléfono de la jueza de Figueres. Tenía que ponerla al día de todo, más aún cuando no iba a ir en persona a verla. Creyó que se desviarían demasiado yendo a Figueres cuando tenían una pista fiable y de peso en Barcelona. La conversación no duró mucho, pero Cristina, que conducía, había notado algo en la voz de la jueza a través de los altavoces del coche que no supo interpretar. Le pareció que se había quedado con las ganas de la visita de Xavi. Esta le dijo que iba a hablar con su homóloga de Barcelona para ver si se inhibía por estar relacionados, pero el sargento le dijo que en el caso aún faltaban piezas por encajar para poder decirlo con rotundidad.

Después de eso, el camino transcurrió con tranquilidad.

En el otro vehículo, Adolfo y Carol compartían trayecto y conversación.

—He visto que te llevas muy bien con Cristina.

—Alguien tenía que hacerlo.

—No te entiendo.

—Verás, llegó poco después de su operación. Bueno, ella

lo llama reasignación o algo así, pero el caso es que venía muy quemada.

—¿Dónde estaba destinada antes?

—En la policía científica de la central.

—¿Y por qué no continuó allí?

—Pues no lo sé, compañera. Quizá se lo tendrías que preguntar a ella.

—No quiero ser cotilla, Adolfo. Solo es... curiosidad.

El mosso, que iba al volante, se tocó la mandíbula.

—Creo que le era muy difícil volver a un sitio donde siempre la habían tratado como a un hombre. Ponte en su situación: sus compañeros solo tenían recuerdos de ella como una persona distinta. Bueno, no distinta, pero ya me entiendes.

—Sí, sí, claro. Nunca me había planteado esto. Supongo que es difícil de comprender si no has pasado nunca por algo así.

—Además, piensa en todos los prejuicios, claro. Tuvo muchos problemas en los vestuarios con las mujeres, aunque parezca mentira. Y respecto a los hombres, bueno, ya sabes que a la hora de las burlas somos los reyes. Hubo algún cabrón que fue muy cruel.

—¿A qué te refieres?

—Bueno, parece ser que se formó un grupo de WhatsApp al margen de ella y allí se dijo de todo. Y como suele pasar si no es un grupo muy cerrado, alguien hizo una captura y le llegó a ella. La que se lio fue de órdago. Todos a Asuntos Internos a declarar... Imagínatelo.

—Ya.

—Después de aquello, la organización le ofreció un cambio de destino voluntario.

—Pues no es justo, tenían que haber cambiado a los cabrones.

—La vida no es justa, amiga. Ella prefirió aceptarlo y acabó en la UTI de Girona. Y hasta hoy.

—Ya, tienes razón. Qué injusto que alguien tenga que pasar un calvario así solo por haberse encontrado a sí misma. Me alegro de que te tenga a ti. No sé cómo lo lleva en la unidad, pero en dos días solo has estado tú con ella, y eso dice mucho.

—No lo lleva mal, y los jefes no son malos, pero no quieren marrones y no se meten más de lo necesario. Lo mío es más por empatía.

Carol lo miró con extrañeza.

—No me refiero a nada parecido, pero sufrí acoso escolar y, bueno, sé lo que es sentirse aislado. Así que me llevo bien con ella. Además, era una máquina en la científica y lo es también aquí. Es muy buena investigando.

—Creo que todos tenemos algo que nos ayuda a ser mejores una vez superamos ciertas etapas. Aunque lo que he visto en este trabajo es que hay personas que no las superan.

—Oye, ¿y qué tal es Masip? No se parece en nada al que mostraron en televisión.

—Creo que, en eso, Cristina y Xavi son parecidos. No conviene juzgarlos por lo que digan otros. Cuando le conoces bien, es el mejor jefe que podrías imaginar. Nunca te va a dejar atrás.

—Pero ¿de verdad tiró al tipo aquel? Por lo que leí, iba a matar a sus hijas después de haber matado a su mujer. Yo creo que también lo hubiera tirado.

—Nunca nos ha contado lo que pasó después de que disparara a aquel cabrón, pero sí sé que lamenta no haber podido salvar a la mujer. No sé. Supongo que hay algunas cosas que tienen que quedarse guardadas. Tampoco le hemos preguntado.

—Estoy de acuerdo.

—¿En qué? —Carol sonrió.

—La vida es muy injusta, amiga.

48

Entrevista. Grupo de asistencia psicológica.
Parte de registro 7 de 8

Habían pasado unos segundos en un reloj empeñado en no avanzar. La psicóloga esperaba a que el sargento acabara su explicación, y este parecía haberse quedado en un lugar lejano y sin posibilidad de retorno. Esto es lo que pasa cuando se accede al infierno particular de cada uno.

—Por favor, sargento, continúe. Creo que será bueno para usted que lo suelte todo.

Xavi inspiró hondo.

—Allí estaban las dos niñas. Me miraban aterrorizadas, pero estaban vivas. Les dije que era policía y que era amigo de su madre. Rompieron a llorar, pero a medida que les hablaba con calma fueron empezando a tranquilizarse. Su primera pregunta fue evidente: «¿Dónde está mamá?». —El sargento respiró hondo de nuevo antes de poder continuar—. Sí. Reconozco que no podía responder en ese momento. Les dije que se había tenido que ir. Poco más les podía decir entonces, y aunque eso era un eufemismo, sabiendo que allí, al otro lado de la puerta, solo quedaba un cuerpo desprovisto de vida, tampoco se me ocurrió nada mejor. Mi preocupación se centraba en cómo sacar de allí a aquellas dos niñas evitando que vieran a su madre muerta. Sabía que en cuanto cruzaran aquella puerta sus vidas cambiarían para siempre. El mundo que habían conocido se había acabado, y yo, en aquel momento, solo era la bisagra de una puerta que tenían que cruzar. Las revisé a las dos y comprobé que no estuvieran heridas. Estaban ilesas. Al menos por fuera. Pensé en cómo sacarlas de allí. No podía mover el cadáver de la escena, así que saqué mi teléfono, llamé a una de mis agentes y la puse a buscar a algún familiar cercano. No me pareció bien dejarlas a cargo de los servicios sociales, cosa que tendría que hacer si no encontraba a nadie que se quedara con ellas. Carol no tardó demasiado en encontrar a la hermana de su madre, que es maestra. Bueno, entre comunicarle la muerte de su hermana y hacerla venir pasaron unas dos horas. Naturalmente, tampoco la dejamos entrar en el piso.

—¿Qué hizo en aquellas dos horas?

—Intenté salir cuando empecé a oír hablar a algunos mossos en el comedor. Reconocí la voz de Jaume, un agente del grupo de Brou que había llegado al escuchar por la emisora policial lo que le había pasado a su sargento.

—Pero no salió, ¿verdad?

—No. Cuando me iba a ir, una de las niñas, María para ser más concretos, me cogió de la mano con fuerza. Me giré y vi que la otra niña, Estela, me miraba con una expresión que... aún no sé ni describir. Hice el amago de separarme de ella, pero vi un rostro de terror que no debería tener jamás ningún niño. Así que me senté en el suelo, con ellas, y se quedaron acurrucadas a mi lado. Me fui comunicando por mensajes de texto. Cuando supe que su tía estaba esperando en un coche nuestro en el aparcamiento del edificio, intenté hacerles entender que las llevaría con ella. Había llegado el agente Eduardo Tena y le hice pasar. Yo cogí a María y él, a Estela. Les tapamos la cabeza con una sábana, las cogimos en brazos y las llevamos fuera.

»Aproveché para ver cómo estaba la escena del crimen. Al sargento Brou lo habían trasladado en ambulancia al Vall d'Hebron, pero allí seguía el cuerpo de la madre. En el ascensor les destapamos la cara e intentamos bajarlas al suelo, pero ninguna de las dos se separó de nuestro cuello. Una vez en el aparcamiento encontramos a una mujer deshecha que acababa de recibir una de las peores noticias del mundo. Carol le había hecho entender que su dolor tenía que esperar por unas niñas de ocho años que acababan de perder a sus padres. No sé por qué lo digo en plural, porque aquel hijo de puta no merecía llamarse «padre» de nadie.

—¿Cree que merecía morir, sargento?

—No creo que le lloren demasiado.

—No le pregunto esto.

—Ya. No soy yo quien decide estas cosas, doctora.

—Sí, claro, pero de esto le acusan. Solo le pido su opinión.

—No creo que haga bien a nuestra especie que gente así, sin alma, camine entre los que sí la tienen, ¿no le parece? Bretón, el malnacido de las Canarias, una madre en Sant Joan Despí que mató a su hija por el mismo motivo que los dos anteriores, ¿continúo?

—Es un debate ético mucho más profundo que esto. Pero estamos llegando al final de este camino e imagino que eso es lo que le ha llevado hasta aquí, ¿verdad?

El sargento dudó un segundo, pero finalmente abrió la bolsa que había traído y extrajo un objeto.

—En realidad me ha traído esto, y espero que pueda ayudarme.

El sargento lo sacó y lo depositó encima de la mesa.

La psicóloga abrió los ojos y se quedó sin habla.

49

Cuando Xavi y Cristina llegaron al piso de la calle de Casp de Barcelona vieron a una patrulla en la puerta. Había dos mossos de uniforme que custodiaban la entrada junto a Carol y Adolfo que habían aparcado más cerca. El sargento marcó el teléfono de su caporal, que respondió enseguida.

—Estamos arriba, Xavi —respondió Carles.

—¿Le tenéis?

—No. No está.

—Pues haz bajar a David, él se quedará con Carol en la puerta. No podemos dejar pasar esta oportunidad si vuelve y nos descubre al ver una patrulla.

—Ahora baja.

—Compañeros, muchas gracias. Os podéis ir.

Los dos mossos de la patrulla de seguridad ciudadana se miraron sorprendidos, pero comprobaron la hora y no les hicieron falta más órdenes para subirse al coche e irse.

—Estad atentos —le dijo a Carol, que esperaba a David en la puerta.

Xavi, Adolfo y Cristina también le esperaron y, después de las presentaciones, ya que Adolfo y David solo se habían visto por videoconferencia, este se dirigió a la puerta donde aguardaba Carol. Ella y David se alejaron unos metros del portal para ver si Diego Borrás hacía acto de presencia. Podía ser que ya lo hubiera hecho, los hubiera visto y ahora mismo estuviera huyendo, pero ¿y si no era así? Tenían que intentarlo.

Cristina y Xavi subieron al piso con Adolfo. Cuando salieron al descansillo les esperaba el caporal Carles García en la entrada de una vivienda con la puerta forzada.

—Nos pareció oír un ruido dentro. No queríamos arriesgarnos a que si estaba en casa le diera tiempo a deshacerse de pruebas o nos preparara una trampa.

Cristina observó la puerta con la cerradura rota.

—¿La habéis echado abajo a golpes?

—Sí, compañera. A patadas. Y no ha sido a la primera, claro. Entre David y yo habrán sido... unas diez.

—Y habéis tenido suerte. No es de esas antiguas de madera de roble —observó la mossa.

—No creas, solo ha cedido la cerradura —le dijo enseñándole la zona donde se apreciaba la rotura.

—Está bien —dijo Xavi—. Cristina, Carles y tú echad una ojeada mientras localizo a la jueza de guardia para explicárselo y pedirle que nos autorice el registro cuanto antes. Habrá hablado con la de Figueres, pero no se esperará esto. No toquéis nada. El estado de necesidad para tirar una puerta solo nos ampara si intentamos salvar de un peligro a alguien. En cuanto podáis lo precintáis.

Xavi buscó algo de intimidad en el lavabo mientras los caporales García y Espejel revisaban el piso. Adolfo se quedó en la puerta por si algún vecino curioso se acercaba por allí.

Cristina revisó la cocina. Era pequeña y no tenía más que una puerta a una galería diminuta. Era evidente que el tipo vivía solo. Como tantos, como ella misma. Se fijó en un calendario colgado en la pared con una fotografía de la mar tomada desde un puerto. Por algún motivo, aquella imagen la trasladó a cuando subía a Cadaqués los fines de semana, siempre como Cristina; allí se permitía ser libre, ser ella misma. Aprovechaba las horas del fin de semana para ir arreglando su casa, pero cuando los obreros acababan su jornada se iba a una zona preciosa para ver y sentir el mar como no se puede hacer en ningún otro lugar del mundo. Está en la calle de la Riba Pitxot, justo después de la calle de la Riba Nemesi Llorens, de la que es la continuación. Aquel enclave entre dos vías en forma de medialuna tiene una pequeña playa y detrás, la plaza del Doctor Pont. La playa es la salida al mar de algunas casas que tiempo atrás debían ser de los pescadores, y en ella ahora toman el sol y se bañan los turistas que no quieren hacerlo en la playa Grande, que está unos metros más allá. Las barcas fondeadas convierten aquel lugar en una postal idílica.

Donde acaba la arena de esa medialuna continúa un muro de piedra que contiene las olas del mar, que lo golpean sin descanso. Si sigues este paseo de piedra encontrarás una zona en que las casas están solo separadas del mar por unos pocos metros. Este paseo, de nombre Riba Pitxot, bordea el límite geográfico del litoral. Se podría decir que estás caminando por una línea del mapa de España.

Cristina se sentaba en aquel muro de contención, justo después de los arcos de una casa blanca como todas las que quedaban a su espalda. Allí, con los pies en el aire y sin que la alcanzara el agua de las olas, observaba las barcas ancladas en el mar en calma. Todo lo que sentía era paz. Y mientras continuaba observando aquel calendario recordó un día en particular. Uno en el que alguien se le acercó para decirle: «Ese es un *llaüt* de tipo menorquín». Ella se giró extrañada. «¿Disculpe?». «Ese barco que miras es un *llaüt*. Aquí hay de muchos tipos». Estaba tan absorta en sí misma que no había reparado en su presencia. Era una chica. Pero cuando fue a contestarle, una voz más cercana interrumpió aquel recuerdo. Era Masip desde la puerta de la cocina.

—Cristina, la jueza me dice que pase a verla. No le ha hecho demasiada gracia que hayamos entrado sin una orden.

La caporal dejó de mirar el calendario.

—¿Estás bien?

—Claro. ¿Te acompaño al juzgado?

—Sí, vamos. Creo que lograré calmar a la bestia.

—Seguro que sí.

50

Mientras Masip y Espejel bajaban por las escaleras para dirigirse al juzgado oyeron gritos en la calle. Xavi reconoció la voz, era la agente Carol Ferrer, pero al salir no vieron a nadie. Cogió el teléfono dispuesto a llamarla, pero le entró una llamada de ella antes de que pudiera marcar él.

—Le estamos persiguiendo. Nos ha visto al acercarse a su casa y se ha dado a la fuga. Va en una moto de color rojo, debe ser un ciclomotor porque no tiene matrícula.

—Vamos al coche —ordenó a Cristina, quien ya estaba sacando las llaves del bolsillo—. ¿Por dónde estáis? A la carrera no cogeréis a una moto.

—Estamos en la calle Roger de Llúria —logró decir entre respiraciones forzadas—. Va en dirección contraria esquivando a los coches.

Se subieron a su vehículo y arrancaron. Cristina empezó a conducir rápido y a golpe de claxon. Xavi puso el rotativo azul en el techo porque iban de paisano, y buscó en el móvil la aplicación de mapas. La abrió y el aparato enseguida le indicó dónde se encontraba él. Le pasó su ubicación a García, que ya estaba en camino.

—Tira por Pau Claris y sigue recto, después se transforma en Via Laietana. Él va por Roger de Llúria hacia la plaza Urquinaona y es de sentido único, aunque vaya en dirección contraria. Si no se desvía, está bajando hacia el mar y seguirá por la calle de les Jonqueres. Las dos calles se juntan. Le atraparemos si le cortamos el paso en la intersección. Voy a avisar a la sala de que perseguimos a un sospechoso de asesinato. Que se sumen los Guilles.

—¿Quiénes?

—Las patrullas de motos de Barcelona. En coche no le cogeremos.

Cuando Xavi se disponía a hacer la comunicación por la radio policial llegaron a la confluencia de las dos calles, pero Cristina frenó en seco y paró casi derrapando. No se veía a nadie bajar en dirección contraria por la calle de les Jonqueres. Giró la vista hacia el lado opuesto y le dio un toque en el hombro a Xavi.

—¿Era una moto roja? Mira.

Al lado de un gran olivo que daba la entrada a unas calles estrechas había tirado un ciclomotor de color rojo.

—Ha pensado lo mismo que tú y sabía que le cortaríamos el paso, pero ha llegado antes. También ha tirado el casco.

Xavi se bajó rápido y comprobó que el motor aún estaba caliente.

—Deja el coche aquí. Seguimos a pie.

Cristina se bajó y vio a unos cincuenta metros a un tipo con chaqueta negra y capucha que miraba en su dirección. Sin previo aviso salió corriendo hacia él.

—¡¡Es aquel de allí!! —le gritó a Xavi, al que pilló por sorpresa porque se había quedado observando el casco junto a la moto.

Este empezó a correr detrás de Cristina, quien ya le sacaba unos metros de ventaja. El tipo huyó.

Cristina acortó la distancia con él, pero el hombre al que perseguían no aflojaba y ella notó que aún no estaba en forma. Al girar la primera esquina ya no vio a nadie y tuvo que parar. Xavi llegó junto a ella.

—¿Estás bien?

—Sí. Lo siento, aún no me he recuperado del todo de mi transición y me falta entreno.

—Pues me ha costado alcanzarte.

—Pero al tipo no. Está en forma el muy cabrón.

—Tranquila. No se puede haber esfumado.

Los dos siguieron avanzando a paso ligero mientras recuperaban el aliento. Lo hacían convencidos de que no podía haber ido muy lejos. Y no se equivocaban. A unos cien metros, y procurando no alertar a sus perseguidores, el tipo intentaba huir caminando deprisa entre la gente. Si lograba escapar, miles de personas inocentes estarían en grave peligro y los mossos se enfrentarían a las inevitables consecuencias.

No lo podían permitir.

El hombre se giró y reparó en ellos de nuevo. Cuando llegó a la avenida del Portal de l'Àngel giró a la izquierda. Xavi y Cristina hicieron lo propio y se encontraron con la multitud que iba de compras aquel lunes por la tarde. En Barcelona, y en especial en las zonas más turísticas, siempre hay tal cantidad de gente, lo que complicaba aún más la búsqueda y captura de aquel individuo.

Xavi apretó el botón del mando unido a su emisora portátil y preguntó:

—¿Por dónde vas?

—Calle Estruc —respondió Carles con voz ahogada.

—¿Y eso está?

—Llegando por tu izquierda.

—Bien, callejea a ver si tenemos suerte y se desvía en dirección al mar. Lo tenemos delante, pero no lo alcanzamos.

—Creo que le cortaremos el paso.

—Vale.

Siguieron detrás del hombre, pero este siempre se mantenía a unos ochenta metros que no podían rebajar. No había duda de que él también estaba en forma. Lo vieron girar por una esquina. Al llegar allí segundos después ya no estaba.

—Carles, le hemos perdido en la calle Comtal.

—Yo estoy entrando ahora y por aquí no ha pasado.

—Bien. Llama al jefe de turno de Barcelona y dile que ponga patrullas en las dos esquinas. Pásale una foto del sujeto. Que no salga de aquí. No te muevas de allí y espera refuerzos. ¿Estás solo?

—No, estoy con David. Y veo también llegar a Carol y Adolfo por la esquina.

—Vale. Pues ya llamo yo, pero vosotros identificad a cualquier hombre menor de treinta que intente salir por la zona. Envía aquí a Adolfo.

—Perfecto.

Cristina miró a Xavi.

—Mejor que no nos movamos hasta tener la retirada cubierta —le dijo ella.

—Sí. Solo puede estar en una de estas tiendas o en un portal. Lo peinaremos todo. Activaremos al ARRO y si es necesario a la BRIMO. No puede escapar —dijo Xavi mientras buscaba en la agenda el número de teléfono que necesitaba.

—Estupendo.

—Tiene que estar aquí.

La gente en la calle empezaba a congregarse atraída por el despliegue policial, e incluso algún vigilante de seguridad se ofreció a ayudar a los mossos en aquello que les pareciera acertado. Estos declinaron esa proposición, ya estaban empezando a controlar la zona.

En los probadores de una tienda de ropa, una dependienta observaba a un tipo que se había metido dentro sin apenas mirarla con unos pantalones y un jersey. Pero siguió atendiendo a los demás clientes sin darle mayor importancia. Después de todo, no era el primero ni sería el último maleducado del día.

En el interior, el tipo se sentó en el banco y dejó colgados los pantalones en el perchero. Al entrar allí no tenía la más mínima intención de ponérselos, pero después pensó que si se cambiaba de ropa quizá podría esquivar a los que lo perseguían. Dedicó unos segundos a recuperar la calma mientras escuchaba los sonidos que llegaban de fuera. No parecía haber peligro, así que se miró al espejo y empezó a peinarse aplastándose el pelo con los dedos humedecidos con su propia saliva. Cuando pensó que su aspecto era algo diferente al que tenía al entrar, dadas las pocas opciones de las que disponía, salió del cubículo. Buscó también una chaqueta y se fue a la caja. Mientras pagaba preguntó por el baño. La chica de la caja le indicó dónde estaba y le entregó la bolsa con su ropa recién comprada. El tipo se fue al baño y se cambió de pantalones, jersey y chaqueta. Metió su ropa usada en la bolsa y buscó dónde esconderla. Al final solo encontró la papelera, así que la apretó como pudo y metió todo dentro. Después, con decisión, buscó la salida. Vio que en la puerta había unas chicas que contemplaban absortas el final de la calle. Decidió probar suerte a la derecha y regresar por donde había venido, pero pronto se dio cuenta de por qué las chicas miraban sorprendidas hacia aquella dirección. Había un grupo de mossos antidisturbios formando una línea e identificando a todo el mundo. Caminó unos pasos pensando en si debería dar media vuelta, pero ya era demasiado tarde. Uno de los mossos se fijó en él. Apostó por su plan, confiando en que el cambio de ropa y de peinado lo hiciera parecer inocente a ojos de quien le buscaba. No le habían visto la cara, así que pensó que lo podría lograr. Llegó a la línea policial y un mosso le pidió la documentación mientras lo miraba de arriba abajo. Con los cambios, ahora no coincidía con la descripción del tipo al que perseguían.

—Enséñeme el DNI, por favor.

—Aquí lo tiene, agente —le dijo mostrándoselo.

El mosso lo revisó y, aunque no se parecía en exceso, el documento tenía ya algunos años y el tipo llevaba el mismo corte de pelo estúpido que el de la foto. Diego siempre supo que aquel DNI perdido que cayó en sus manos algún día le sería muy útil. El mosso extendió la mano para que se lo diera. Este lo hizo, y el mosso introdujo el número en la base de datos de su tableta. Le dio un resultado al momento. Se trataba de Francisco López Pérez, sin antecedentes.

El mosso llamó a su superior. Este se acercó a ver qué pasaba.

—Lleva el DNI, y los datos que da parecen correctos.

El caporal lo examinó de pies a cabeza. El hombre intentaba no perder los nervios cuando vio que se acercaba una mujer. Esta se quedó al lado de los mossos mirándole fijamente. Después la mujer dirigió la mirada a sus pies.

—Detenedlo. Es él.

Los dos mossos de la BRIMO no esperaron una segunda orden y se le echaron encima para inmovilizarlo y esposarlo.

—Soy inocente —gritó desesperado mientras lo reducían dos armarios—. No he hecho nada, cabrones. ¡Dejadme!

Una vez esposado lo introdujeron en el coche. Pareció que se había rendido. Miró a la caporal y bajó la cabeza.

Xavi se dirigió al jefe de turno de Barcelona para decirle que enviaran una grúa a recoger el ciclomotor que había tirado el sujeto unas calles más arriba. Después se acercó a Cristina.

—¿Es él?

—Sí.

—¿Cómo lo has reconocido? No le vimos la cara en la carrera.

—Por las deportivas que lleva. Cuando era atleta me fijaba mucho en las zapatillas que llevaban los adversarios que corrían delante de mí. Eso me relajaba la tensión en las carreras de pista. Me fijé en las Nike Zoom que llevaba el tipo. Es como un acto reflejo. Ese modelo no es muy corriente.

Xavi sonrió complacido.

—¿Y si hubiera llevado zapatos?

—Querido, me encantan los zapatos.

51

El traslado fue rápido y el chico no abrió la boca en todo el trayecto. Ni una sola vez después de la detención. Parecía derrotado, como el que acepta un destino del que intenta escapar con la certeza de que eso es imposible.

Una vez precintado el piso hasta que llegara la orden judicial, solo les quedaba esperar a que hicieran el ingreso en el Área de Custodia y Detención de Barcelona para después intentar hablar con él. El chico tenía derecho a hacerlo primero con un abogado, lo que en la mayoría de los casos se traducía en una negativa a declarar nada después a la policía. Así que no había prisa por verlo. Tenían setenta y dos horas para pasarlo a disposición judicial. Xavi informó a la jueza de guardia de camino a la comisaría y se disculpó por no haber podido ir a verla. Luego llamó al caporal García, que iba en otro coche, para que diera la orden a todos los agentes de ir cerrando los indicios para presentar el atestado con el detenido.

—No te veo muy contento, Xavi —le dijo Cristina.

Este salió de sus pensamientos y se giró. Tenía el teléfono móvil apoyado en la boca y le daba pequeños toques al labio inferior de manera inconsciente. Lo introdujo de nuevo en el bolsillo de sus vaqueros.

—No, no. Estoy contento, pero aún cojeamos con los indicios.

—Pero haber detenido a alguien que dejó sus huellas en el piso de Míriam es un gran avance, ¿no?

—Lo sé, pero esto solo es muy justo, créeme.

—He tenido condenas con menos, Xavi.

—Sí, claro, aunque esto no me vale. El problema no es que se condene con menos que eso, lo que me preocupa es que a veces ese poco no nos sirve para llegar al final y puede quedar libre un asesino.

—Mira que eres peculiar. He visto a muchos jefes irse de celebración en cuanto ponen las esposas al autor.

Masip sonrió con esa mirada triste que le acompañaba desde hacía ya demasiado tiempo.

—No te voy a decir que no lo hiciera en algún momento de mi carrera, pero comprobé que siempre es mejor celebrarlo después del juicio.

—La gente no sabe esperar.

Xavi resopló de manera sostenida.

—Puede que solo me esté afectando el cansancio.

Entraron en el edificio de Les Corts y Cristina se fue con Adolfo a comer un bocadillo a un bar que les recomendaron los agentes de Masip. El sargento se dirigía a la sala cuando le llamó por el pasillo el subinspector Bravo, del Área de Información.

—Masip, Masip. Espera, tengo algo que me pidió tu caporal.

Xavi se giró para ver llegar al mosso con pasos cansados a la media carrera. Era un hombre entrado en años y metido en carnes, con la cara redonda y el pelo canoso. Le entregó un sobre al sargento.

—Gracias, Salva.

—No es nada. Ya ves que el sobre no es muy grueso, pero encontrarás la casa donde se reunían los grupos antisistema en la época en que nos pediste. Hay dos fichas de quienes podrían ser las personas con los apodos que nos pasasteis, pero no tenemos nombres reales. En las fotos van con capucha y bufandas.

—Me las arreglaré. Gracias, de verdad.

El subinspector le dio un toque en el hombro y volvió caminando por donde había venido.

Xavi abrió el sobre y leyó algunos de los datos. Se quedó con una dirección del barrio de Gràcia de Barcelona y miró las llaves del coche policial que le había devuelto Cristina.

Se giró y volvió al ascensor. Marcó el número del aparcamiento.

52

Algo se cocía en la cabeza del sargento Masip que no le dejaba saborear el momento previo a interrogar a un sospechoso. Aunque tuvieran detenido al autor de la muerte de Míriam, necesitaba resolver los misterios que rodeaban la vida de la chica. Buscaba comprender cómo había vivido antes de afrontar su muerte. Aparcó el coche cerca de la dirección que le había dado el subinspector de Información y se dirigió allí a pie. El lugar a primera vista parecía abandonado.

Xavi entró traspasando una puerta medio rota que alguien había dejado así, posiblemente para poder entrar de nuevo. En realidad, se trataba de una nave abandonada que coincidía con la descripción del lugar que le habían facilitado. Era un edificio de dos plantas sin luz y con las escaleras casi en ruinas. Daba la impresión de que hasta los okupas habían temido por sus vidas y habían acabado por abandonarla. La suciedad y unos grafitis mediocres pintados en las paredes decoraban todas las estancias. El sargento dio un repaso a la parte baja y decidió ver qué escondía la planta superior, aunque auguró que no debía de haber mucha diferencia. Encendió una linterna pequeña y subió por las escaleras poco a poco. Sus pisadas resonaban en el edificio vacío anunciando su presencia de antemano. Aunque era posible que aquello solo alertara a las ratas. A medida que ascendía por los escalones resquebrajados empezó a pensar que, quizá, aquel registro no iba a dar ningún fruto. Además, tenían pruebas de que Diego Borrás había estado físicamente en el asesinato de Míriam y solo debían comprobar su coartada para el asesinato de Clarise. Era usuario de las páginas de ambas, y estas incluso le habían enviado fotografías firmadas, sin olvidar que se había identificado con un DNI que comprobaron que constaba como perdido por su verdadero dueño hacía dos años. Quizá esta vez su famoso sentido X sonaba en su cabeza sin motivo. Y lo pensó hasta tal punto que se preguntó qué cojones estaba haciendo allí.

Siguió avanzando y fue alumbrando las diversas estancias que en otro tiempo habían servido de habitaciones improvisadas. Aún quedaban colchones llenos de manchas y moho que los últimos inquilinos habían abandonado. ¿De verdad que alguien podía vivir en aquellas condiciones? ¿Cómo una chica que provenía de una familia rica acababa viviendo en un lugar así? Aquellas preguntas no tenían respuestas concretas ni sencillas. Como todo en la vida, nada se reduce a blanco o negro, y allí, entre aquellas paredes de mil colores, con dibujos y letras grotescas hechas con espray, se escondían toda clase de grises. Era la raíz de la existencia de algunas personas para afrontar una realidad que no encajaba en la vida que les había tocado vivir. Esa a la que ni siquiera el dinero, los colegios caros y los regalos que nunca resultaban satisfactorios brindaban sentido. Había comprobado en su trabajo que la pasta, por mucho que ayude, no acaba arreglándolo todo.

Xavi llegó a la habitación del fondo viendo más de lo mismo, así que enfocó las paredes haciendo un barrido y se dispuso a marcharse. Pero algo le llamó la atención. Giró la vista hacia la pared que tenía una ventana cerrada. Avanzó entre cascotes y pisó un colchón roñoso tirado en el suelo. Llegó hasta la pared y lo vio. Sacó su teléfono móvil y le hizo varias fotografías. Enfocó el resto de las paredes para no pasar por alto nada y les hizo fotos también para tener una visión más global de todo, una vez las imprimiera. Empezó a comprender que la vida de Míriam cambió en aquel lugar. Justo en aquel sitio. Bajo una mirada que quedaría grabada en la chica para siempre. En un dibujo hecho con espray. Allí se hallaban los ojos penetrantes de un gran lobo pintado en la pared que apuntalaron el dolor de Míriam tan dentro de ella que nunca más pudo apartarlos de su mente. Un lobo que alguien había pintado allí, con mucho realismo, y que amenazaba con atacar a quien lo observaba. Xavi imaginó que por algún motivo aquel grafiti tenía un significado. Algo que lo relacionaba con la caja que encontraron en casa de Míriam con una inscripción en latín. «El rastro del lobo». Allí lo tenía. Aquel hallazgo le dejó con la sensación de que se estaba acercando a Míriam de una manera íntima.

Cuando lo tuvo documentado en su teléfono le dio la espalda y casi pudo notar aquellos ojos amenazantes que lo observaban en la oscuridad.

De regreso a la salida, mientras deshacía el camino andado, el sargento escuchó un ruido en la entrada. Sacó su arma y avanzó poco a poco. Al acercarse a la puerta oyó con claridad los pasos de alguien avanzando hacia su posición. Se resguardó detrás de una puerta en una de las estancias de la nave y esperó mientras los pasos se aproximaban cada vez más. Vio el haz de luz de una linterna proyectado delante de la puerta tras la que se refugiaba y levantó el arma para salir y sorprender al intruso una vez hubiera pasado de largo.

Con un movimiento rápido se colocó detrás de alguien que se ocultaba bajo una capucha y que avanzaba por el pasillo alumbrándose con la linterna de su teléfono móvil.

—Policía. No se mueva y levante las manos.

El intruso se sorprendió tanto que se le cayó el teléfono móvil al suelo. Se giró lentamente hasta que el sargento le vio la cara. Al hacerlo guardó su pistola en la funda. Ella se bajó la capucha y se agachó a recoger el teléfono.

—Iveth, ¿qué haces aquí?

—Me has reconocido.

—No me has respondido. Estás muy lejos de casa.

—En realidad, no. Tengo un piso aquí en Barcelona para mis estudios.

—Mi paciencia tiene un límite, Iveth. Dime qué estás haciendo aquí.

Ella bajó la cabeza y pareció oscurecer el rostro.

—¿Qué quieres que haga? Buscar respuestas, igual que tú.

—Ya tenemos un sospechoso detenido.

—A mí eso me da igual. Nada me devolverá a mi hermana.

—¿Entonces?

—Quiero saber qué le pasó. Por qué hizo lo que hizo. Por qué se fue de mi lado. Por qué odiaba a nuestro padre. Incluso le dio la espalda a Nuestro Señor. Te puedes enfadar con la familia, de casos así está repleta la Biblia, pero con Dios no, joder.

Xavi la miró mientras una lágrima le caía mejilla abajo.

—Está bien, pero vamos fuera. Aquí no hay respuestas para ti. Bueno... —dudó—, creo que he encontrado algo que quizá nos ayude.

—¿Nos?

—¿Qué crees que hago yo aquí?

—Buscar respuestas, imagino. Pero si ya tienes a su asesino...

—Es mi trabajo, y en realidad tengo detenido a un sospechoso.

—¿Y qué has encontrado?

Xavi la miró barajando las opciones que tenía hasta que se decidió por una.

—Vayamos a tomar un café y veremos si los dos nos hacemos las mismas preguntas.

53

Se sentaron en una especie de butacas, más cómodas de lo que Xavi había pensado al entrar. Él hubiera preferido un lugar más acorde a sus gustos, pero Iveth insistió y pagó los dos cafés. El de ella, un moka y el de él, con leche.

—Reconozco que estas butacas son cómodas, pero claro, casi has pagado por los cafés la entrada de una de ellas.

—No es para tanto. Aquí pagas por el confort, y verás que el café es muy bueno.

Xavi le dio un trago y echó de menos el café que servían en la tasca de Cadaqués. Se preguntó qué estaría haciendo Cristina en aquel momento.

—¿Aún estás estudiando?

—Estoy con el posgrado, pero me queda poco.

—¿Qué harás después?

—Xavi, si tienes preguntas, hazlas —le dijo ella con un guiño—. No hace falta que demos rodeos.

—Muy bien. Tu hermana llevaba tatuadas en la espalda lo que parecen dos balas. No se había hecho más tatuajes en el cuerpo. Solo ese. Tengo una teoría, pero ¿tú sabes por qué?

—¿Dos balas?

—Sí, de hecho ahora me atrevería a decir que son dos balas de plata.

Iveth movió la cabeza sin comprender.

—Me dijo una vez que tenía un tatuaje que la protegía de los monstruos. Nunca entendí a qué se refería.

—¿No te lo enseñó?

—No. Ni sabía dónde lo tenía. No le pregunté, y Míriam y yo dejamos de ir juntas a la piscina o a la playa hace demasiados años. No lo tenía aún. Se lo debió hacer después de marcharse.

—¿Qué le pasó con tu padre?

—En realidad nunca lo supe. En un inicio, la mala relación y las ganas de ella de ser libre, supongo. Yo no lo entendí al principio. Aunque pasados los años nos reunimos para tomarnos una cerveza y comprendí que no lo había hecho por mí. Sé que pensarás que eso era una tontería, pero cuando eres niña y no comprendes lo que pasa, si además no te lo explican, acabas por pensar cualquier cosa que calme esa vocecilla interior.

—Sigo sin comprender del todo lo que pasó, pero sé que algo le ocurrió a tu hermana y que eso provocó una discusión con tu padre. Pero desconozco qué fue. Y tu padre, pues no sé...

—Mi padre no es capaz de ver que no todo se arregla con dinero.

—Eso lo vi en la primera entrevista. De hecho, nos ofreció dinero por... Bueno, da igual, era una tontería fruto del dolor.

—Mi padre siempre lo ha arreglado todo con dinero. Y eso trae consecuencias si topas con alguien que no lo valora.

—Tu hermana.

—Sí. Ella desde luego.

—¿Te puedo hacer una pregunta muy personal?

—Sí, por supuesto. Soy un libro abierto para ti —le dijo con una sonrisa.

—¿Tu padre abusó de tu hermana? ¿O de ti?

La sonrisa de Iveth se borró de inmediato.

—Mi padre es muchas cosas, pero te puedo garantizar una cosa: nunca nos tocó. Era un hombre cariñoso, aunque estuviera muy ocupado con las empresas.

—¿Cómo puedes estar tan segura de que no tocó a tu hermana?

—Eso no lo podría permitir Nuestro Señor. Mi padre es católico practicante. Igual que yo.

Xavi se preguntó si los católicos como ella eran conscientes de lo que había llegado a hacer su Iglesia en nombre del mismo Dios al que ella rezaba. No hacía demasiado tiempo, de hecho, la sargento de delitos contra las personas de su unidad había detenido a un sacerdote por pederastia. Pero volvió a lo que le interesaba en aquel momento.

—¿Tu hermana también lo era?

Ella lo miró haciendo una mueca casi de burla.

—Me refiero a antes de que se marchara de casa.

—Antes sí, claro. Todos íbamos a misa. Rezamos mucho por mi madre, pero no fue suficiente. Dios tenía otros planes para ella y se la llevó con él. Ahora las dos deben estar juntas en el cielo. O eso espero.

—¿Por?

—Dios no aprobará eso del porno, ¿no crees?

—Qué quieres que te diga, no sé si a Dios le importa mucho lo que hacemos.

—Le importa, claro que le importa. ¿No crees en Él?

Xavi sonrió.

—No hace mucho tuve una conversación parecida con otra persona. No, lo siento, no creo. Pero respeto profundamente a los que sí lo hacen. De hecho, uno de mis sitios favoritos de Barcelona es la que llaman la catedral del mar.

—Nunca he estado.

—Pues te la aconsejo. Es muy bonita y transmite paz.

—Tomo nota, y siento que no seas creyente. ¿Sabes que no podrás entrar en el cielo?

—Iveth, te aseguro que tengo muchas preocupaciones, y esta no está ni en la lista.

Acabaron sus cafés y Xavi se levantó para irse. Ella permaneció pensativa.

—¿Vas a estar por aquí, Xavi?

—Sí, pero no descarto volver a Cadaqués.

—Tienes mi número. Por favor, llámame.

—Está bien, lo haré. Cuídate.

Xavi se fue y dejó allí a Iveth, quien pidió otro café moka.

54

El sargento Masip regresó a la comisaría de Les Corts poco después del encuentro que había tenido con Iveth. No podía demorarse demasiado y pensó en compartir su hallazgo con el equipo después de la declaración. Algo le decía que aquel grafiti del lobo era importante y que estaba relacionado con la ropa encontrada en casa de Míriam, sin olvidar el tatuaje de las dos balas de plata. Estaba seguro de ello, pero esa revelación tenía que esperar.

El tipo ya estaba con su abogado cuando Xavi entró en la sala con Cristina.

—Mi defendido no va a declarar, así que...

—Así que como usted cobra por asistencia, si no declara pierde menos tiempo y mejor para usted, ¿verdad? —le dijo Masip mientras se sentaba en la silla al lado de Cristina.

—Oiga, no le permito...

—El señor Borrás —le dijo mirándolo a los ojos— será el que decida lo que quiere contar y lo que no, pero antes me va a escuchar. Siéntese, letrado.

El abogado se sentó a disgusto y le susurró algo al hombre que miraba con cara de no comprender qué estaba pasando.

—Vamos a ver, señor Borrás, le digo lo que tenemos y usted decide si me quiere contar su versión o se la cuenta a la jueza. A mí, le aseguro que me da igual, pero hay algo que no logro encajar y me gustaría escucharle. Pero antes, ¿me permite que le cuente una cosa que le va a interesar?

El tipo asintió sin decir nada.

—Usted fue a casa de Míriam el día de los hechos, eso está más que contrastado ya que sus huellas están en una lata de Coca-Cola y en un vaso de cristal. Por lo que parece, usted estaba allí porque le había tocado un encuentro sexual con ella en un sorteo. Ella le abrió la puerta, así que no tuvo ni que forzar la entrada. Después de eso, tenemos unas imágenes de alguien matando a Míriam, alguien que damos por supuesto que es usted, por eso está detenido. Para completar el círculo tenemos sus antecedentes de cuando era menor: lo detuvieron por una agresión sexual a una niña de catorce años. ¿Me puede dar su versión? Si la tiene.

El hombre se movió, inquieto. Miró a su abogado, que le indicó que no moviendo la cabeza.

—Mire, sobre eso de cuando era un niño, yo también tenía catorce años, y su madre nos pilló. La tía sabía latín, y yo era un pardillo.

—Si le digo la verdad, me importa poco lo que hiciera a los catorce años, y si quiere un consejo, no le va a ayudar mucho culpar de eso a una niña.

Diego cerró los ojos y respiró hondo.

—Sí, estuve en el piso de Míriam, claro. ¿Cómo me lo iba a perder? Me había tocado el gordo... —Se quedó pensando unos instantes.

—Siga.

—Yo llegué un poco nervioso. Tenía la máscara que me dijo

que llevara el hombre que me llamó para darme la dirección.

—¿No le pareció raro que le dieran la dirección personal de ella? ¿La de su casa? —preguntó Cristina.

—Qué iba a saber yo. Me dijeron: «Estate allí a las siete», y allí estuve.

—¿Quién se lo dijo?

—El tipo que me llamó. No me dio su nombre.

—¿No fue Míriam?

—No. Fue un hombre.

—Vale.

—Ella me abrió la puerta y... guau. Era más guapa aún en la realidad. Olía muy bien. Eso también lo recuerdo. Me hizo pasar a una habitación pequeña y me trajo una Coca-Cola, como bien han dicho.

—¿No le sirvió nada más fuerte?

—No. Me dio la lata de Coca y un vaso, y yo no me quejé. Entonces me quedé allí, esperando la señal. Me dijo que me conectara como siempre a través del móvil y que cuando me llamara acudiera con la máscara puesta.

—¿De qué era la máscara?

—De hombre lobo, tal y como me dijeron.

Los dos policías se miraron. Diego se paró al notar aquella mirada.

—¿He dicho algo malo?

—No, no. Siga, por favor.

—Entonces pasó lo que vieron.

—Ahora sí que le pediré que concrete un poco más.

Diego respiró hondo.

—Yo estaba algo nervioso, ya saben. Míriam era mi fantasía. Imagínese que se pudiera follar a Angelina Jolie. O usted —le dijo a Cristina— a Brad Pitt.

Xavi suspiró de fatiga.

—Continúe, por favor.

—El caso es que oí algo. Yo estaba medio a oscuras en aquella habitación, pero tenía la puerta *entorná* y enseguida me di cuenta de que venía de la puerta principal. Alguien había entrado.

—¿Alguien entró con la llave? —preguntó Cristina, asombrada.

—Sí. Bueno, no sé si con la llave, qué voy a saber yo. Pero sí, la puerta se abrió. Al principio pensé que era algún miembro de su equipo. Uno desde su casa se imagina mil cosas sobre lo que pasa detrás de la cámara. De hecho, me extrañó que fuera ella quien me abriera la puerta. Me quedé quieto allí, esperando que me dijeran que podía entrar. Yo llevaba los cascos puestos y Míriam seguía con su número. El tipo se quedó en la entrada de la habitación. Llevaba una chaqueta con capucha y movía los brazos y las manos.

—¿Qué hacía?

—No lo sé, estaba de espaldas a mí. Llevaba también unos guantes negros. Algo me decía que no debía hacer ruido y me quedé quieto. —Se puso las manos en la cara a pesar de estar esposado—. Algo no iba bien, lo intuía. Pero cómo iba yo a imaginar que...

—Continúe.

—A través de los cascos escuché a Míriam que me decía que ya podía entrar. Estuve a punto de salir y decirle a aquel payaso con capucha que el premio me había tocado a mí, pero entonces lo vi. Llevaba un cuchillo en la mano derecha, y me quedé paralizado. Míriam le hizo pasar y creí que me habían tomado el pelo. No entendía *ná*. Y entonces ocurrió. Ya lo habrán visto, así que no me lo hagan repetir, por favor.

—Está bien. ¿Qué pasó después?

—¿Que qué pasó? Que me meé en los pantalones, joder. ¿Usted qué cree?

—Siga, por favor.

—Tengo poco más que decir. Yo creo que me quedé sin respirar diez minutos para no hacer ruido, colega. El tipo acabó y pasó de nuevo por delante de la habitación de la entrada. Y antes de irse fue cuando...

—¿Qué pasó?

—Verán, el tío se paró delante de la puerta de la entrada. Yo rezaba para que se fuera, pero entonces se giró hacia la habitación donde yo estaba. Miró hacia mí. Yo estaba seguro de que no podría verme, pero de alguna manera sus ojos se clavaron en mi dirección. Bueno, eso pensé. Yo no podía verlos, porque la capucha que llevaba le hacía sombra en la cara y no veía *ná* del careto, pero sí que vi el cuchillo.

—¿Qué hizo usted?

—Ya se lo he dicho antes, joder. Me meé encima. Y cuando digo eso es que me lo hice encima de verdad, pero entonces se volvió hacia la puerta y se fue. Después de eso me quedé allí *parao*. No sé el tiempo que estuve allí sentado en aquel butacón. Entonces me dije: «*Joer*, en qué lío te has *metío*», así que me fui. No me atreví ni a ir a la habitación de Míriam. Salí pitando con el coche e intenté volver a Barcelona, pero me perdí. Entonces fue cuando la vi a usted.

—¿A mí? —preguntó Cristina con los ojos abiertos.

—Sí, estaba usted caminando con ropa de deporte y hablando por el móvil con alguien. Fue un momento, pero la recuerdo. Yo pasé por su lado con el coche. Después encontré la forma de volver a la carretera y me piré.

—¿Se acuerda de eso? —preguntó Masip.

—No creo que pueda olvidar nunca lo que viví aquella tarde.

—¿Ha vuelto a Cadaqués después de aquel día?

—No voy a volver a pisar ese pueblo en mi puta vida. No, no he vuelto. He estado currando *to* los días.

—Bien, ¿cómo era el tipo de la capucha?

—Era alto como yo, me refiero a uno setenta, creo, y delgado. Poco más le puedo decir.

—Está bien, creo que con eso es suficiente. No le digo que no le crea, pero necesitamos comprobar esos datos. Si lo quiere poner por escrito le diré a un mosso que entre y lo redacte. Lo que ha contado no le incrimina, y da una explicación coherente que nos obliga a comprobarla. O puede hacer caso a su abogado de oficio, claro.

Diego miró a su abogado y lo pilló consultando la hora.

—Que venga ese agente, por favor.

55

El equipo de Xavi, junto con Cristina y Adolfo, se reunía en la sala del grupo de homicidios de Barcelona.

—Recapitulemos hasta aquí. Mañana pasaremos a disposición judicial al detenido, así que Cristina y yo iremos a darle las novedades a la jueza y le pediremos una orden de registro para su casa. Vamos a montar el atestado con lo que tenemos, pero será bueno que todos aportemos los indicios que hay hasta ahora. Carles, empieza con Clarise.

Carles cogió su libreta y se puso a repasar los datos durante unos segundos antes de hablar.

—Bien. De Clarise hay poco que decir en cuanto al sospechoso. Tenemos poca carga indiciaria contra él. No hay huellas, y los restos biológicos hallados en la escena estaban al aire libre, así que podría ser que estuvieran deteriorados. De todas formas, esta vía no está muerta. Ahora tenemos a un sospechoso con el que comparar las muestras recogidas en el cadáver de Clarise, aunque ya sabéis que esto no es *CSI* y tardaremos algunos días en tener los resultados. Por otro lado, el testigo que vio al asesino deshacerse del cadáver no puede reconocerlo por la distancia, aunque encaja por altura y constitución. La familia aporta poco. Aunque mantenían contacto, la chica era muy independiente. Estamos buscando en la tarificación telefónica, a ver si entre las llamadas recibidas y enviadas encontramos algo, pero seguramente el contacto que pudiera tener el asesino con ella habría sido por internet y sería irrastreable.

—¡Toma las nuevas tecnologías! —soltó Adolfo.

—Así que nuestras pruebas solo lo sitúan con Míriam. Es allí donde podemos intentar atraparlo —continuó Carles—. De la escena de Clarise solo nos queda la parte fetichista. El dragón de papel que deja en el contenedor junto con el tatuaje arrancado de la piel de ella en una bolsa. Un bicho que, como Edu comprobó, era muy elaborado y requiere mucha técnica para poder hacerlo. El asesino es minucioso y paciente. A pesar de estar en un contenedor, lo encontramos todo bien guardado y aislado del resto de la basura. Creo, como tú, Xavi, que no le dio tiempo de meterla en el contenedor, y si eso hubiera pasado, ahora este caso lo llevaría el grupo de desaparecidos. En el registro tenemos que buscar libros u origamis parecidos a los que deja en las víctimas. Si se ha documentado por internet, saldrá en su historial de búsquedas, pero tendremos que esperar al estudio de informática forense. Hay que pensar que habrá practicado en casa si hacerlos requiere tanta técnica. Aunque en lo poco que vimos registrando en su piso no me pareció detectar nada sobre eso, la verdad.

Xavi se rascó el pelo y sopesó las palabras de su amigo.

—Vale, pasemos a Míriam. Cristina, ¿quieres hacer tú el resumen?

—Sí, claro. Vamos a ver. Míriam, a través de su página de *webcammer*, sorteó un encuentro sexual con ella entre sus fans, llamémoslos así. Diego se presentó en la casa a la hora convenida. Eso lo sabemos por ella misma, y él lo ha declarado. De hecho, aquella tarde todo iba bien para ella, así lo muestra en las imágenes de vídeo anteriores que tenemos. Diego entró en la casa sin forzar la entrada. Podemos dar por cierto que Míriam le sirvió una Coca-Cola en un vaso, donde quedaron sus huellas. Eso le sitúa allí, y él mismo lo reconoce. Todo sigue su curso, y ella le da paso para entregarle el premio. Todo sugiere que Diego entra y Míriam ve el cuchillo. Entonces, él la mata. El piso no está revuelto y no parece que falte nada a excepción de una fotografía que ella tenía en la pared, formando parte de un conjunto de nueve fotos personales. Puede que el asesino se la llevara de recuerdo, así que aparte de buscar esa foto y la ropa que pudiera llevar puesta aquel día y que podamos identificar por el vídeo, o sea, la chaqueta con capucha, poco más se me ocurre que podamos hallar en su casa. Después de eso, como en el escenario no encontramos nada parecido a un dragón de papel, quizá por las prisas de saber que la había matado en directo, el tipo se lo dejó por la noche a Xavi. Así que suponemos que sigue el caso y que sabe que él es el jefe del grupo que lo investiga. No debemos obviar esa parte. Aunque claro, después de aquel vídeo de internet y las imágenes de la tele en el juzgado, eres muy famoso, Xavi. ¿Me dejo algo?

—No. Es todo lo que tenemos. Ahora debemos centrarnos en el registro de la casa de Diego y buscar esos indicios. Así que nos llevaremos el ordenador que tenga y cualquier *pendrive* o disco externo, y, claro está, todos los cuchillos y armas blancas que encontremos. Y sí, por supuesto también buscaremos la fotografía que nos falta en el escenario. Por algún motivo se llevó esa que falta y no otra de las que estaban allí expuestas. Ella, como el resto de las chicas que trabajan en eso, podía enviar, a quien lo pagase, fotografías firmadas y en cualquier pose, así que la fotografía que falta ha de tener un significado especial. Es una fotografía personal de Míriam.

Todos asintieron.

—¿Alguna pregunta?

Nadie dijo nada.

—Cristina, ¿nos vamos al juzgado?

56

El registro en casa de Diego fue rápido. Se demoró un poco más porque la patrulla de seguridad ciudadana que hacía el traslado con el detenido se había encontrado un atasco en la calle d'Aragó. El abogado, a pesar de sus recelos iniciales, se mostró colaborador y no entorpeció el registro, del que tomó nota el secretario judicial dando cuenta de la fe pública de la diligencia. Se llevaron dos ordenadores y una tableta, además del teléfono móvil, que ya estaba intervenido para que la unidad de informática forense hiciera un volcado y analizase su contenido. No encontraron origamis, pero sí algunas fotos de las chicas. Tampoco ningún libro de referencia sobre cómo hacer papiroflexia. Parecía un domicilio solo para ir a dormir. No encontraron dobles fondos ni habitaciones secretas. Allí habitaba un individuo gris y solitario, con una gran obsesión por el orden. Todo estaba puesto de una manera metódica y pulcra, pero eso no lo incriminaba.

Diego Borrás iba a pasar a disposición judicial acusado del asesinato de Míriam, con unas huellas que lo ubicaban en su casa como única prueba, en espera del resultado del análisis del ADN, que llevaría unos días. Algo poco consistente para enfrentarse a un jurado si este último indicio no era positivo. También lo acusarían de usurpación de identidad, pero ese era un delito menor comparado con lo que los investigadores querían demostrar.

Los procedimientos con el Tribunal del Jurado son impredecibles y necesitan tener muchas más pruebas que en un juicio ordinario, porque si un abogado bueno es capaz de crear dudas en los miembros del jurado, estos no suelen llegar a condenar al acusado. Xavi, en sus inicios como policía, aprendió esa dura lección y sabía que en aquel momento había por la calle algunos asesinos que habían quedado libres. Recordaba con rabia el asesinato de un chico magrebí, al que habían matado tres tipejos por un tema de drogas. Dos de ellos habían llegado a un pacto con la fiscalía para rebajar sus penas declarándose culpables, pero el tercero se negó y en el juicio, a pesar de las pruebas abrumadoras, quedaron absueltos por el jurado. Siempre sospechó que si la víctima hubiera sido nacional, como los tres acusados, estos no se habrían librado. Desde aquello, y en cuanto ascendió y se hizo cargo del grupo de homicidios de Barcelona, se obsesionaba por llegar al jurado con todos los ases. De esa manera, aunque el abogado defensor aún tuviera la opción de mostrar una escalera de color, era muy improbable que un asesino se librara. Sin hacer trampas. Solo aportando la máxima carga penal a la fiscalía.

No era el caso. En este cojeaban, sin lugar a duda. Necesitaban encontrar las conexiones entre los dos casos.

Y el reloj corría en su contra.

57

Xavi se tomó un descanso y salió de la comisaría de Les
Corts cuando sus agentes y el caporal García iban a casa a
comer. El sargento, en cambio, decidió pillarse un bocadillo vegetal de camino a la catedral del mar. Necesitaba ordenar sus ideas y aquel era su templo de la calma. Aunque
su vida se encauzaba cuando tenía delante las piezas del
rompecabezas, a veces, si estas no encajaban, la cabeza le
pedía salir de allí y centrarse. Así que caminó mientras
apuraba el bocadillo y el agua sin dar más importancia a
aquella vocecita interior que le reclamaba observar aquel
caso desde otra perspectiva. Llegó después de andar media hora, aunque le pareció poco. Cuando cruzó las puertas del edificio cerró los ojos un momento y disfrutó del
silencio. No había demasiada gente en el templo, así que
se dirigió a los bancos centrales y se sentó. Cerró los
ojos de nuevo y escuchó a su yo interior, que le pedía a
gritos una pausa. Llevaba demasiados días durmiendo
poco y ya empezaba a notar los estragos del descanso mal-
trecho.

Cuando pensó que ya tenía suficiente llegó el momento
de regresar a la comisaría y al caso. Antes de marcharse se acor-

dó del padre Berto, al que había conocido unos días antes, pero no estaba por allí. Al salir del templo, en cambio, sí vio una cara conocida. Era Iveth.

—Por tu cara, creo que no estás acostumbrado a que nadie te sorprenda.

—¿Qué haces aquí, Iveth?

—Seco y directo al grano. Me gusta. Nada, hombre, solo sigo tu consejo. Como aún no he subido para casa me he pasado por aquí. Ya me iba cuando te he visto entrar.

—¿Y has estado esperando a que saliera?

—Me ha parecido inapropiado interrumpir tu momento de paz. Tenías razón, esta iglesia transmite tranquilidad. Me ha servido para acercarme a Jesús y a mi hermana.

Xavi pensó la respuesta. No quería entrar en ninguna discusión con ella por un tema tan personal.

—Me alegro por ti. A mí me sirve.

—¿A quién te ha acercado a ti?

—Al asesino que estoy buscando.

—¿En serio?

—Sí. En cierta manera.

—¿Al asesino de mi hermana?

Xavi asintió sin decir nada.

—Por cierto, creo que tengo información del tipo con el que vino mi hermana aquí, a Barcelona.

—Genial. Pásamela y lo investigaré.

Ella empezó a rebuscar en su bolso. Sacó varios objetos y le dio a Xavi un juego de llaves para que se lo aguantara mientras ella intentaba encontrar algo.

—Qué raro. Creí que lo había puesto aquí. Me lo habré dejado en casa. Si quieres nos acercamos un momento. No vivo lejos de aquí.

—No sé, quizá será mejor que me llames luego y me lo pases. Estoy bastante liado.

—Como quieras, pero me iré pronto para Cadaqués. Mi padre me quiere hacer firmar no sé qué documentos de la empresa. Creo que lo de Míriam le ha tocado mucho. Insisto, vente a casa y te lo daré. Lo apunté en un papel —le dijo acabando de rebuscar en el bolso sin encontrarlo.

—¿Cómo fue el entierro? Mi intención era ir, pero surgió algo importante y tuvimos que regresar a Barcelona.

—Pues un entierro va... como tiene que ir un entierro. Solo es el punto de inicio del duelo permanente que se nos viene encima a la familia. Pero sí, fue una bonita despedida. Creo que a ella le habría gustado. Lo siento, no encuentro el papel.

—Está bien. ¿Dónde vives?

—En Via Laietana. Mi padre compró un apartamento cuando empecé a estudiar.

Los dos empezaron a caminar por la calle dels Abaixadors, una calle peatonal de la zona, en dirección al piso de Iveth. Los primeros pasos los dieron en silencio. Xavi pudo oler el perfume suave que ella usaba, era el aroma de algún tipo de flor que no supo identificar pero que le pareció agradable.

—¿Cómo lo llevas, Iveth?

—Voy a seguir con mis estudios. Qué remedio, ¿no?

—No. Que cómo lo llevas.

Ella suspiró.

—Es muy reciente. Me va a costar superar esto, pero de lo que te das cuenta cuando te pasa una desgracia es de que el tiempo no se detiene. La familia está rota de dolor, pero la demás gente continúa con su vida como si nada. Aunque te hayan venido a dar el pésame. Ellos vuelven a sus casas tan tranquilos.

—Tampoco es así, pero sí, lo he visto infinidad de veces.

El dolor es siempre de los allegados, para los que se para el mundo. Es tan simple como que en ese proceso de duelo nada más importa porque tu cabeza intenta procesar el hecho de que no volverás a ver nunca más a esa persona querida. —Hizo una pausa, chasqueó la lengua y miró a Iveth, que lo observaba con ojos de curiosidad—. Los demás no es que no lo sientan, es que para ellos las preocupaciones cotidianas no desaparecen. Siguen con sus facturas pendientes de pago, sus hijos, sus problemas y un largo etcétera.

—Ya.

Continuaron caminando hasta que llegaron a un portal. Ella se detuvo y buscó de nuevo en el bolso. Sacó el mismo juego de llaves de antes y abrió la puerta.

—Gracias, Xavi. Me ha venido muy bien hablar contigo.

—No te preocupes. No tienes que dármelas.

Accedieron al interior y entraron en el ascensor. Era pequeño y antiguo. Igual que la entrada del edificio, que conservaba la decoración de cuando fue construido, aunque se notaba que estaba restaurado. El habitáculo del ascensor era estrecho y aun así contaba con un pequeño asiento. Eso hizo que estuvieran muy cerca el uno del otro. Xavi intentó guardar la distancia, pero Iveth recuperó terreno. Llegaron a la planta, salieron y caminaron los escasos metros hasta la puerta de entrada. Iveth la abrió.

Dentro, el piso estaba totalmente reformado y había estanterías de diseño por todas las paredes de la entrada. También un crucifijo de unos cincuenta centímetros justo enfrente.

—Estás en tu casa.

Xavi avanzó hasta el comedor, donde pudo comprobar la ostentación de aquellas personas que no saben lo que es Ikea. Le llamó la atención un gran cuadro donde aparecía quien reconoció de inmediato. Era san Jorge. Estaba luchando con un dragón y al fondo de la imagen se veía a una mujer en una posición extraña con las manos juntas, como atadas y una cuerda o similar alrededor de la cintura. Xavi no supo interpretar si estaba escapando o solo suplicando por su vida. Algo se agitó en el interior del sargento. Meneó la cabeza y recordó que los dragones no dejan de ser unas criaturas mitológicas adoradas o temidas por casi todas las religiones. Aunque en aquel momento también eran la obsesión de un asesino.

—¿Te apetece tomar una copa? —oyó decir desde alguna estancia.

—No. No bebo mientras trabajo.

Xavi se quedó observando el cuadro con detalle.

—¿Un policía que no bebe? —dijo ella al entrar—. Ah, estás con mi san Jorge. Aunque creas que la gente rica lo tiene todo, ese es una copia. No lo podríamos comprar ni aunque quisiéramos. Es de Rafael. Aunque sí, la copia no es barata. Además, nos lo hicieron más grande porque el original es muy pequeño.

Xavi se volvió hacia ella. Se había quitado la chaqueta y dejaba ver el volumen de sus pechos gracias a una camiseta ajustada.

—¿Tampoco un café o un té?

—Mejor que no, Iveth.

—Venga, hombre, mientras busco el dichoso papel.

El sargento volvió al cuadro y no dijo nada, por lo que ella interpretó que sí y lo dejó en el comedor absorto en el lienzo. Aquel dragón no se parecía a los que dejaba el asesino, pero no podía parar de pensar que era extraño que ella tuviera ese cuadro. Y recordó la estatua del piso de una de las víctimas del hombre de fuego; esta también tenía a san Jorge en la entrada de su casa. Se giró y vio que Iveth volvía con dos tés.

—De verdad, no es para tanto —le dijo ella—. Es un cuadro que teníamos en casa y nos gustaba. Cuando me vine a estudiar a Barcelona le pedí a mi padre que me lo dejase tener aquí.

Xavi cogió la taza de té y el papel que le daba. Se sentaron en el sofá y, mientras se enfriaba el agua y se mezclaba con las hierbas, lo abrió. Allí había anotado un nombre.

—¿Cómo lo has conseguido?

—Recordé que mi hermana me había hablado de que cuando estaba con él era la época en que también estaba en ese mundo okupa con su amiga Inés. Y esta sé que ahora es abogada aquí, en Barcelona. La llamé y me dio ese nombre.

—Apúntame también el teléfono de ella y si tienes su dirección seria genial. La iré a ver.

—Solo tengo el de su bufete.

—Me servirá, tranquila.

Ella sacó su móvil y apuntó un teléfono de su agenda en el papel y una dirección. Xavi dio un trago de té y se guardó el papel en el bolsillo. Después del segundo trago, esta vez más largo, Xavi se levantó. Iveth hizo lo mismo, quedándose a escasos centímetros de él. Sus miradas se quedaron congeladas un instante.

—Eres la hermana de la víctima, Iveth. Y, físicamente, podría ser tu padre.

Ella lo besó y Xavi la apartó con tacto.

—No te pareces en nada a mi padre. Y ya soy mayorcita, ¿no crees?

—Eres cristiana —dijo buscando una excusa—, y sabes que esto no está bien.

—Soy cristiana, pero no soy una monja —le dijo mientras metía la mano por debajo del pantalón de Xavi.

Ella notó las dudas en él, pero solo hizo que se excitase aún más.

—No puedo, Iveth. Esto no es profesional.

—Lo sé, y, por lo que noto aquí abajo, tampoco eres un robot —le dijo antes de volver a meter la lengua en su boca.

Xavi acabó devolviéndole el beso con la certeza de que aquella era una mala decisión y de que se iba a arrepentir. Con la excitación al máximo, ella se bajó los pantalones mientras intentaba hacer lo mismo con los de él sin dejar que sus lenguas se despegaran. Xavi la sujetó por los glúteos mientras la levantaba del suelo y ella le rodeaba el cuello con sus brazos sin dejar de besarlo. La espalda de Iveth acabó contra la pared al lado del cuadro del dragón mientras Xavi la sujetaba y la penetraba con pasión. Allí, entre gemidos, acabó el primer asalto. El segundo fue en la cama de ella.

Un par de horas más tarde, los dos seguían desnudos en la cama. Xavi tenía los ojos cerrados y ella reposaba la cabeza en su pecho.

—Noto cómo late tu corazón. Es lento y firme. —Levantó la vista y lo miró a los ojos—. Sé que te arrepientes, pero que sepas que yo no.

Él suspiró sin saber qué decir.

—Me avergüenza no haber sabido decir que no.

—¿No me deseabas?

—Eres una chica muy guapa, pero esto no tenía que haber pasado.

—No tiene que saberlo nadie. Solo quiero que me prometas que seremos amigos.

—Joder, Iveth, apenas te conozco —le dijo mientras se sentaba en la cama.

—¿No lo has pasado bien?

—Ya sabes que sí, pero no eran estas las mejores circunstancias, ¿no crees?

—A ver, Xavi, no te preocupes, que mi padre no te va a pedir que nos casemos. Si me quieres ver otro día, estaré encantada. Yo me lo he pasado muy bien. No soy una niña y me acuesto con quien quiero. Mi hermana lo hacía por dinero y enseñándolo a todo el mundo, literalmente. No creo que yo haya pecado tanto.

—¿Seguro?

—¿Te refieres a esto? —le dijo señalando unas marcas que tenía en la espalda—. No fue por acostarme con nadie. A veces pecamos sin ser conscientes de ello, y Dios quiere una compensación.

—¿Quién te hizo eso, Iveth?

—¿A qué te refieres? ¿A si me lo hizo mi padre?

Xavi no dijo nada esperando una respuesta.

Ella, aún desnuda, lo envolvió por la espalda y lo besó de nuevo.

—Te aseguro que mi padre nunca me pondría una mano encima.

El sargento permaneció en silencio.

—¿Qué tal otro asalto, *cowboy*?

—No, Iveth, tengo que irme. Le he enviado un mensaje a Carol para que me recoja. Tengo que seguir esa pista que me has dado con Inés.

—¿Otro día, entonces?

Él la besó en los labios a modo de despedida.

—Ya veremos.

58

Cuando Xavi salió del edificio dejando allí a Iveth corroboró que aquella había sido una mala idea, pero cuando se puso a caminar y llegó a la esquina comprendió que hay decisiones que requieren la mente más fría. Esa que casi siempre tenía cuando estaba metido en un caso. Solo que es imposible permanecer en ese estado todo el tiempo.

Al doblar la esquina, el sargento chocó con la realidad. En un coche, que reconoció al momento, se abrió la puerta del conductor y de allí bajó Cristina. Dio la vuelta al vehículo hasta estar frente al sargento y lo miró a los ojos. En aquella mirada Xavi vio una profunda decepción.

—En serio, Xavi, ¿con la hermana de la víctima?

—¿Qué haces aquí, Cristina? ¿Cómo sabías dónde vive Iveth?

—Por favor, Xavi. Soy buena policía. Y me pregunto si tú también lo eres.

El sargento no contestó y la miró analizando la expresión de su cara.

—Es que no me lo puedo creer —insistió de nuevo.

—Vamos a dejar las cosas claras, Cristina. No tengo que darte ninguna explicación sobre lo que hago en mi vida privada.

—Es que no es tu vida privada, joder. Es la hermana de Míriam. Debe estar en un estado deplorable y lo has aprovechado.

Xavi pensó en responderle, pero, aunque no lo había buscado, Cristina tenía bastante razón. Podía ver el sentimiento de decepción en ella, porque era también lo que él sentía.

—No puedo excusarme. Y no te voy a decir que haya sido culpa de ella, no soy tan miserable, pero te juro que no busqué esta situación.

Ella no dijo nada. Se limitó a bajar la cabeza.

—Tengo el nombre del amigo de Míriam y también el de una amiga que estaba con ella en esa época. Puedo ir solo si no te apetece mi compañía.

Ella, que se encontraba apoyada en la puerta del copiloto, se apartó y la abrió. La dejó así mientras se dirigía a la del conductor. Xavi se introdujo en el coche, Cristina arrancó y lo puso en marcha. Salió de allí rápido. El sargento le dijo que pasara a buscar a Carol, con la que ya había quedado para ir a ver a Inés.

No se dirigieron la palabra durante todo el trayecto, y cuando Carol subió al coche policial notó, por sus caras, que había pasado algo.

Cuando llegaron al edificio del paseo de Gràcia donde estaba ubicado el bufete de abogados en el que trabajaba Inés, fue Xavi quien bajó primero para comprobar si Inés se hallaba allí. Las dos mossas se quedaron en el coche a la espera de instrucciones.

—¿Por qué tienes esa cara, Cristina?

—Tu jefe se ha beneficiado a la hermana de la víctima —le soltó sin miramientos.

Ella se quedó un momento sopesando la información.

—Bueno, no es lo habitual —reconoció—, pero te puedo asegurar que eso no va a mermar sus capacidades. Créeme.

—¿Que no es lo habitual? Pues menos mal. Eso no es profesional, Carol. No me parece bien. Eso es de primer curso de investigación.

Carol hizo una mueca observando a su sargento, que ahora estaba en la puerta hablando con alguien que le respondía desde dentro.

—No sé qué decirte, Cristina. Tampoco entiendo por qué te afecta tanto.

—No es algo personal —se quejó—. Es que no me lo esperaba. En cuanto le conocí me quedé fascinada por cómo tomaba las riendas el caso, y ahora esto... no sé.

—¿Sabes lo que pasa? Que a veces nos olvidamos de que somos personas imperfectas. Incluso él, a pesar de que no lo parezca por su manera de razonar. Se ha acostado con una niña de veintipocos, pues bien por él. Aunque en realidad no sabría decirte quién se ha tirado a quién.

—¿La hermana? Si es medio monja.

—Pues qué quieres que te diga. Si no fuera mi amigo y yo no tuviera una relación, yo también me lo tiraría. ¿Y tú?

Cristina sopesó contestar la pregunta, pero el sargento ya volvía hacia el coche.

—El portero me ha dado la dirección de su casa. Y déjalo ya, Cristina, hace años que mi madre dejó de preguntarme con quién me acostaba.

59

Al final, Inés, la amiga de Míriam, estaba fuera de viaje y no pudieron hablar con ella. Le dejaron el encargo al conserje del edificio y se volvieron a la comisaría de Les Corts. Poco más podían hacer para seguir aquel hilo que tampoco sabían si les conduciría a algún sitio. Las caras de cansancio de todos, y en especial la de Cristina, indicaban que necesitaban descansar. El sargento les dijo a los dos mossos de Girona que se podían ir a casa, y la caporal se marchó casi sin despedirse ante la mirada de incomprensión de García y el resto del grupo. Ni siquiera Adolfo entendía qué pasaba, aunque él, con dos horas de viaje con ella por delante, tendría tiempo suficiente para que le contara el porqué de aquella expresión.

Unos minutos más tarde, todos se habían ido a excepción del agente Eduardo Tena, que se había quedado repasando los vídeos que les había enviado el *webmaster*. El atestado estaba listo para entregarlo en el juzgado y ya solo quedaba seguir buscando esa conexión entre los dos casos que no eran capaces de ver.

Xavi había rehusado que alguien lo llevara a casa, como era habitual en el transcurso de un caso. Necesitaba caminar. Notó en su interior que algo no iba bien. No había recorrido ni un kilómetro cuando se paró y sacó su teléfono móvil. En la agenda apareció un nombre: Iveth Albó. Respiró, cerró los ojos y devolvió el teléfono al bolsillo. Decidió volver a la comisaría. Tenía la sensación de que aquella noche en su casa no iba a avanzar en el caso y necesitaba más respuestas. Cuando apareció por la puerta de la sala de trabajo, Edu no pareció estar sorprendido de verlo. Sonrió y dejó que el sargento pasara por su lado para levantar la mano y hacer con los dedos la señal de la victoria. Xavi le devolvió el gesto con una media sonrisa y sin mediar palabra fue hasta su despacho. Sacó las carpetas del caso y empezó a repasar de nuevo todo lo que tenían. Se leyó otra vez el atestado que entregarían al día siguiente en el juzgado y volvió a ver las fotografías. Miró a través de la puerta abierta a Edu, que, con los cascos puestos, seguía viendo los vídeos de las chicas que les había facilitado el *webmaster*.

Dos horas después, Xavi se estiró en la silla de su despacho y se fijó de nuevo en su agente, con los cascos puestos y con la atención aún centrada en la pantalla del ordenador mientras comía pipas. Miró una vez más la carpeta del registro de la casa de Diego Borrás, donde no había aparecido nada que lo incriminara en la muerte de Míriam más que su presencia en la escena del crimen por un sorteo. Sin un vínculo con el asesinato de Clarise, la carga probatoria era muy baja, así que Xavi seguía pensando qué se les había pasado por alto. Se levantó y acercó una silla al lado de la Edu.

Este estaba mirando vídeos de las sesiones de Míriam, donde se la veía en todo tipo de prácticas sexuales con la cámara fija en la cama. Pero no todos los vídeos eran de sexo; de hecho, la gran mayoría no lo eran. También había horas de conversación con los fans, que le escribían a través del chat y ella les contestaba. Muchas de aquellas conversaciones parecían insustanciales, pero tenía que revisarlas una a una. Después de muchas horas escuchando y viendo las imágenes, no había nada que pudiera revelar algo nuevo.

—¿Los has visto todos?

—No, aún me quedan.

—Deja esos para más tarde. Necesito otro encuadre. Busca cualquiera que tenga la cámara en otra posición. Tenemos que encontrar algo diferente. Después sigue con ellos.

—Xavi, he visto unos trescientos vídeos de esas chicas y de Míriam, creo que unos ochenta. Son todos iguales. Solo son algo diferentes un par de vídeos, y solo destacaría que en uno está con una chica y otra coge la cámara. En ese son tres. No sé si eso es lo que buscas. Es algo diferente a los otros, en los que está siempre sola. No es muy largo, pero, además —se rascó el pelo—, ahora que lo recuerdo, en ese no está en la misma habitación. Sí, eso es, está en otra distinta.

—Ponme ese.

Edu cerró el archivo que estaba revisando y buscó el vídeo en la carpeta de Míriam. Como lo hacía de memoria, lo encontró después de abrir otros tres que mostraban el plano de la habitación que ella había habilitado.

Le dio al *play*.

Míriam estaba desnuda y otra chica se veía de espaldas. Se acercaba a ella desde la posición de la cámara. Las dos reían. Xavi reconoció la habitación. Aquella grabación se había realizado en la habitación privada de Míriam. Esto le llamó mucho la atención al sargento.

—Ahora están Míriam y la otra, pero ¿ves? —le dijo Edu pausando la imagen y señalándole una mano que aparecía por la esquina de la pantalla—. Hay una tercera chica que aún no ha aparecido en la imagen —añadió—. Además, creo recordar que a esa que está con Míriam no se le ve bien la cara. Solo aparece de espaldas en el momento en que deja la cámara fija de nuevo.

—Para la imagen.

Edu la paró otra vez. En la pantalla estaba Míriam tumbada en la cama mientras la chica que aparecía con ella le acariciaba el pubis y le ponía la cara entre las piernas. Las dos estaban completamente desnudas.

—¿Puedes hacer *zoom*?

—No, Xavi, esto no es *CSI*. Puedo hacer una captura de la pantalla y después ampliar un poco el fotograma. No tendrá la nitidez de una fotografía, aunque no se verá mal hasta cierto punto.

—Me va bien.

Edu empezó a tocar el ratón y a fuerza de clics abrió una pantalla externa al vídeo, que estaba en pausa.

—¿Qué quieres ver más grande?

—Céntrate en la espalda de la chica.

—No sé qué quieres ver ahí, pero no creo que... —Edu se quedó sin habla—. Mierda.

—Es un tatuaje de estilo tribal. ¿No te suena?

—Joder. Esta chica es Clarise. Debe llevar una peluca porque no se la reconoce a simple vista.

—Imprime esto y guarda el archivo. Sigue con la reproducción.

Edu le dio al *play* y el vídeo siguió su reproducción. Las dos chicas se besaron sin aparecer la tercera en pantalla. La imagen estaba fija y el plano era desde los pies de la cama. De repente la cámara se puso en movimiento, las dos chicas se rieron y la imagen se centró en Míriam, que quedaba como protagonista jugando con un consolador.

—¿Ves? Eso es lo que vi extraño. La cámara se mueve.

Xavi observaba aquellos planos tan distintos a los estáticos de las retransmisiones habituales. La imagen en pantalla, aunque centrada en Míriam, iba mostrando diversas partes de la habitación; un trozo de la ventana que quedaba a la derecha de la cama, una de las dos mesitas..., siempre en pequeños planos e intentando no desencuadrar a la protagonista.

Sin embargo, cuando Míriam estaba a punto de decir algo a cámara, la imagen se cortó.

—¿Ya está?

—Sí. Yo diría, por como son los otros vídeos, que este está cortado. Parece que le falta el final, pero he visto que a veces las retransmisiones se cortan.

—Pon la parte final.

Edu retrocedió unos segundos y le volvió a dar al *play*. Los dos observaron atentos.

—Para, para. Tira un poco hacia atrás. Cuando enfoca la pared. Solo sale unos instantes.

Edu lo hizo y detuvo la imagen.

—Necesito que me imprimas, igual que antes, esta imagen.

Edu observó lo que le indicaba Xavi. En la imagen se distinguían una serie de fotografías del mismo formato, con marcos y colgadas en la pared. Había un total de nueve. Allí aún estaba la que había desaparecido de la escena del crimen. En ella se podía ver a dos mujeres abrazadas y mirando a cámara. Estaban en una especie de playa, seguramente en invierno, por la ropa que llevaban. Edu la amplió y, aunque no se apreciaba con nitidez, la imagen era bastante clara. Los dos policías se miraron con inquietud. El sargento marcó en el teléfono el número de Cristina Espejel, pero imaginó que esta ya estaría, al igual que Adolfo, descansando en sus domicilios en Cadaqués y Girona a la espera de nuevas diligencias policiales.

El teléfono sonaba, pero Cristina no lo cogía. Edu pudo ver la cara de preocupación de su jefe.

—Vamos, Cristina, por favor, coge el teléfono.

Después de dos horas de viaje, Cristina estaba ya de vuelta en su casa de Cadaqués. Se sentía cansada y hambrienta, así que pensó que ya recogería el piso al día siguiente. Se quitó la ropa y abrió el grifo de la ducha. En el comedor, su teléfono vibraba sin sonido y, desde el baño, era imposible que lo escuchara. Dejó la ropa usada en un cesto y se sentó en la taza del váter a la espera de que el agua se calentara. Tiró del canasto para acercárselo y rebuscó en él hasta que encontró la ropa de deporte que había utilizado días antes, cuando tuvo que acudir a casa de Míriam. Una tristeza enorme la embargó de pronto. Sacó el cortavientos, y de su bolsillo, una fotografía enrollada. Le cayó una lágrima cuando vio de nuevo aquella instantánea. En ella se veía a Míriam sonriendo junto a una amiga. Las dos parecían felices a pesar de que el mundo no las había tratado bien. La observó una vez más y pasó los dedos por la cara de Míriam. Después miró a la joven que aparecía a su lado. Su amiga.

Era ella.

60

El sargento conducía por la autopista AP-7 en dirección a Cadaqués. La investigación acababa de tomar un nuevo rumbo. Una de las fotografías que había en la pared revelaba que Míriam era amiga de Cristina. Y esta no solo lo había ocultado, sino que era probable que ella, y no el presunto asesino al que iban a poner a disposición judicial, fuera quien había sustraído una prueba del escenario del crimen. ¿Por qué lo había hecho? Xavi no podía evitar pensar en ello, y mientras su cabeza trataba de asimilar las consecuencias imprevisibles de sus actos. Recordó la cara que tenía Cristina en el levantamiento del cadáver, su palidez al observar a Míriam tumbada en la cama. Sus ojos bañados en una tristeza que no supo identificar en aquel momento y que ella consiguió disfrazar de desaliento. Como a veces hacía él.

Su teléfono empezó a sonar.

—Carles, ¿Edu te ha puesto al día?

—Sí. ¿Necesitas que te acompañe?

—No, ya estoy de camino, tengo que hablar con ella antes de ver qué hacemos.

—Vale. Pero ten cuidado.

—Sí, no te preocupes. Y sé discreto, Carles. Ya informaré al inspector cuando vuelva. No sé cuándo estaré de vuelta, pero si a primera hora no estoy en la comisaría, lleva tú el atestado a la jueza.

Los dos permanecieron un segundo sin decir nada.

—¿Estás bien, Xavi?

—Sí, no te preocupes. Además, te llamaba por otra cosa que también me preocupa. Ve a buscar al *webmaster* ese y apriétalo bien. Hay un vídeo en el que aparecen las dos víctimas juntas. No puede ser una casualidad, creo que ese vídeo no está completo.

—Algo me ha avanzado Edu. El muy hijo de puta al final sí que quizá oculta algo.

—Hay otra chica en ese vídeo. No sé por qué está cortado, pero puede que en la parte que falta aparezca ella. Necesitamos descubrir quién es.

David entró en la sala saludando a sus compañeros, ajeno a la conversación que mantenían sus jefes y a las nuevas revelaciones, aunque pudo notar la tensión que había.

—Ya ha llegado David. Iré con él a por Antonio Arán y dejaré descansar a Carol, que lleva mucho trote. ¿Te parece bien?

—Sí, dale algo de descanso, aunque mañana te tocará lidiar con ella si se pierde algo.

—Yo me encargo, tranquilo.

—Bueno, Carles, nos mantenemos informados.

—Sí, claro. Pero, Xavi..., ten cuidado.

Cuando Carles colgó el teléfono regresó el silencio, y lo invadió una sensación extraña al mirar a sus agentes. Xavi y él estaban expectantes, deseando conocer más novedades sobre el caso.

—Edu, deja eso y vete a casa a descansar unas horas. David —hizo una pausa mientras cogía su chaqueta—, nos vamos de caza.

61

Cristina era incapaz de levantar la vista porque sabía que, si lo hacía, se toparía con los ojos verdes de Xavi, que esperaban una respuesta que no sabía hacia dónde la llevaría. Se había presentado en su casa solo, lo que la desconcertó un poco, porque ya se había imaginado en una sala de interrogatorios y con las esposas puestas.

—Cristina, podemos estar aquí el rato que quieras, pero vas a responder a mis preguntas.

—Lo sé, Xavi. Solo estoy pensando por dónde empezar.

—Te diría que por el principio, algo muy lógico, pero de momento dime solo por qué.

Ella, que aún permanecía sentada en el sofá con las rodillas recogidas entre sus brazos, miró al sargento por primera vez desde que le había abierto la puerta. Apretó los labios, respiró hondo y expulsó el aire antes de contestar.

La mente de Cristina se fue dos años atrás. Aún no se había sometido a su proceso de reasignación, pero llevaba ya un tiempo hormonándose y su aspecto empezaba a cambiar. Cuando se iba a su piso de Cadaqués siempre lo hacía vestida de mujer. Con peluca y maquillaje. Así, pensó, cualquiera que la pudiera conocer antes de la operación no se encontraría después con alguien demasiado diferente. Por primera vez sentía que empezaba a ser ella misma. Algo que la mayoría de la gente da por sentado, pero que para algunas personas es un proceso de liberación absoluta.

Estaba sentada mirando el mar en su lugar favorito, el espigón de la calle de la Riba Pitxot, y acababa de dar comienzo una primavera que se presentaba fría. No obstante, la vista y el sonido de las olas bajo sus pies le resultaban reparadores. Las zapatillas a un lado y los pies desnudos acariciados por algunas gotas de mar, resultado del choque de las olas contra la piedra unos metros más abajo. Todos los fines de semana que podía se perdía en aquella zona. Era allí donde se sentía más segura, lejos de la obligación de disimular su aspecto físico para que sus compañeros de trabajo no sospecharan nada. Cuando fuera oficial, le daría igual su opinión, pero en aquel momento no se veía capaz de enfrentarse a una sociedad retrógrada que le parecía cada vez más atrasada. Miró hacia el puerto y vio salir un barco y adentrarse en el mar. Se quedó mirándolo, preguntándose a dónde se dirigiría con toda esa inmensidad azul en el horizonte. Pero alguien a su izquierda le habló y ella se puso en alerta. Aunque su voz, suave, no la previno de ningún peligro.

—Ese es un *llaüt* de tipo menorquín —dijo una chica sentada en silencio a escasos metros de ella.

—¿Disculpe?

—Ese barco que miras es un *llaüt*. Aquí hay de muchos tipos.

Cristina vio que también tenía la mirada perdida en el mar. Miró a su alrededor y no vio a nadie más por la zona.

—No te quería molestar. Solo que... Nada, da igual. Disculpa.

Aquella joven atractiva, bien vestida y con apariencia de haber recibido una buena educación desprendía un aire melancólico que le llamó la atención a Cristina.

—No me preguntaba qué barco era. De hecho, no sé si me hubiera hecho nunca esa pregunta. —Sonrió de manera sincera—. Pensaba hacia dónde se dirigiría, o más bien —dudó un momento— hacia dónde iría yo si pudiera estar al mando de ese barco.

—Hacia dónde va te lo puedo decir yo, por el tipo de barco. Imagino que a los caladeros de lubinas. Pero para saber dónde irías tú, me embarcaría contigo, y ya veríamos lo lejos que podríamos llegar. —Sonrió sin dejar de mirar al horizonte.

—No va a haber hombres en esa isla, tienes que saberlo. Al menos en un tiempo, que preveo laaargo —respondió.

—Me apunto, entonces. Me llamo Míriam —le contestó alargando su mano a modo de presentación.

Cristina se la estrechó.

—Yo soy Cristina —dijo con convicción.

Desde entonces se hicieron amigas. Por primera vez alguien lo sabía todo de ella y no la juzgaba. Ella tampoco juzgaba a Míriam, quien le confesó a qué se estaba dedicando desde hacía poco tiempo. Al final, solo eran dos mujeres con secretos que habían encontrado algo muy difícil de tener.

Comprensión.

62

Cristina miró a Xavi a los ojos y supo entonces que no tenía otra opción que confiar en él. Y comenzó a hablar.

—Cuando entré allí solo habían llegado dos mossos de la unidad de seguridad ciudadana. Como investigadora fue fácil pedirles que custodiaran la puerta y que no dejaran entrar a nadie sin mi autorización. Es el procedimiento, ya sabes.

Xavi lo confirmó asintiendo.

—Me acerqué a la habitación intentando preparar mi mente para lo que estaba a punto de ver. Iba a ser un *shock*, y lo sabía. No me equivoqué. No es lo mismo ver un cadáver que no te importa emocionalmente que el de alguien a quien conoces. Ella y yo éramos amigas, Xavi.

—Ve al porqué, por favor. Luego me cuentas tu historia con ella.

—No sé por qué te interesa tanto eso, creo que el contexto es importante y...

—¿Por qué, Cristina? —insistió.

Ella rompió a llorar.

—¿Cómo puedes preguntarme eso, Xavi? Desde que nos conocemos te lo he explicado casi todo. Sabes lo que he sufrido para llegar hasta aquí. Tuve que cambiar de vida, apenas he hablado con mi padre, también me sentí forzada a cambiar de destino en el trabajo, algunos mossos me miran como si fuera un mono de feria...

Paró para limpiarse las lágrimas de los ojos.

—Sigue, por favor.

—Allí mirándola estuve a punto de desmayarme. Tuve la suerte de que aún no habían llegado mis compañeros de la unidad, y eso me dio algo de tiempo para serenarme lo suficiente. Lloré, lo confieso, y ya sé que eso no es profesional. Respiré hondo. No tenía otra opción que recuperar algo de entereza. Era mucho que asimilar en poco tiempo, pero me obligué a apartar la vista de ella y me dirigí a la puerta. Cuando dejé atrás su cuerpo me prometí a mí misma que averiguaría qué le había pasado. Se lo debía. Revisé el resto de la casa intentando encontrar cualquier indicio, el primero, por insignificante que pudiera parecer. Yo ya había estado allí —confesó—, pero no recordaba aquellas fotografías colgadas en la pared. Ni que entre ellas estuviera la que nos hicimos el invierno anterior. Me quedé paralizada. Escuché que alguien subía por las escaleras y actué sin pensarlo. Sé que fue un error, pero eliminé de la escena aquella fotografía y la guardé en mi cortavientos. Tiré el marco al suelo y regresé a la habitación donde estaba el cadáver.

—Joder, Cristina. ¿Eres consciente de que al hacerlo abriste una línea de investigación ciega? Esto nos despistó y buscamos un indicio inexistente.

—Lo sé, Xavi, y lo siento. Pero mi mundo se empezó a desmoronar aquella mañana. Imagínatelo, la mossa trans amiga de la actriz porno asesinada. Después de lo que había pasado, algo me decía que no iba a soportar ser de nuevo el centro de las miradas, de las habladurías. ¿Cómo iba a explicarlo? Esta es mi casa. No puedo volver a cambiar de destino. Ni de vida. ¿Por qué tengo que ser yo siempre la que lo haga?

—¿Tienes la foto?

Ella asintió y señaló el baño. Xavi se levantó y fue hasta allí. La encontró en una papelera. Estaba algo arrugada, pero la extendió con los dedos de ambas manos y la examinó de cerca. Dos mujeres mirando a la cámara. Un atardecer en la playa. Parecían felices. Dos personas a las que la vida había golpeado de diferentes formas, pero que se habían encontrado. Al fondo, el mar Mediterráneo. Y en el sargento nació una duda.

¿Quién había hecho aquella fotografía?

63

García llegó a la dirección que le habían indicado. David y él se bajaron del coche y vieron que la zona estaba muy tranquila. Antonio Arán vivía en un grupo de casas adosadas; la suya era grande y contaba con un jardín delantero. El cielo estaba encapotado y oscuro, y las luces de las farolas no alumbraban demasiado. Instintivamente, pensó que aquella zona debía ser un reclamo para las mafias especializadas en robos en domicilios. Al acercarse a la entrada y dar un rápido vistazo a las de las casas colindantes apreció que todas tenían conexión a una central de alarmas. Aquello confirmaba sus sospechas.

—El tipo no vive mal, ¿no?

—No. Y dudo que ser solo *webmaster* le dé para una casa así.

Carles observó el interior a través de la verja y los setos que la flanqueaban. Llamó al timbre, pero no respondió nadie. Sin embargo, David pudo observar que una sombra se movía frente a una de las ventanas y le hizo un gesto a su jefe.

—Echemos una ojeada dentro del jardín. Hay muchos robos por aquí, vamos a comprobarlo.

David sonrió y siguió a Carles; le gustaba que su jefe tuviera lo que hay que tener para traspasar un poco la línea.

Pero el caporal no era estúpido, sabía que entrar en un jardín para comprobar que no estaban robando no infringía ninguna ley, a pesar de que el jardín fuera una propiedad privada. Así, desde allí, podían intentar ver el interior y evitar los problemas legales que tendrían si entraban sin una orden judicial. Los dos revisaron la zona sin ver nada anómalo. Un jardín de césped bien cuidado, dos olivos de formas marcadas con una poda pulida y un pasillo de grava blanca. No había juguetes tirados ni columpios, por lo que descartaron que hubiera niños. Al menos de manera frecuente.

Se acercaron a una de las ventanas y, a través de la última rendija de la persiana, pudieron observar lo que parecía una especie de salón grande. No se veía a nadie, pero, de pronto, oyeron un leve ruido. Los dos se miraron de forma instintiva. David tenía razón, había alguien dentro.

Ambos desenfundaron sus pistolas y se dirigieron a la puerta principal. Estaba cerrada y era blindada. Carles volvió a llamar al timbre. Nada. Decidieron ir a la parte trasera. Rodearon la casa y descubrieron una nueva zona ajardinada parecida a la anterior, salvo por el cobertizo, ubicado al final del terreno, y la puerta, que, en esta ocasión, no tenía los mismos elementos de seguridad que la principal. De hecho, solo estaba ajustada. Es curioso, pero la gente —Carles lo comprobó durante sus años de investigador de delitos contra el patrimonio— solo se preocupa por la entrada de la vivienda y obvia el resto de los puntos por los que un ladrón puede acceder a ella. «La seguridad es igual a tiempo», explicaban en la Escuela de Policía de Catalunya. Es decir, cuánto más tiempo necesite el ladrón para entrar, más segura es la propiedad. Y aquella casa no cumplía ni las medidas básicas. Con una buena puerta principal y una alarma se sentían a salvo.

Los dos mossos percibieron un nuevo movimiento en el interior. Buscaban a alguien relacionado con un doble asesinato, así que tenían claro lo que debían hacer. Un gesto con la cabeza de Carles fue suficiente para que David entendiera que lo autorizaba a entrar. Sacó una navaja y manipuló la puerta hasta que consiguió abrirla sin romperla. Y ambos, con las pistolas en posición de disparo, se metieron en la cocina.

Todo estaba oscuro. Sacaron sus linternas y las colocaron en la otra mano, junto a la que sujetaba su arma reglamentaria. Carles hizo un barrido de la cocina y señaló una zona a su compañero. En un estante de cuchillos apilados en orden faltaba uno. Enfocó la pila y abrió el lavaplatos. No estaba. Alguien había cogido ese cuchillo.

Poco a poco y con calma fueron inspeccionando la planta de abajo. Nadie en el comedor, nadie en el lavabo ni en la cocina por la que habían entrado. Estaba limpia. Subieron las escaleras, que daban a un pasillo largo y las habitaciones. Lo primero que vieron fue un baño pequeño, pero estaba vacío. Iban en tensión. Si alguien se había escondido con el cuchillo que faltaba en la cocina, necesitaba acercarse bastante a ellos para poder atacarles, lo que le daba cierta ventaja frente a sus armas de fuego. Pero Carles tenía claro que si alguien se abalanzaba sobre ellos, no iba a dejar huérfanas a sus hijas. Dispararía.

De repente escucharon un ruido que provenía de la habitación del fondo. Los dos empezaron a caminar lentamente. Entonces un nuevo ruido les llegó de la parte de abajo. Se quedaron inmóviles en mitad de aquel pasillo. Alguien subía las escaleras intentando no hacer ruido. David, que iba por delante de Carles, se agazapó para disimular un poco su silueta sin dejar de apuntar en dirección a las habitaciones, mientras el caporal le cubría las espaldas y apuntaba hacia las escaleras. Solo oían sus respiraciones, hasta que, de pronto, comenzaron los gritos.

—¡Alto! ¡Policía!

—¡Policía! ¡Al suelo, rápido!

—¡No os mováis! ¡Quietos!

La luz de una linterna apuntó directa a la cara del caporal, y este hizo lo propio con la suya. Pero vio un zapato y un pantalón que le resultaron muy familiares. El que le apuntaba era un mosso d'esquadra. Levantó las manos y le indicó a su agente que hiciera lo mismo.

—¡Homicidios de Barcelona! ¡No disparéis, somos compañeros!

Al alzarse y dejar de tener el foco en la cara, el caporal vio a dos mossos que aún les apuntaban y que se miraban entre ellos. Sacó su placa y la tiró al suelo cerca de ellos. Uno se agachó a recogerla y, tras examinarla, bajó el arma.

—Joder, ¡qué susto, tío! —le dijo el uniformado.

—Silencio —les pidió David—. Buscamos a un tipo que vive aquí y creemos que hay alguien escondido en la habitación del fondo.

—Claro que hay alguien —contestó el mosso que, por sus galones, era el sargento.

Se metió en la habitación y entabló conversación con alguien sin que los demás pudieran escucharlo. Después salió al pasillo acompañado de una mujer de unos sesenta años, con una bata de color rosado y zapatillas de andar por casa. El mosso la cogía del brazo con una mano y, con la otra, sujetaba el cuchillo que faltaba en la cocina.

—Es la dueña de la casa. Ella nos ha llamado —confirmó el sargento.

La mujer, que no se separaba del sargento, parecía asimilar la presencia de todos aquellos policías en su casa.

—Señora, ¿conoce usted a Antonio Arán? Tiene esta dirección como domicilio.

La señora miró al caporal con verdadero pánico.

—¡Por Dios! ¿Qué ha pasado? Claro que lo conozco. Es mi hijo.

64

Cristina estaba en la cocina de su casa preparando agua caliente para hacer un par de tés. Puso una bolsita de té en cada uno de los vasos y echó el agua hirviendo. Cuando terminó se sentó en la otra silla que había en la estancia. En el otro extremo estaba Masip, quien aún sostenía en su mano la instantánea.

—Podemos ir al comedor.

—Estoy bien aquí, no te preocupes.

Cristina sopló el agua, que empezaba a mezclarse ya con las hierbas que se desprendían de la bolsita del té.

—Cuando llegué de nuevo a Cadaqués hace tres años no conocía a casi nadie. Esto no deja de ser un pueblo, y algo vas sabiendo de la gente a medida que socializas, aunque sea poco. Yo casi solo venía los fines de semana a arreglar el piso. Estaba destinada en Egara y vivía en Terrassa. Mi tratamiento, en aquel entonces, consistía en hormonarme y prepararme para la operación. Me reuní con médicos y estuve valorando dónde podía hacerme la intervención. Había conocido a algunas chicas que se habían operado aquí en Cataluña y habían quedado fatal. Otro trauma mayor del que les había tocado vivir. Valoraba incluso irme a Tailandia, pero al final contacté con otra mossa que había hecho la reasignación y me recomendó un equipo médico de Barcelona. Así que allí me fui. Entonces, en una de esas visitas me encontré en la consulta a una chica muy guapa que esperaba para entrar.

—¿Míriam?

—Sí. En ese momento no supe quién era ni por qué estaba allí. No la había visto nunca, pero en aquella época mi cabeza grababa todo lo que hacía. Estaba preparándome para salir a la superficie de una vez por todas.

—¿Me estás diciendo que Míriam...?

—No. Míriam era una mujer cisgénero. Es decir, su cuerpo y su sexo se correspondían.

—¿Y sabes qué hacía allí?

—Sí, luego llegaré a eso.

—Sigue, por favor.

—El caso es que yo, para esa visita, ya iba vestida de mujer. Me había arreglado, me había pintado y me había puesto una peluca. Todavía no tenía el pelo largo, pero no se diferenciaba en exceso a como me lo ves ahora. Me habían crecido algo los pechos y las caderas se me estaban ensanchando un poco. Mis compañeros de trabajo no lo notaban aún, pero yo empezaba a sentirme viva cada vez que podía salir de mi casa así, como era en realidad: una mujer. De modo que, en la consulta, apenas nos miramos un rato, entre búsquedas de móvil y revistas. Después de eso, yo entré y, al acabar, ella ya no estaba allí. Y bueno, como te decía antes, los fines de semana me marchaba a Cadaqués para arreglar poco a poco mi casa. Allí siempre iba vestida de mujer porque no quería que cuando consiguiera llevar a cabo mi reasignación la gente me mirara diferente. Sí, así es de duro.

—Lo comprendo.

—Lo siento, Xavi, pero lo dudo.

El sargento no contestó y la dejó continuar.

—En fin. Y por esas casualidades de la vida, un sábado en el que me fui a contemplar el mar en calma, alguien se acercó para hablarme sobre un barco. Cuando la miré me resultó familiar. Pero no podía ser, no conocía a nadie en Cadaqués, y, además, mi yo mujer aún no conocía a nadie en absoluto. Con todo, la chica me miraba indecisa, y yo le devolví la mirada y le contesté algo así como que me gustaría surcar los mares sin destino. Creo que en ese momento las dos nos dimos cuenta a la vez de qué nos sonábamos, pero no dijimos nada.

Cogió la cucharilla, aplastó la bolsita de té para exprimir las hierbas, la sacó y dio un trago. Xavi hizo lo mismo, pero con la bolsita aún dentro del vaso.

—Poco más hay que contar. Nos hicimos amigas, me explicó que había regresado al pueblo hacía poco y me habló de la vida familiar que había llevado hasta entonces. Un desastre, como ya has visto durante el caso.

Xavi levantó una ceja.

—Te juro que no sé qué le sucedió en Barcelona ni lo que le pasó con su padre. Ella era muy reservada. Sé tanto como tú.

—¿Qué hacía en la clínica?

—Fue a preguntar por las operaciones de cambio de sexo. Eso me dijo la única vez que hablamos de ello. Vi que no quería hablar sobre eso y no volví a preguntar.

—Pero ¿no dijiste que...?

—Sí, te puedo asegurar que Míriam era una mujer cis. Nunca entendí qué hacía allí, ¿quizá informarse para una amiga?

—Vale.

El sargento se levantó y Cristina permaneció sentada mirando su taza de té. Su mundo se venía abajo de nuevo. Xavi notó en aquella mirada el vacío de una persona que solo quiere ser eso, una persona, mientras el resto del mundo se empeña en no dejarla salir a flote. Observó de nuevo la fotografía. La mirada de esperanza en las dos mujeres que aparecían en ella. La rompió en pedazos ante la cara de asombro de la caporal.

—No lo entiendo.

—No quiero más mentiras.

—Pero... Era una prueba.

—No, no aportaba nada al caso, y ya hay demasiadas vidas destruidas en esta investigación.

—No tengo palabras —dijo Cristina entre lágrimas.

—Espero que las tengas. Tengo que hacerte una última pregunta ahora, aunque sé que no nos ayudará a atrapar a ese asesino.

—Tú dirás.

—¿Quién hizo esta foto?

Cristina suspiró antes de contestar.

—Iveth.

65

En otro lugar, unas horas antes, Raquel Rodón, conocida en el mundo virtual como Isabela, volvía de recoger a su hija del colegio a la misma hora que siempre. Le prepararía la comida y después la dejaría con la niñera toda la tarde mientras ella trabajaba. Había conseguido mantener cierto anonimato, a pesar de estar entre las más buscadas en las webs dedicadas al sexo en vivo. Poder tener unos horarios adaptados a su vida privada era lo que mejor llevaba. Eso y haber podido dejar el puesto de secretaria mal pagado en aquella agencia de seguros. La vida le sonreía, le gustaba lo que hacía. No tenía más dueño que ella misma, con la protección, eso sí, de Antonio, su *webmaster*. Este le había pedido que tuviera cuidado, habían asesinado a dos chicas que él llevaba y suponía que alguien había podido acceder a sus datos. Una información que no había compartido ni con los mossos. Él nunca pagaba los platos rotos.

Entró en el piso empujando el carrito de su hija. Había tenido que parar a medio camino para darle un biberón. Ahora bostezaba de sueño gracias al traqueteo durante el trayecto, así que decidió que la dejaría dormir en la sillita. Llevó el carro con el respaldo inclinado al comedor, bajó la persiana y pensó que ya la despertaría después de comer ella.

Empezó a ordenar en la cocina algunos productos que había comprado en el súper cuando el timbre sonó. Isabela se abalanzó rápido sobre el telefonillo para que no insistieran y el sonido despertara a su pequeña.

—Le traigo un paquete de Amazon —escuchó por el interfono.

Isabela intentó hacer memoria. Hacía unos días que no pedía nada, aunque quizá era algo que no conseguía recordar.

—¿Seguro que es para mí? —preguntó ella.

—¿Raquel Rodón?

—Sí, soy yo. Pero es domingo y no he pedido nada.

—Pues pone su nombre. Si quiere lo devuelvo.

—No, no. Lo recojo.

Abrió la puerta.

Pensó en lo extraño que era escuchar su nombre real cuando se pasaba tantas horas del día siendo Isabela. Cerró la puerta del comedor para que no se despertara la niña y abrió la de la entrada. Lo justo para que aquel repartidor no pudiera ver el interior de su casa.

Vio la lucecita del ascensor que indicaba que subía. El ascensor se abrió y de él salió un tipo con un paquete. Cuando Isabela alargó los brazos para cogerlo, se abalanzó sobre ella con un cuchillo, que puso en su cuello, y una sensación de terror invadió el cuerpo de la chica. El tipo la empujó adentro y cerró la puerta de golpe. Isabela se estremeció ante la posibilidad de que aquel ruido despertara a su hija y esta se pusiera a llorar.

—No tengo dinero —suplicó entre lágrimas.

—No quiero tu dinero, Isabela.

Ella empezó a llorar de desesperación. Alguien la había

encontrado. Alguien que ahora estaba delante de ella con un arma.

—¿Estamos solos? —preguntó el hombre.

—Sí, estoy sola. Estoy separada.

—¿Y tu hija?

Rompió a llorar. Aquel individuo sabía que tenía una hija, y ahora no habría manera de protegerla.

¿Quién eres?

—¿No me conoces, cariño? Pues deberías. Hemos hablado mucho. Soy Julio.

La chica tuvo un escalofrío y sintió náuseas. Había dado con ella, seguramente por su culpa, y no sabía de lo que iba a ser capaz. ¿Cómo había podido ser engañada así?

—¿Qué quieres de mí?

—Vamos a pasar un buen rato. Solo eso.

—Está bien, está bien. Si solo quieres eso, acompáñame.

La desesperación por salvar a su pequeña la empujaba a complacer a aquel hombre. Le daba asco, pero tenía que proteger a su hija como fuera.

Isabela abrió la puerta de la habitación donde hacía los directos.

—No, aquí no. En la tuya.

Aún era mejor aquella opción porque estaba más alejada del comedor. Continuó el camino con el cuchillo en el cuello. El tipo se quedó mirando la cuna vacía. Después volvió la vista hacia Raquel, que se tumbaba en la cama, sumisa.

—¿Qué quieres que te haga? —suplicó ella.

—Desnúdate.

Ella lo hizo sin demora. Pensó que, cuanto antes acabara, antes se iría de su casa, y quizá su hija no se despertaría.

Una vez desnuda, le ató los pies a las patas de la cama y las manos al cabezal. Las súplicas de ella no sirvieron de nada. Le puso un pañuelo en la boca. Acto seguido, el hombre se sentó junto a ella y la contempló como el que se dispone a disfrutar de un premio. Con una mano acarició su cuerpo, de arriba abajo, frotando uno de sus pechos. Ella notó el tacto de una de sus manos envuelta en un guante de látex. Cerró los ojos, pero un dolor intenso le atravesó el costado. Quiso contener su grito, pero ni el pañuelo pudo evitarlo. Abrió los ojos y vio como el hombre sacaba lentamente la punta de una navaja de su cuerpo. Sintió miedo al ver que se sacaba el pene y empezaba a masturbarse mientras le clavaba, una vez más, el cuchillo. Esta vez en su pierna derecha, justo antes de penetrarla por la vagina. Pero no fue ese dolor el que le atravesó el alma.

Un llanto de bebé hizo que el tipo se detuviera en seco.

Observó de nuevo el rostro de la mujer, que estaba aterrorizada. Pero eso solo hizo que su erección fuera completa.

66

Xavi se despertó con una sensación rara, quizá porque abrió los ojos en un lugar extraño. El sofá de Cristina era bastante cómodo, pero no dejaba de ser un sofá. Miró el reloj, eran las seis de la mañana. Su conversación con Cristina había acabado tarde y ella le convenció para que se quedara a cenar algo y descansar hasta el día siguiente. Había logrado dormir y le resultó revelador que no fueran las doce del mediodía, ya que el sueño siempre le sobrevenía cuando estaba a punto de cerrar un caso. En unas horas pasaría a disposición judicial el detenido por el asesinato de Míriam. El sargento no estaba convencido de que aquel fuera el hombre que buscaban, pero con aquellos indicios y su conducta, poco más podía hacer. Se incorporó y bostezó. Se preguntaba si ya estaría abierta la tasca de Marcelo, así podría irse sin despertar a su compañera y regresar a Barcelona. Pero sonó el teléfono y sus peores presagios se hicieron realidad.

Unos minutos después de hablar con Carles García, Xavi, dando unos toquecitos antes, empujó la puerta del dormitorio de Cristina, que abrió los ojos, aún medio dormida.

—¿Has podido descansar algo?

—Sí. ¿Qué hora es?

—Pronto, pero llegamos tarde de nuevo. Nos vamos a Barcelona, Cristina. Esto no ha acabado.

—¿Qué ha pasado?

—Diego no es nuestro hombre. Ha aparecido un cadáver en un contenedor en Barcelona. Carles ya está allí con Carol.

—No fastidies. ¿Se sabe quién es? —preguntó mientras se dirigía al armario para vestirse.

Xavi se dio cuenta entonces de que iba en ropa interior y, de manera instintiva, se giró hacia la pared, pero Cristina avanzó hasta él. Él se volvió, quería decirle algo importante, pero se quedaron en silencio, uno enfrente del otro, a escasos centímetros. El tiempo se detuvo un instante. Y fue ella la que se apartó con una sonrisa.

—Tranquilo, Xavi. Fueron demasiados años compartiendo vestuario con tíos antes de mi reasignación.

—Cristina, yo...

—¿Qué era eso tan importante? —le dijo ella cortando la conversación.

—Aún no sabemos su nombre, pero creo que se trata de la tercera chica que aparece en el vídeo. Me parece que se llamaba Raquel. Mis compañeros ya están haciendo gestiones. De hecho, supongo que no llegaremos a tiempo para el levantamiento del cadáver, pero tenemos que intentarlo.

Eso pareció activar a Cristina, que se puso unos tejanos y una blusa beis mientras hablaban. Se dirigió al baño para maquillarse y, en pocos minutos, ya estaba lista.

—Vamos, vamos. Rápido —apremió ella.

Los dos salieron a la calle y subieron al coche de Xavi. Cuando Cristina se puso el cinturón se dio cuenta de que había algo que se le escapaba. Miró al sargento.

—Perdona, ¿de qué vídeo estabas hablando?

67

Dos horas después, Xavi y Cristina estaban delante de un contenedor precintado con un sello de los Mossos d'Esquadra. La jueza de guardia ya se había ido y solo estaban allí los agentes que custodiaban la zona. El caporal García y Carol se habían quedado a esperarlos. El jefe de turno de la Guardia Urbana de Barcelona les apremiaba para poder reabrir el tráfico porque, como en toda gran ciudad, la menor alteración era de órdago. Hacía calor y todos llevaban manga corta, aunque el cielo se cubría por instantes y podía llover en cualquier momento.

Xavi observaba el lugar donde habían depositado a la chica. No tenía documentación, pero sabía que era Raquel. En comisaría, Edu ya había recibido instrucciones y estaba intentando averiguar toda su filiación para encontrar su domicilio. La científica también había tomado la necrorreseña, pero si ella no tenía antecedentes no saldría nada por esa vía. Era muy probable que en su casa se hallara, de nuevo, la escena del crimen de un mismo asesino. Las otras dos chicas habían muerto en sus casas, pero solo Míriam había permanecido allí después del asesinato.

García estaba a su lado y en sus manos tenía una bolsa de

plástico transparente. Dentro, un origami en forma de dragón evidenciaba la derrota, y todos tenían sensación de fracaso. En las series policiales que tanto le gustaban a Carol, el espectador suele saber que después del segundo cadáver los protagonistas van a salvar a la tercera víctima. Eso deja en el espectador una sensación de bienestar acorde con esa visión romántica del mundo en la que al final el criminal no se sale con la suya. En la ficción, los policías o investigadores pagan un precio personal por hacer lo que hacen, pero acaban con esa extraña paz interior de saber que han salvado una vida, y eso les da la fuerza suficiente para afrontar un nuevo episodio. O eso deben pensar sus guionistas. Pero allí, en la calle Rosselló de Barcelona, cuatro policías observaban un contenedor sin mediar palabra sabiendo que el mundo real no tiene nada que ver con la ficción. Es cruel y despiadado. Y por mucho que se esfuercen aquellos que persiguen el mal, nunca hay suficientes llaves para tantas cerraduras ni consiguen correr tan rápido como algunos criminales. En este mundo, los agentes van a seguir acumulando mierda; esperarán a que esta se difumine como abono en las plantas y que, con suerte, acabe asimilada, así podrán continuar con su vida. «Lo que no te mata te hace más fuerte», dicen. Qué gran mentira.

Carol, Carles, Xavi y Cristina estaban absortos y sin decir nada frente al sepulcro macabro escogido por el asesino de Raquel. Desde la distancia, los dos mossos de uniforme que custodiaban la zona observaban la escena sin entender qué miraban. Empezaron a caer las primeras gotas de lluvia y se metieron rápidamente en el coche patrulla. Carles puso la mano sobre el hombro de Xavi, quien pareció despertar de un largo sueño. Este lo miró a los ojos y, después, alargó la mano para que le diera la bolsa transparente. Una vez la tuvo la extendió con las dos manos para ver la figura del dragón; era de color azul marino. Sin abrirla, lo manipuló desde fuera y observó que en el vientre de la bestia asomaba una especie de punta de color azul pálido. La estiró y vio que algo salía sin problema. Era otro origami mucho más pequeño. Mientras caían algunas gotas sobre el plástico de aquel embalaje, Xavi abrió los ojos y miró a su compañero.

—Hay que localizar ya el domicilio de esta chica. ¡Ya!

—Edu tiene una candidata, pero no está seguro. Nos está enviando ahora mismo la dirección.

—Nos arriesgaremos. Envía allí patrullas. Es urgente —le dijo señalando la bolsa de plástico mientras la levantaba para mostrarle el pequeño objeto que había extraído del vientre del dragón y que ahora acompañaba a la bestia dentro de la bolsa.

En aquel momento, el caporal García comprendió la urgencia. Lo que le mostraba su amigo era la figura diminuta de un dragón idéntico al mayor.

No podía ser otra cosa que un hijo.

68

Cuando el coche de Xavi y Cristina llegó al domicilio de Raquel ya había una patrulla en la puerta. En aquel momento llovía con fuerza, aunque en el cielo se podía apreciar un claro que se llevaría el chubasco en breve. Dejaron el coche encima de la acera, al lado de otro vehículo de la unidad que debía ser el de Carles y Carol, y salieron casi a la carrera. Era inútil hacerlo porque en el piso ya estaba el jefe de turno de Barcelona y no había urgencia, pero no podían evitarlo. Los primeros mossos habían entrado a la fuerza autorizados por lo que en Derecho se llama «estado de necesidad» ante la perspectiva de que allí hubiera un niño o un bebé, a juzgar por la edad de la víctima. Su amigo le esperaba en la puerta. De repente, una pausa forzada. Escaleras o ascensor. Entraron en la caja metálica. Subieron al piso en este último. Dentro nadie hablaba. Solo se oían las respiraciones de los cuatro mossos, la de Carles un poco más fuerte, por lo que no había llegado mucho antes y aún le faltaba el aire de la carrera hasta el edificio. Se abrieron las puertas metálicas y, por el orden en que habían entrado, Xavi se quedó el último. Mientras avanzaba por el pasillo no se oía nada. Ese silencio, en un lugar donde tenía que haber una criatura, les parecía el peor de los ruidos.

En su cabeza eso no presagiaba nada bueno. En la puerta había un mosso, que se apartó en cuanto le enseñaron sus placas. Entraron en el piso y les salió al paso un inspector. Tenía el semblante serio.

—Masip, solo hemos entrado dos mossos y yo, nadie más, para preservar el escenario. Es la habitación del fondo. Joder, parece una escena de *Saw*. ¡Qué hijo de puta!

Xavi asintió mientras observaba el pasillo y la puerta cerrada al fondo. Aunque la pregunta era obvia, daba la impresión de que nadie se atrevía a hacerla.

—Bueno, a decir verdad —añadió el inspector—, solo hemos entrado nosotros y una amiga de la chica que se ha presentado aquí. Está dentro del salón.

Los cuatro mossos dirigieron la vista hacia la estancia que permanecía cerrada. Fue el propio inspector quien abrió la puerta mostrando a una chica de no más de treinta, morena y con el pelo corto, que se giró de inmediato. Tenía los ojos llorosos y la esperanza aferrada a su cuerpo. Una niña de algo menos de dos años que dormía en sus brazos, ajena aún a la desgracia que iba a representar una vida sin su madre.

69

En la sala del grupo de homicidios de Barcelona todos esperaban el inicio de la reunión de puesta a punto del caso. Faltaba por llegar el inspector jefe del área, que Xavi propuso que estuviera también presente. El caso no iba bien, y aún no tenían un hilo del que tirar. Ya había tres víctimas y no parecía que fuera a acabar ahí. Es más, todos los que estaban en aquella sala sabían que una vez producido el clic en la mente del asesino, este ya no podría parar jamás.

Llegó Adolfo Escobedo, quien se sentó al lado de Cristina, su jefa natural en Girona. El resto permanecía aún en silencio y formando un círculo con sus sillas en la sala. Habían guardado una para el inspector. Xavi no decía nada, pero su expresión era de total decepción. No podía evitarlo. Sabía que a las dos primeras víctimas no podía haberlas salvado de ninguna manera, pero a la tercera sí. Habían tenido tiempo de establecer un perfil, de estudiar bien a las potenciales víctimas, de intentar adelantarse. Pero no habían tenido la pericia suficiente.

El inspector entró sin llamar y llevaba consigo una carpeta.

—Buenas tardes a todos. Disculpad el retraso, pero el comisario jefe de Barcelona me ha tenido en su despacho hasta ahora. Comenzad, por favor —pidió mientras se sentaba en el asiento que quedaba libre.

Masip tomó la palabra.

—Bien. Sé que los ánimos no están muy altos, pero el caso sigue abierto y no podemos rendirnos. También soy consciente de que llevamos muchos días sin descanso, pero os pido un esfuerzo más. Tenemos que detener a ese malnacido. Carles, a modo de resumen, ¿cómo vamos?

—Vale, empiezo yo. Vamos a ver... —dijo revisando los papeles—. Hasta ahora tenemos tres víctimas, y todas son *webcammers*. Vamos a llamarlas así. Con las víctimas uno y tres, el asesino ha tenido un patrón de conducta casi exacto. Con la víctima número dos, ha sido, digamos, parecido. Es decir, a Aurora y a Raquel las violaron de manera salvaje; falta el resultado de la autopsia de esta última, pero el forense nos adelantó allí mismo que había sido así, por las lesiones vaginales y anales. A Míriam la mató en directo y no hubo agresión sexual, solo las heridas punzantes con un cuchillo. A las víctimas uno y tres les faltaban dos dedos de los pies, pero de Míriam se llevó dos de una mano. También hay que destacar que se llevó trozos de carne de muslo y glúteo de las primeras, pero no de Míriam. Así que —alargó esta última palabra mientras repasaba los datos mentalmente— ha tratado de forma diferente a Míriam.

—Ella es la clave del caso —adelantó Masip—. Hemos de saber por qué ella es diferente. Por qué es especial.

—¿Quizá porque Míriam ocupaba la primera posición de la página web? —apuntó Adolfo.

—Es una posible explicación, no lo niego, pero algo me dice que la cosa no va por ahí.

Adolfo se acercó a Cristina, que permanecía atenta a las explicaciones, y le susurró al oído:

—¿Ese algo es el famoso sentido X?

Asintió sin decir palabra.

Xavi se levantó de la silla y se puso detrás, apoyando las manos en el reposacabezas.

—Tenemos que seguir dos líneas de investigación. Una, los detalles que revelen quién es el asesino. Y dos, tenemos que recomponer la vida de Míriam. Algo se nos está escapando y está claro que ella es la clave. No hay duda de que era especial para el asesino. Pero vamos a lo que tenemos. ¿Alguna señal de vida de Antonio Arán? Ahora mismo, ese es nuestro único nexo con las tres jóvenes.

—No, Xavi, su madre hace dos días que no lo ve. Desde que salió de la comisaría el otro día, nada. Nos facilitó el ordenador, pero no tenemos las claves para entrar. Los de informática forense están en ello.

—Cuando acabemos la reunión llamaré a su jefe. No os preocupéis, que esto tiene prioridad absoluta —aseguró el inspector Márquez.

—Edu, ¿qué hay de los vídeos?

—Creo que sacaremos poco más, Xavi. El vídeo es crucial, estoy seguro. Pero está cortado, y hasta que los de delitos informáticos no consigan algo poco podemos hacer. He visto casi todos, y solo son vídeos eróticos; sin más. En algunos se pasan muchas horas hablando con los suscriptores, pero el problema es que no sé qué dicen ellos, solo lo que les contestan ellas. Cuando te conectas en la web sí puedes ver en el chat esos comentarios, pero el material que nos dio Antonio Arán solo es una grabación de las chicas y no lo que aparece en la propia web. No sé si me entendéis.

Todos asintieron.

—Yo, si me permitís... —intervino Cristina.

—Adelante, claro —respondió Xavi.

—Veréis, creo que estamos obviando una vía que, aunque no sea convencional, puede ser importante. Como hemos visto por los detalles que deja en las víctimas, o incluso en la puerta de la habitación del sargento en el hotel de Cadaqués, este sujeto está obsesionado con los dragones. Esto está claro. Pues bien, he estado investigando sobre el tema y no os voy a desvelar nada que no sepáis sobre estas criaturas, pero hay algo que quizá nos ha pasado desapercibido. La propia ciudad de Barcelona es un homenaje a los dragones.

—Explica eso.

—Sí, claro. Vamos a ver —sacó el teléfono móvil y revisó unos datos—, tenemos dragones en la casa Batlló, en la casa Amatller y en la casa Lleó Morera. Y todos estos están casi juntos.

—¿Cómo que tenemos dragones? —preguntó Carol.

—A ver, creo que no me he explicado bien. Perseguimos a un tipo obsesionado con los dragones, ¿no? Pues bien, hay figuras de estos por toda la ciudad. Según san Google, desde el siglo xv se honra a los dragones en Barcelona. Bueno, sobre todo por sant Jordi. Por eso pensaba que si este tipo tiene esa obsesión, puede que visite esos lugares.

—Pero ¿de cuántos estamos hablando?

—Buf, de muchos. Hay hasta en el Palau de la Generalitat.

—Me gusta, me gusta esta nueva vía —premió Xavi—. Edu, busca en internet y extrae aquellos lugares que puedan ser más representativos. Si son demasiados, quizá necesitemos ayuda.

El inspector asintió.

—En todo caso —continuó el sargento—, nos dividiremos los lugares y los visitaremos. Estaremos atentos a cualquier cosa extraña. Si el tipo está obsesionado con los dragones, tiene que ir alguna vez a estos sitios. Vayamos a ver qué aprecia él cuando mira los dragones.

—Bueno, os dejo, que esta parte ya es cosa vuestra. Pedid lo que necesitéis. Gracias a todos por el esfuerzo.

El inspector salió de la sala y los demás se quedaron en sus sillas.

—No me parece mal tu idea, Cristina, pero ¿cómo sabemos si va a ir? Y sobre todo, ¿a qué hora? Es como buscar una aguja en un pajar. Puede que ni siquiera tenga esa información. Yo ni me lo había planteado, y soy de aquí —intervino David.

—No. Esa línea es buena. Tú no tienes una obsesión, pero este sujeto sí —confirmó Xavi—. Además, tampoco tenemos otra cosa mejor que hacer. Iremos por binomios. Hay que seleccionar los sitios más indicados, y no tienen por qué ser los más famosos. Por lo que veo en internet, buscamos estatuas y ornamentos donde haya dragones. Porque... —Se paró un momento, como si analizara los datos que aparecían en la pantalla—. Edu, céntrate en los lugares donde aparecieron las víctimas. Empieza por Clarise.

El agente se puso a teclear a gran velocidad. En la sala se respiraba tensión, y Cristina empezaba a pensar si aquella intuición había sido buena o se quedaría en nada. Necesitaba que saliera algo de allí, y más después del error que había cometido con la fotografía.

—Mirad, mirad —les pidió Edu con los ojos clavados en el ordenador—. Por Clarise no veo nada en el mapa, pero me he ido hasta donde apareció la tercera víctima. En la calle Rosselló 254. En los contenedores, me refiero. Pues a menos de cien metros tenemos el palacio del Baró de Quadras, que ahora es el Instituto Ramon Llull. Fijaos en la entrada.

Se acercaron a la pantalla del ordenador y vieron la fachada de un edificio de un estilo cercano al gótico.

—Es la avenida Diagonal. Está a escasos metros de los contenedores de la calle Rosselló. Observad la puerta.

Hizo *zoom* con el ratón para que todos se centraran en el detalle que les quería mostrar. En los laterales de la puerta de hierro en forma de capiteles se podían ver dos figuras. A la derecha, pero con la cabeza orientada al centro, había un dragón con la mirada puesta en el capitel contrario, donde había un guerrero con un arco. Edu amplió la imagen aún más, y en la pantalla grande de la sala, donde había abierto Google Maps, marcó el edificio y los contenedores a su izquierda.

El sargento reparó en la mirada de piedra del animal legendario y del héroe que le hacía frente. Era como si aquellos ojos estuvieran buscando más allá, en los contenedores donde habían descansado los restos de Raquel. Como si ansiara devorar a la princesa. Una princesa que alguien había dejado allí para él.

70

Mientras el resto de los efectivos se quedaban estableciendo una estrategia para encontrar a Antonio Arán, y antes de revisar *in situ* los lugares donde estaban los dragones, Xavi y Cristina decidieron ir a comprobar si la teoría de esta podía ser alguna cosa más que una simple corazonada o, en el caso de la tercera víctima, una casualidad. Si en aquel lugar no había un edificio con la ornamentación de un dragón, quizá tendrían que descartar esa teoría. Y eso suponía un momento de indecisión al que Masip no estaba acostumbrado.

Llegaron a la casa Batlló, edificada por Gaudí y ubicada en pleno paseo de Gràcia, por lo que recibía miles de visitas diarias. Lo primero que llamaba la atención era el tejado, configurado como el lomo de un gran dragón y con tejas simulando claramente unas escamas. Si al final aquel era el patrón, podían estar frente a una valiosa pista. El problema era saber a qué hora y cómo podía visitar aquel edificio el asesino. Una buena solución sería que la unidad de medios técnicos instalara cámaras, de este modo tendrían, al menos, la opción de grabar el lugar, pero eso conllevaba varios hándicaps importantes. El más relevante, el tiempo, que no tenían, pero, por otro lado, no sabían cómo era físicamente el asesino; aunque apareciera en las imágenes, podía pasar delante de sus narices sin que ellos se dieran cuenta. Por eso la observación directa tenía una ventaja insuperable: la interacción. Cruzar una mirada con alguien, o evitarla, podía decirles muchas cosas. Aun así, Xavi pensó que el peor hándicap eran los horarios. No les quedaría otra que establecer turnos y rezar. Pero antes, y para demostrar su teoría, tenían que ver el escenario donde el asesino dejó a Aurora, la primera víctima. Allí no había edificios con esculturas, o al menos no los vieron cuando encontraron el cadáver junto a aquellos contenedores.

En el coche reinaba el silencio, hasta que Cristina inició la conversación.

—Va a ser muy difícil, Xavi. Lo sabes. Y quizá no nos lleve a ningún sitio, pero te agradezco que tengas en cuenta la idea de los dragones.

—Pero ¿qué dices? Es una línea de investigación muy buena. Y no tenemos otra por el momento. Si hay un dragón en aquella zona, habremos hecho un avance importante para encontrar a ese hijo de puta.

—Ya, me refiero a que después de lo de la foto, pensé que...

—Te lo dije en cuanto nos conocimos. Valoro otras cosas, y eso ya lo hemos aclarado, ¿no?

—Sí, desde luego.

—Vamos a centrar toda nuestra atención en el lugar donde dejó a Clarise. Hemos encontrado el dragón en la zona donde apareció Raquel, pero allí hay muchos edificios, y aunque se nos pasó al principio, lo teníamos a la vista. En cambio, donde apareció Clarise los edificios están lejos y no tienen ese estilo arquitectónico que deja dragones esculpidos.

—Ya. Puede que nos estrellemos de nuevo.

—Ahora lo sabremos.

No tardaron en llegar, y Xavi dejó el coche frente a los contenedores, que aún seguían precintados por orden judicial y no se podían usar. Algunos vecinos no habían tenido ganas de recorrer una calle más para ir a otro y, como aquel estaba cerrado, dejaban la basura amontonada en la acera.

Bajaron del vehículo. Estaba atardeciendo y empezaba a refrescar. Detrás de los contenedores había una zona de césped y, por el otro lado, la intersección del paseo dels Til·lers y la calle George R. Collins, que desembocaban como la punta de un triángulo en la avenida de Pedralbes. Miraron a ambos lados de las calles, pero los edificios estaban lejos, a unos cincuenta metros. Eran modernos, no tenían nada que ver con las ornamentaciones modernistas que habían visto en las páginas web que hacían referencia a aquellos dragones de Barcelona. Si entre ellos había uno, iba a ser difícil encontrarlo. Y esto desmontaría la teoría de Cristina. Encontrar uno podía ser una casualidad, pero dos serían una constante.

—Aquí solo veo árboles y aceras. ¿Miramos en los edificios de la avenida de Pedralbes? Quizá allí haya algo que nos oriente.

—No lo creo, el estilo es demasiado moderno.

—Pues... No sé, me parece que mi teoría se va a pique —dijo ella con decepción.

Xavi estaba observando la entrada de los Pabellones Güell, un complejo con zona ajardinada y una puerta de forja a unos metros de allí, cuando sonó su teléfono.

—Hola, Carles.

—Tengo algo, creo que bueno.

—Pues por aquí no podemos decir lo mismo. ¿Qué tienes?

—Carol estaba mirando por internet cosas de los dragones y ha recordado que el agente Bassas, del grupo de secuestros, es un loco de la cultura japonesa. Ya sabes, artes marciales con catana, viajes allí cada año, manga... Así que lo ha llamado.

—Lo conozco, pero no te sigo. ¿Qué tiene que ver Bassas?

—Bueno, los origamis son japoneses.

—Sigue.

—El tipo lleva un dragón tatuado en la pierna. Uno enorme, tío, nos lo ha enseñado. Y estaba aquí, en la sala, exhibiendo a no sé qué dios japonés al que parece que representa cuando se me ha ocurrido que, quizá, los dragones tienen un día especial, y me ha dicho que no —hizo una pausa acompañada de una risa—, pero tienen una hora para ellos, bueno, en realidad son dos. Nos ha contado que el calendario japonés, el antiguo, está dividido en tiempos. Estos serían unas dos horas actuales, y cada uno de esos periodos está dedicado a uno de sus signos zodiacales. A saber, la rata, el conejo, el tigre... y, por supuesto, el dragón. ¡Y los dragones tienen asignado el tiempo que va de las siete a las nueve de la mañana! ¡Esa es la hora del dragón!

—Eso es estupendo, Carles. A ver si conseguimos demostrar esa teoría, porque aquí de momento, nada.

—Mierda. Parecía que estábamos cerca.

—Aunque... Carles, espera, ahora te llamo.

Antes de colgar maldijo con fuerza y salió corriendo hacia la entrada de los Pabellones Güell. Cristina le siguió y, mientras se acercaba a la entrada donde ya se había detenido su compañero, no pudo evitar sentir una alegría extraña.

Los dos miraron la puerta de forja que daba acceso a los jardines. Toda ella era una cabeza de dragón de hierro que los amenazaba, a modo de advertencia, con sus fauces. Y su mirada se dirigía de manera clara hacia los contenedores donde habían encontrado el cuerpo de Clarise. A Cristina se le aceleró el pulso.

—Es así, Xavi. Las deja a los pies de un dragón. Bueno, en realidad, a la vista de ellos —explicó poniendo su mano sobre el hombro del sargento.

—Sí. Estamos dando un paso de gigante. Ahora tenemos que adelantarnos de una vez.

—Descartar los puntos donde ya ha dejado dos cuerpos nos reduce la zona.

—Aquí pediré cámaras. No podemos desechar la posibilidad de que vuelva. Aunque no lo reconozcamos, tenemos que grabar a todo el que venga por aquí. Si se acerca, seguro que podremos apreciar en él una conducta diferente.

—Y si grabamos en los distintos puntos, podremos ver si alguna persona visita más de uno; descartando a los japoneses, claro. Además, ahora sabemos las horas en que, probablemente, el asesino visite estos lugares —añadió la caporal.

—Vamos en buena dirección, compañera.

—Genial —respondió Cristina, casi eufórica al saber que había dado en la diana con su teoría.

—Vamos a centrarnos en esto. Hasta la siete de la mañana tenemos tiempo de ir a la comisaría y preparar una estrategia.

Se quedó pensativo.

—¿Qué pasa?

—Después tendremos que resolver otro enigma.

—¿Cuál?

—Míriam.

—¿Míriam?

—En realidad, la pregunta es: ¿por qué Míriam no merecía su propio dragón?

71

Todo estaba oscuro. Llevaba un trapo mugriento que le cubría el rostro y que lo obligaba a respirar el mismo aire que espiraba. Aquello le recordó los peores tiempos de la pandemia, cuando se ahogaba al caminar por la calle y era incapaz de llevar la mascarilla puesta más de diez minutos. No recordaba cómo había llegado hasta allí, pero sentía un fuerte dolor en la cabeza. Estaba sentado en una silla de ruedas y era muy incómoda. Le empezaban a doler las articulaciones y se removió inquieto en el asiento. Comprobó que lo habían atado a conciencia. De pronto, una voz le hizo ver que no estaba solo.

—Si te mueves más, me veré en la obligación de atarte más fuerte, y te aseguro que con lo que tienes ya no podrás liberarte. Y si gritas, aunque no pueda oírte nadie, te mataré.

El hombre se quedó quieto y tuvo que hacer un esfuerzo para no orinarse encima. La voz sonaba firme y lo convenció de que no podía jugársela. Empezaron a llegarle imágenes al cerebro, como una especie de descarga eléctrica. Recordó, entonces, que algo lo había aturdido y dejado inmóvil. Y después, un golpe en la cabeza que le hizo perder el conocimiento.

Estaba metido en un buen lío.

—Pagaré lo que les debo, se lo prometo. Es que he tenido

un problema con las chicas, eso es todo. Pero en unas semanas les podré pagar. Y hace días que no apuesto, se lo juro.

Notó que alguien caminaba a su alrededor, pero, a pesar de que esperaba recibir algún golpe, aquella persona no lo tocó. Oyó una especie de gruñido animal. Se asustó y quiso entender que allí habría un perro. Uno grande.

Alguien le quitó aquellos harapos del rostro. El hombre abrió los ojos y estos, poco a poco, empezaron a acostumbrarse a la luz. No era mucha, pero sí lo suficiente para ver que tenía delante una terrible imagen que ocupaba una pared entera. Era un dragón, y lo miraba con sus ojos de serpiente. Un escalofrío le recorrió el cuerpo. Estaba pintado con un gran realismo. Se giró hacia la única silueta que pudo apreciar, la de un tipo a contraluz apoyado en el marco de la puerta de lo que, intuía, era una especie de almacén. A sus pies tenía un perro enorme que masticaba algo de comida con fruición. Parecían trozos de carne cruda. Casi sintió alivio al pensar que no se lo estaba comiendo a él. Masticaba haciendo un ruido sordo que le revolvió el estómago. No lograba identificar qué comía con tanta ansia.

—Sí.

—¿Sí? No... —titubeó—, no te sigo.

—Lo que te estás preguntando.

—No, yo... yo no me pregunto nada. Ni te he visto la cara.

El tipo rio a carcajadas.

—Como si eso sirviera de algo.

—¿Qué? ¿Por qué te ríes? ¿Qué vas a hacer conmigo?

No dijo nada. Se acercó, le puso una mordaza y se dispuso a irse. Pero se lo pensó y se giró hacia Antonio Arán, que estaba a punto de ponerse a temblar.

—Lo que está comiendo Drogos. Creo que es una parte de —dudó un momento—, sí, esa parte es de Raquel.

72

No hacía ni media hora que los agentes de la unidad de medios técnicos les habían entregado una copia de lo que había en el ordenador de Antonio Arán. Edu había revisado una parte de los vídeos y había encontrado uno que reconoció al pasar rápido los fotogramas. Era la versión completa de aquel que habían visionado el día anterior, donde las chicas aparecían juntas. Lo preparó todo y conectó el ordenador al televisor grande de la sala.

Cristina y Xavi habían regresado, y todos observaban expectantes la pantalla donde iban a retransmitirlo. Xavi permanecía de pie junto a Cristina, mientras que Carles, Carol y David se habían sentado alrededor de Edu. Le dio al *play*.

Míriam aparecía en escena mirando a la cámara. Sus ojos denotaban tristeza, y a Cristina se le encogió el corazón al verla de nuevo. De repente, su semblante cambió y una sonrisa se dibujó en su rostro. Se desnudó mientras Clarise aparecía a su lado. En aquellas primeras imágenes sin editar se podían apreciar sus rostros a la perfección. Al fondo también estaba Raquel. Pero mientras Míriam y Clarise se besaban y se acariciaban los pechos mutuamente, Raquel permanecía sentada bebiendo algo que no pudieron identificar y mirando su teléfono móvil, como si la cosa no fuera con ella.

La cámara se movió de repente y se acercó a las chicas. Allí había, por lo tanto, una cuarta persona. Carles se removió en su silla y miró a Xavi, que le devolvió la mirada. No les hacía falta decirse nada. Ahí podía haber una potencial cuarta víctima. Siguieron con el visionado.

Empezó, entonces, la parte que ya habían podido ver. Era el fragmento que el *webmaster* les había facilitado. Aun así, lo vieron por si apreciaban algún detalle que les hubiera pasado por alto. La cámara enfocó a las dos chicas. El plano se hacía grande. Aurora introducía su lengua en la vagina de Míriam, enredándola en el clítoris mientras esta gemía de manera rítmica. Los siguientes minutos mostraron a Míriam apretando con sus piernas el rostro de su amiga y gimiendo de placer hasta llegar al orgasmo, o al menos eso mostraba en la pantalla. El tatuaje en la espalda de la chica. El movimiento de la cámara hacia Raquel. Después, la parte de la fotografía en la pared que había llevado a descubrir la relación entre Míriam y Cristina. Y a partir de ese último detalle recuperaron otro fragmento que también había eliminado Antonio Arán. Las chicas empezaban a dialogar y todos permanecieron atentos. Eran las primeras palabras del vídeo.

«Por aquí dicen que falta alguna polla», decía Raquel leyendo los mensajes de los fans.

Las tres reían.

«A lo mejor alguno se quiere apuntar», comentaba Míriam.

Las tres chicas se sentaban en la cama. Míriam y Aurora, desnudas, junto a Raquel en ropa interior y con una camiseta escotada casi transparente. Continuaban leyendo en directo los mensajes que les enviaban los suscriptores de la página.

Todo era diversión en la pantalla, pero no en los rostros de los investigadores, que observaban cualquier detalle que les pudieran dar nuevas pistas sobre la identidad de quien enfocaba la imagen. De pronto había un estallido de risas entre las chicas que alertó a los policías. Alguien había escrito en el chat algo que había provocado aquella reacción. Ellos no podían ver lo que habían escrito los fans, pero fueron los comentarios de las chicas lo que hizo saltar las alarmas en la mente de Xavi.

«Pero si eso no es ni una pollita, hombre», decía riendo Raquel.

«¿Dónde vas con eso por la vida?», añadía Aurora.

«Y no nos muestra la cara. Además, debe ser un adefesio, ¿verdad, Míriam?».

Esta no decía nada, se limitaba a reírse con sus amigas.

Xavi parecía no parpadear. Estaba asimilando aquella conversación.

Nadie decía nada, pero no perdían detalle. Según el temporizador del vídeo, no faltaba más de un minuto para que se acabara, por lo que si no era aquella charla, allí tenía que estar lo que hubiera querido ocultar Antonio.

De pronto, la cámara se movía con brusquedad y alguien se la entregaba a Raquel, dejando de enfocar a las chicas.

«Tú, picha corta, deja de decir sandeces o te expulso al instante. Y no alardees de tatuaje, que eso que te han pintado en el pecho se parece más a una lagartija que a un dragón, mamón. Mira, con rima y todo», decía con sorna.

Poco después, el vídeo se detenía. Allí había despertado la bestia en forma de asesino. Uno que les había enviado, a las chicas y al *webmaster*, una foto desnudo mostrando el tatuaje de un dragón.

73

Entrevista. Grupo de asistencia psicológica.
Parte de registro 8 de 8

La psicóloga observaba aquella figura que descansaba encima de la mesa y que el sargento había depositado con cuidado.

—¿Ese es uno de los dragones de...?

—Sí. El que me dejó en la puerta de mi habitación del hotel de Cadaqués.

Lo miraba con expectación, pero sin poder articular palabra. Se había tapado la boca con las dos manos. No es lo mismo que te cuenten detalles de un caso que verlos por ti mismo, y, allí, estaba el objeto que un asesino despiadado había fabricado con sus propias manos. Realmente impresionaba. Cuando hubo recuperado el aliento apartó las manos y, mirando al techo, buscó el aire que le faltaba para continuar.

—Pero ¿por qué me lo muestra?

—Lo que tenía que contarle sobre lo que pasó en aquel piso de Barcelona ya está dicho. Ahora solo quiero que vea la clase de monstruos con los que lidiamos. Asesinos, violadores, traficantes de droga sin escrúpulos, pedófilos, padres que abusan de sus propias hijas, estafadores que dejan en la ruina a personas mayores quitándoles con engaño todos los ahorros de su vida —admitió con resignación.

—Sé que su profesión es muy dura y por eso estamos aquí, sargento. Hoy ha dado un paso importante al dejar atrás unos hechos que podían haberle afectado en el futuro.

—¿Usted sabe el linchamiento mediático que sufrí aquellos días?

La psicóloga asintió sin decir nada.

—Es muy difícil pasar página cuando te lo recuerdan a diario.

—Ya, bueno, hay que entenderlo, las noticias con imágenes se hacen virales...

—Estamos transformando nuestra sociedad imperfecta pero digna en una en la que no se puede herir la sensibilidad de nadie. No se pueden decir las cosas para no ofender, pero siempre hay alguien ofendido. Se diga lo que se diga. Y ese no es el problema. Lo jodido es que se le hace caso, y acabaremos teniendo una sociedad de mudos. Es todo tan absurdo...

—No le entiendo, sargento. Nos estamos desviando del tema.

—Bueno, he venido aquí a sacarlo todo. ¿No era ese el objetivo?

—Sí, claro, pero aquí no podemos solucionar un problema social.

Xavi la miró con su sonrisa triste.

—En cambio, yo sí puedo arreglar un problema que tengo.

Sin decir nada más se fue hasta la puerta por la que había entrado y miró a la psicóloga, que no entendía nada.

—Sí, doctora. Como les pasó a aquellas dos niñas hace seis meses, a veces todo el futuro o el pasado de uno se halla detrás de una puerta. Y siempre hay algo que, nos guste o no, nos obliga a cruzarla. Y ahora es cuando me va a explicar qué puerta abrió usted.

—No sé de qué me habla, sargento.

—Yo creo que sí —le dijo observando de nuevo la estantería con aquellos pocos libros.

—No le sigo.

—Pues por si no lo ha notado —le dijo mientras le mostraba el dragón—, a partir de este momento las preguntas las hago yo.

74

El dispositivo comenzaba con un *briefing* a las seis de la mañana, pero el grupo de Xavi a las cinco ya estaba en la comisaría, excepto Edu, que no había dormido porque se había quedado explorando los mejores lugares de Barcelona donde encontrar esos dragones y que, además, tuvieran cerca contenedores o algún sitio en el que el asesino pudiera dejar a sus víctimas a la vista de estos. El punto donde las esculturas o las representaciones de los dragones tuvieran una visión directa para poder devorar los restos de las chicas a ojos del asesino.

Les iban a dar apoyo dos grupos. Por un lado, el de atracos y, por el otro, una parte del que formó el sargento Brou, que aún permanecía en la unidad cerrando los casos sin resolver iniciados antes de su muerte. Las viejas rencillas tenían que quedar atrás para siempre.

Cada miembro del grupo de Xavi formaría un binomio con otro de los compañeros de fuera. Era la forma de abarcar más ubicaciones con la máxima información posible en cada zona asignada. No dejaba de ser paradójico que fueran en busca de los dragones que pueblan Barcelona, que, una vez analizados los datos, habían descubierto que eran muchísimos. Tantos que algunas zonas las habían tenido que descartar, bien por el pequeño tamaño de la escultura, bien porque eran de difícil acceso, bien porque no tenían cerca contenedores o lugares donde depositar a una víctima. Edu había priorizado en su lista los dragones que se veían a simple vista y que podían despertar lo que fuera que aquel psicópata percibiese en ellos. Algunos eran sorprendentes, como el de una tienda de paraguas de la Rambla y que cuelga del balcón del primer piso del edificio. También lo era el que diseñó Gaudí para la casa Batlló en pleno paseo de Gràcia, con el tejado simulando una de aquellas bestias legendarias. Los dos lugares que ya habían sido visitados por el asesino dejando allí a sus víctimas estarían vigilados por agentes de la unidad de medios técnicos, que también harían esas dos horas de guardia. Además contarían con unas cámaras de grabación que la jueza había autorizado sin demasiados problemas.

La hora del dragón era, según la mitología japonesa, de las siete a las nueve de la mañana, y eso les abría una ventana de tiempo favorable para acercarse por primera vez a su asesino. Porque Xavi no tenía ninguna duda de que el sujeto los visitaba antes de enviar a sus dragones a por los restos de las chicas que él mismo se encargaba de sacrificar.

El sargento se subió a una silla y con un gesto les pidió guardar silencio para dar las últimas instrucciones.

—A los que os incorporáis, bienvenidos. Se os ha asignado un lugar donde esperamos que, de siete a nueve, pueda aparecer el asesino que buscamos. No tenemos ninguna imagen suya, y eso es un problema, claro. Pero no esperamos el comportamiento de un turista. El sujeto siente veneración por los dragones. Tanta que ha dejado a dos chicas asesinadas a la vista de ellos, sin olvidar que ha matado a otra más. Estamos ante un tipo peligroso que, como mínimo, va armado con un cuchillo. Si pensáramos que lleva armas de fuego estaría aquí el Grupo Especial de Intervención y no vosotros. Pero no os confiéis, el tipo está en pleno brote y no dudará en atacaros si se siente amenazado. Buscamos un sujeto joven, yo no creo que pase de los veinticinco años, así que estad atentos. Intentad hacer fotos con el móvil de todos aquellos hombres de veinte a treinta y cinco años que os parezcan extraños, pero no lo suficiente como para pararlos e identificarlos allí mismo. Y si hacéis esto último, siempre con cuidado.

—Sargento, ¿cómo sabemos que aparecerá?

—No lo sabemos, pero estoy casi convencido de que actúa así, y tenemos dos pruebas en forma de víctimas. Es muy meticuloso y no deja huellas en el escenario, así que todo está planificado a la perfección. Ha ido a los lugares antes de poner en acción su fantasía, su plan, y de eso no tengo dudas.

—Disculpe, pero ¿no puede haberlos buscado en Google? —preguntó uno de los mossos invitados al dispositivo.

—No. Poneos en su piel por un momento. Deja a las víctimas bajo la mirada de los dragones que ha escogido previamente. Para él es la culminación de su fantasía —dijo dirigiéndose al agente que había hecho la pregunta—. ¿Tú escogerías los lugares por internet o buscarías en persona la mirada de esa criatura a la que idolatras?

El agente movió la cabeza y aceptó la respuesta.

—Escuchad. Este tipo ha matado de manera brutal a tres chicas, y el que les hacía de *webmaster* ha desaparecido. No va a parar. Estad atentos, porque de eso dependen muchas vidas. Cuanto antes lo atrapemos, antes acabarán los asesinatos. ¿Alguna pregunta más?

Nadie dijo nada.

—Bien —intervino Carles García—, todos llevaréis una

carpeta con los datos más importantes del caso. Cuando finalice el servicio tenéis que devolverlo todo. No dejéis nada en los coches ni perdáis estos informes. Recordad que las actuaciones están bajo secreto de sumario y no se puede filtrar ningún tipo de información. ¿Alguna duda?

Volvió el silencio.

—Pues en marcha.

Los agentes fueron saliendo. A Carol le tocó un mosso de atracos que se llamaba Joan; a García, el agente Bassas, que era el que había proporcionado la hora del dragón gracias a su afición por la cultura japonesa; a David, una mossa del antiguo grupo de Brou... Incluso Cristina y Adolfo iban a ir con otros agentes de Barcelona. Por su parte, Edu se marcharía a descansar después de haber preparado el dispositivo y Xavi, que no parecía tener a nadie con quien formar binomio en la sala, sorprendió a todos anunciando que el inspector Márquez iría con él.

A las seis y cuarenta y cinco, todos los equipos estaban en sus posiciones. Todos con la mirada atenta a los viandantes y sin perder de vista el dragón que les había tocado. En algún caso, con la extraña sensación de que eran ellos los observados.

Julio Cedeño caminaba con su bolsa al hombro a paso ligero. En un par de horas debía presentarse a trabajar, aunque tenía que realizar una tarea antes. Y era algo que siempre se veía obligado a hacer. Uno de sus dragones estaba hambriento y él tenía su cena preparada. No podía demorarse porque no le gustaba llegar tarde a su trabajo; aquello implicaba tener que aguantar a la encargada. La odiaba a muerte. Quizá algún día su mísera existencia podría serle de utilidad, pero aún no. La policía no podía estar muy lejos después de haber empezado a alimentar a los dragones y aún tenía mucho trabajo por hacer. Debía ir con cuidado.

Llegó a la plaza de Sant Jaume, donde aún no había demasiada gente. Se puso en el centro y sacó una manzana. La mordió saboreando el primer bocado y masticó con calma. Alzó la vista hasta el balcón que presidía la plaza en busca de la escultura que había en el edificio que albergaba a la Generalitat de Catalunya. Observó en el centro del balcón a sant Jordi, que combatía a muerte con el dragón, pero pronto apartó la vista y se centró en la mirada de aquella criatura que parecía no poder verle. Sin embargo, en su interior, sabía que era consciente de que él estaba allí. Tenía los ojos clavados en el guerrero, así que pensó que debería dejarle su comida lo más cerca posible. Un lugar donde pudiera localizarla con tan solo bajar la cabeza.

Caminó hacia la calle del Call y localizó un edificio que sobresalía entre los otros. Allí encontró el mejor lugar y vio que, desde ese punto, el dragón vería el alimento sin mayor dificultad. No había contenedores, por lo que tendría que dejarlo allí mismo y salir a toda prisa. También iba a necesitar una especie de carrito porque, seguramente, no podría acercar tanto el coche. En cuanto saliera de trabajar tendría que ponerse con la logística. La carretilla, un saco grande, puede que una vestimenta de pordiosero como complemento para no llamar la atención... Paró sus pensamientos. Algo no iba bien. Quizá su plan tendría que esperar un poco más.

Mientras hacía sus cálculos y revisaba la hora vio que un par de tipos lo observaban a distancia. Eran policías de paisano, no tenía dudas, pero estaba seguro de que buscaban ladrones de turistas porque en cuanto vieron sus pantalones de vigilante de seguridad lo ignoraron. Sin embargo, Julio tomó aquello como un aviso y se marchó de allí directo a su trabajo. Ya tenía lo que quería y solo deseaba poder entregarle pronto a su dragón la ofrenda que merecía en forma de alimento.

Xavi conducía hacia el dragón que se había asignado en el parque de la Espanya Industrial. Era quizá el más grande de todos, si obviaba el del tejado de la casa Batlló. A su lado, el inspector Márquez seguía el ritmo de la música con el dedo en el reposabrazos.

—¿Te ha extrañado que me una a la vigilancia de hoy?

—Puedes hacer lo que quieras, eres el jefe del área.

—No me refiero a eso.

—Lo sé.

—¿Cómo llevas tú lo tuyo? Al menos la opinión pública parece que ya se ha olvidado de ti.

—Me ha preocupado poco esa parte, Manel.

—Ya me lo imagino, pero ha sido muy injusto. Con los sacrificios que has tenido que hacer todos estos años.

Xavi no contestó, pero su mente viajó hasta el hombre de fuego, hasta el asesino de las cartas, hasta Koschéi y hasta todos aquellos, no tan famosos, que dejaron atrás un reguero de víctimas de las que solo sus familias, y los policías que les intentaron hacer justicia, se acordaban.

—Sé lo que piensan mi familia y los míos. Lo que crean los exaltados de Twitter, donde ni tengo cuenta, o los medios de comunicación empeñados en alargar la noticia posicionándose me importa poco. Me da más respeto la fiscalía: he visto algunos casos incomprensibles, aunque sé que en general trabajan muy bien. El juez que instruye mi caso es un gran profesional. Eso es lo que me importa.

—En fin —continuó el inspector—, al final todos nos debemos a la ley. A la justicia a veces ni se la espera.

—Mira, Manel, sé bastante bien qué significa eso, pero si no lo aceptáramos, no podríamos seguir con nuestro trabajo.

—He decidido que el grupo de homicidios deje de tener dos subgrupos y se quede en uno solo, quizá más amplio, pero no volveré a cubrir la plaza de Brou. ¿Cómo lo ves?

—Mientras crea en esto que estamos haciendo, seguiré. Puedo hacerme cargo si es eso lo que me preguntas. Si pones un subinspector por encima de mí, me adaptaré.

—No, no te pondré a nadie, pero plantéate ascender. No siempre se puede hacer esto que haces a pie del cañón.

—Ya.

—Bueno, vamos al caso. ¿Crees que cubriendo estas zonas lo descubriremos?

—Es una idea de Cristina, y ha sido de gran ayuda para el caso.

—Me llamó mi homólogo de Girona. Allí están teniendo problemas en la unidad. Hay algún mosso imbécil que se burla de ella.

—Pues que lo saquen a él. En esta mierda de sistema en el que vivimos, si a un chico o una chica lo acosan en el colegio, acaban cambiando a la víctima y no a los acosadores. Si hay algún mosso que no se ha enterado de que ya estamos en el siglo XXI, que lo manden a hacer los trabajos que hacíamos al principio.

—Eso va a hacer. Lo están convenciendo de que su mejor opción es ir a la otra unidad, pero nada es tan sencillo. Estas alimañas siempre tienen amigos que no encajarán bien que los hayan apartado por culpa, según ellos, de la mossa trans.

—Reasignada.

—¿Cómo?

—El término es «reasignada». Me lo explicó ella cuando la conocí.

—Tomo nota.

Estaban llegando al parque y el inspector intentó divisar el dragón desde el coche.

—Por cierto, Xavi, ¿cuándo tienes la cita con la psicóloga? Ya sabes que es un requisito para tu reincorporación. Lo exigió el comisario jefe de Barcelona, aunque es consciente de que tu tiempo está dedicado al caso por completo.

—En breve, Manel. Te lo prometo.

77

A las diez de la mañana, todos estaban de regreso en la sala del grupo de homicidios dejando sus actas de vigilancia y enviando por correo electrónico las fotografías que habían hecho durante la vigilancia. Edu estaba durmiendo, así que Carol era la encargada de organizar en carpetas las fotografías que cada binomio había tomado en su respectiva zona. El inspector Márquez se despidió de todos agradeciéndoles el trabajo y les dedicó unas palabras para que no desfallecieran. Confiaba en aquel equipo y sabía que Xavi era el más indicado para atrapar al asesino. A él lo esperaban en la reunión diaria, y por desgracia no iba a poder informar de ningún avance en el caso al comisario.

Xavi también agradeció el esfuerzo a todos y les pidió discreción. Después se despidió de los agentes que no eran de su grupo y estos fueron saliendo de la sala poco a poco. Les esperaba de nuevo al día siguiente, porque aquella vigilancia no iba a finalizar hasta que cazaran al sujeto. No tenían, por el momento, otra línea de investigación mejor. En algunas zonas no había habido gran afluencia de personas, en otras, los mossos asignados no habían hecho demasiadas fotos, que en algunos casos eran desde lejos y tenían poca calidad al ampliarlas. Al fin y al cabo, no dejaban de estar tomadas con teléfonos móviles, lo que derivaba en que, en muchas ocasiones, no se podía distinguir bien la cara o la fisionomía de aquellos a los que habían retratado.

Carol imprimió todas las fotografías y las fue colgando en la pared. Cuando acabó contó cincuenta y tres. Todas impresas en folios de oficina.

Una vez se encontraban ya solos en la sala, Xavi les pidió que se acercaran.

—Escuchad, no os desaniméis. Existía la posibilidad de que volviéramos con las manos vacías. Pero en esta pared —les dijo señalando las fotografías— tenemos información que tratar, así que quiero que todos le deis una ojeada y me digáis qué veis. Después lo pondremos en común.

Todos fueron pasando por la pared y apuntando en sus libretas lo que les iba transmitiendo aquel mosaico. Dos horas después se volvieron a reunir. Algunos habían aprovechado para tomarse un café y un bocadillo.

Después de dormir unas horas, Edu entró por la puerta y vio por las caras de sus compañeros que no habían tenido resultados directos de la vigilancia.

—Buenos días, Edu. Cuando estés operativo, búscame los bancos o las cámaras que haya por las zonas y pide las imágenes. De los últimos quince días. Vamos a explotar también esa posibilidad.

—Xavi —le dijo Cristina—, tenemos que ser conscientes de que quizá no se mueva a esas horas. Es todo muy indiciario.

—Lo sé, compañera, pero algo me dice que allí —dijo señalando la pared con las fotografías— está nuestro hombre. No creo que sea casualidad que haya desaparecido el *web-*

master, y aunque no encajaría con el perfil, está en el vídeo y se burla de él. Es un objetivo y, si es así, lo dejará a la vista de uno de los dragones.

—No digo que no, pero ¿y si lo mata como a Míriam? Es decir, sin exponerlo a un dragón.

—Me temo que para esta pregunta aún no tengo respuesta —admitió—. Pero la idea es tuya, así que si tienes una mejor, es el momento de proponerla.

Cristina cerró los ojos aceptando que no tenían otro hilo del que tirar y se fue hasta la pared donde ya estaban Carol, Carles y Adolfo tomando apuntes sobre los hombres que aparecían fotografiados. David lo hacía a distancia, como si intentara ver más allá de las siluetas de aquellos cincuenta y tres individuos.

Una vez todos pasaron por el mural, llevaron sus sillas frente a la pantalla del televisor que tenían en la sala y Edu fue abriendo archivo por archivo. Puso la primera y el sargento advirtió:

—Sobre cada sujeto tenemos que intentar responder a dos preguntas. Una, ¿quién es?, y no me refiero a su identidad, claro, sino a qué nos dice de él la fotografía, si puede ser un estudiante, un trabajador, un turista, si es deportista, ya sabéis. Y dos, ¿qué hace allí?, en función de la primera pregunta.

Todos asintieron.

—Bien. Sujeto número uno. En el dragón de la Rambla. ¿Qué veis?

78

Las siguientes horas las pasaron revisando y observando fotografías de individuos que podían ser el hombre que buscaban. En realidad, lo podían ser todos y ninguno de ellos. Edu había conseguido las imágenes de las cámaras de un banco cercano al lugar donde había aparecido el cuerpo de Raquel. No tenían otra opción, así que siguieron analizando a las personas que salían en las instantáneas.

Xavi observó a su equipo trabajando sin descanso y pensó que estaba frente a investigadores solventes y que resolverían aquel caso aunque, por el momento, pareciera que estuvieran muy lejos de hacerlo.

—No quiero ser aguafiestas, pero aquí no creo que hallemos al asesino —comentó David.

Los demás levantaron la cabeza y el sargento pudo percibir el desánimo en sus rostros.

—Puede ser que no, pero necesito que memoricéis esas caras. Mañana volveremos a intentarlo, y cualquiera de ellos que repita empezará a tener números de ser nuestro hombre. No os vengáis abajo.

Todos sabían que Xavi tenía razón, pero el cansancio provoca frustración, y eso era algo que ni el sargento podía evitar.

Edu se levantó de la silla y se estiró. Dejó las grabaciones de seguridad del banco en pausa y se acercó de nuevo a las fotografías que estaban colgadas en la pared. Si quería ver algo en las filmaciones tenía que poder identificar a cualquiera de las personas que sus compañeros hubieran fotografiado en sus zonas de vigilancia. Por ese motivo se iba levantando y sentando a ratos.

De repente...

—Xavi, espera un momento.

Se fue hasta el ordenador y empezó a buscar en las imágenes grabadas del banco. Xavi y Cristina se acercaron allí y esperaron a que les mostrara lo que le había llamado la atención.

—Es de una grabación de dos días antes de que apareciera Raquel. Y no me acuerdo bien de la hora, pero de momento solo estoy mirando la hora del dragón, así que seguro que es de entre las siete y las nueve. A ver, a ver —les dijo mientras buscaba el fragmento—. Aquí. Verás aparecer una persona por la derecha. No se le ve la cara y, de hecho, casi parece que se aparte de repente del campo visual de la cámara, pero observa sus piernas.

El sargento y la caporal se miraron. Allí solo se apreciaban unos pantalones y unas botas, pero ambos giraron la vista hacia la fotografía número treinta y siete.

Un hombre con una chaqueta, una mochila y un pantalón de vigilante de seguridad con unas botas.

79

Todo era un ir y venir de llamadas telefónicas. A través del grupo de la policía administrativa y después de la promesa de pagar muchos cafés llegaron los listados del personal de las empresas de seguridad que tenían como vestuario operativo aquellos pantalones grises con una franja roja en los costados. A pesar de que la información podía parecer vaga, el hecho de encontrar al mismo tipo en un escenario y en otro que podría ser perfectamente el siguiente en la lista de sucesos les obligaba a tirar de ese hilo hasta el final. Y algo le decía a Xavi que ese era el bueno.

Tenían que descartar a los mayores de cuarenta años y a las mujeres, porque por la corpulencia se veía claro que era un hombre, y a los que trabajaban de noche o de tarde. Después, una vez hubieran reducido la lista inicial, tenían que ver cuántos de ellos habían trabajado los dos días concretos en los que podían ubicar al asesino en aquellos dos lugares. Que apareciera en un escenario podía ser una casualidad, pero que lo hiciera en dos podía responder a un patrón de conducta. Podría ser que antes de ir a trabajar pasara a ver a sus dragones en la hora predeterminada por la cultura japonesa. Aunque también podía ser perfectamente que lo hiciera después de un turno de noche, así que tendrían que revisar la lista de los que trabajaban de noche si la inicial no daba frutos.

Redujeron a diecisiete los candidatos que cumplían todos los requisitos. Una vez seleccionados buscaron en los archivos policiales y en las redes sociales cualquier indicio que les llevara hasta el asesino.

Al final solo quedaron tres candidatos, que por sus características físicas podían coincidir con el hombre que aparecía en los dos fotogramas de los que disponían.

—Bien, ¿cómo se llaman?

—Marc Lahoz, Julio Cedeño y Esteban García. Solo pueden ser estos.

—¿Antecedentes?

—No, creo que para poder trabajar en seguridad no pueden tener.

—Sí que pueden —intervino David—. Conozco a muchos que tienen antecedentes policiales por lesiones. Otro cantar son los antecedentes penales.

—Lo que importa es que para nosotros están limpios.

—¿Y los antecedentes de menores? Esos son los que me interesan.

—Yo no tengo acceso a esta información, Xavi.

—Ahora le pido la clave al inspector.

Después de una llamada que fue rápida, David introducía los tres nombres en la base de datos policial.

—Vamos a ver... El tal Lahoz, blanco. A ver Cedeño...

Todos estaban expectantes y por la cara de David vieron que habían encontrado un candidato.

—Das miedo, sargento. Aquí lo tienes, es Julio Cedeño. Es el único que tiene un antecedente por agresión sexual.

—Abre la foto de la detención y saca sus relaciones personales con otros hechos y personas que nos consten en otros procedimientos policiales.

En pocos segundos, la fotografía de un chico de poco más de dieciséis años estaba mirándoles desde la pantalla del ordenador. Mientras, David, que parecía querer acaparar el ordenador, leía la ficha policial de Julio Cedeño. Xavi observaba aquellos ojos apagados en un chico que se estaba formando y que quizá en aquel momento estaba desarrollando un impulso irrefrenable de control que habría podido apaciguar hasta hacía poco, pero que había despertado con toda su furia.

—Bien. Carles, envía a alguien a la dirección que nos han dado en la empresa de seguridad. Casi te diría que allí no vive, pero tenemos que comprobarlo.

—Sabemos que está en el trabajo —intervino David.

—Sí, e iremos a por él, pero no nos olvidemos de que no ha aparecido Arán, el *webmaster*, y si lo tiene escondido, debemos saber dónde buscarlo. Una vez detenido no creo que Julio Cedeño nos lo diga.

Todos asintieron.

—Xavi, mientras nos confirman lo del domicilio empiezo a pedir la activación del GEI para ir a detenerlo. Montaremos un buen sarao en pleno centro de Barcelona.

De repente, David se giró con los ojos abiertos hacia su sargento.

—Xavi —le reclamó señalando la pantalla—, el chico fue condenado por delito y tuvo que hacer terapia. Mira a quién le asignaron. ¿No te suena?

El sargento se incorporó, miró a los miembros de su equipo y se dirigió a la puerta.

—Bien, Carles, organízalo todo. No tardaré en exceso, pero creo que ha llegado el momento de mi terapia.

—¿Estás seguro, Xavi?

—¿Por qué no? Estoy obligado a hacerla. No os desconcentréis. Buscad el domicilio de Julio Cedeño. Apretad a la empresa de seguridad, a ver qué tienen. Esto es lo más urgente, pero creo que no tendremos esta información de inmediato, así que voy a ver qué consigo por mi cuenta. Mantenedme informado.

Todos asintieron, volviendo de inmediato la vista a las pantallas de sus ordenadores mientras Xavi se paró antes de salir de la sala. David se levantó de su silla y cruzó la mirada con su sargento. Intentó sonreírle, pero no pudo hacerlo. Masip continuó hasta salir del despacho en dirección a la planta del edificio donde se ubicaban las psicólogas del departamento. David sacó su teléfono móvil del bolsillo y tecleó para enviar un mensaje.

«Masip está subiendo. Va a ver a la psicóloga».

En otra planta, la sargento Morales, de la División de Asuntos Internos, sonrió al recibir el mensaje y comprobó su equipo de grabación.

80

Entrevista. Grupo de asistencia psicológica.
Conclusiones. Parte final

Durante una hora larga el sargento Masip había ido desgranando el caso por el que estaba imputado, pero en aquel momento las dos personas que estaban en el despacho permanecían en un extraño silencio. La psicóloga de pie delante de su silla sin poder quitar ojo al dragón de papel, y el sargento al lado de una puerta cerrada que daba a un despacho adjunto.

—Ya veo que al final usted no ha venido aquí a tratar sus problemas.

—Doctora, usted trató a Julio Cedeño cuando era menor.

Ella dudó antes de contestar, pero el sargento vio en sus ojos que reconocía aquel nombre. Para Xavi, la duda que aparecía en su cara era una confirmación. A pesar de los años y los pacientes que habría tratado en tanto tiempo, ese nombre significaba algo para ella.

—Esta información es confidencial, sargento. Usted lo sabe, yo no podría...

—Ya hablaremos de esto, pero disculpe un momento. Ahora estoy con usted.

De pronto, Xavi dio un paso atrás hacia una puerta lateral que tenía el despacho y le propinó una patada justo en el centro que hizo que se abriera sin demasiada resistencia. Las cerraduras interiores de la comisaría tan solo están pensadas para dotar de una mínima intimidad los despachos de un lugar donde no se registra ningún robo.

Dentro, la sargento Morales y un mosso intentaban recoger los aparatos de grabación. Se pararon en seco al encontrarse con la mirada furiosa de Masip. Aun así, este no estalló, por mucha rabia que lo consumiera. Estaba harto de luchar contra todo y todos. Solo intentaba hacer su trabajo. Se dirigió al mosso que acompañaba a la sargento.

—Eres testigo de una grabación ilegal. Tú sabrás lo que declaras en el juzgado, aunque yo no tengo ninguna duda de que cumplías órdenes y pensabas que todo era legal —le dijo a un mosso completamente en *shock* que solo hacía que mover la cabeza para darle un «sí» al sargento.

La sargento acabó de recoger la grabadora y miró con cara de odio a Masip.

—Esto no ha acabado.

—Ya te aseguro que sí. Nos veremos en el juzgado. Esta grabación —le dijo señalando su teléfono móvil, que llevaba en el bolsillo de la chaqueta con la cámara posterior asomando— va directa a mi abogado del sindicato, que espera para poner una denuncia en el juzgado de guardia.

La sargento miró con rabia a Masip, que le aguantó la mirada. Ya no recordaba por qué lo detestaba hasta el punto de ir más allá de donde podía, esperando que confesara aquello en lo que ella creía con todas sus fuerzas, que Masip era peor que un policía corrupto y que había empujado a aquel hombre, por muy detestables que fueran sus actos. Pero ya nada de eso iba a ser posible. Empezaba a comprender que se había metido en un lío monumental, no solo a nivel interno.

Sin mediar palabra se fue por el pasillo dejando allí al mosso que la acompañaba. Este miró a Masip y con eso le bastó para hacerle comprender que tendría su apoyo, ya que nunca había entendido qué hacían allí. Después se fue siguiendo a su jefa.

Al fondo del pasillo apareció el agente David Fius. Xavi lo miró, y este le devolvió la mirada. Después le guiñó un ojo. La sargento entendió allí, en aquel pasillo, que había sido traicionada por aquel al que pensó que tenía cogido por los huevos. Al final, el agente Fius hizo aquello que le pareció más justo, afrontando las consecuencias, y le demostró lealtad a su sargento. Ahora comprendía también que aquella mossa de Asuntos Internos tenía los días contados en esa unidad a cuyos miembros se les exige un comportamiento ejemplar por ser los que investigan las malas conductas de otros policías. Xavi asintió a su compañero y volvió al despacho con la psicóloga, que no parecía entender qué estaba pasando. Solo tenía una cosa clara.

—Sargento, no sabía nada de todo esto.

—Lo sé, no se preocupe. Pero ahora tiene toda mi atención. Y necesito respuestas.

—Pero dudo que pueda dárselas, la confidencialidad...

—Ah, claro. Espere.

Xavi abrió una carpeta y sacó unas fotografías. Se las fue mostrando una a una mientras la psicóloga intentaba apartar la vista.

—Aquí tiene su autorización —le dijo señalando las fotografías que iba dejando en la mesa a medida que se las mostraba. Los cuerpos sin vida de Aurora, Míriam y Raquel se amontonaban en la mesa en forma de fotografías en color.

—Basta, por favor.

—Estamos jugando con vidas, doctora. Déjese de historias, necesito saber todo lo que me pueda decir de Cedeño. —Hizo una pausa para revisar en el móvil los mensajes que había ido recibiendo de su equipo—. La dirección que tenemos no nos sirve. Ni el padrón. No está allí desde hace años. Su empresa tampoco conoce su domicilio, puesto que le consta el mismo que a nosotros. Vamos a ir a detenerlo. Sabemos dónde está trabajando, pero creemos que tiene retenida a una persona y si no sabemos dónde buscarla, aparecerá otro cadáver.

—Espere. Está bien. Déjeme que mire.

Se fue hasta un fichero y empezó a rebuscar.

—No tengo su dirección, pero le puedo decir algo. Poco antes de dejar de venir, su madre murió y le legó su piso de Barcelona. Se llamaba María de las Cruces Navarro. El segundo apellido no lo sé.

—Pues seguirá a su nombre, porque Julio no tiene nada al suyo. Creo que con este dato sacaremos la dirección.

Se levantó para irse.

—Creo —dijo la psicóloga casi riendo de frustración— que ha sido el final de sesión más extraño en toda mi carrera como psicóloga.

Xavi, que ya había recogido su bolsa para irse, se giró en la puerta.

—Si quiere que le confiese algo, a mí no me ha ido tan mal venir a verla.

81

Los mossos de paisano del grupo de Xavi se parapetaron fuera del establecimiento mientras esperaban la llegada del GEI. El sargento Masip, en contacto directo con el mando operativo del grupo de élite, le iba a dar el OK para entrar. No iba a ser aquella una detención cualquiera. Iban detrás de un asesino en serie despiadado, pero el peor hándicap era que este trabajaba en una tienda de ropa de tres plantas en pleno centro de Barcelona. Una tienda que, a esa hora, estaba llena de clientes. Aunque tenían la identidad confirmada, Xavi había enviado a unos agentes a interrogar a los otros dos hombres que podían ser sospechosos, aunque la fuerza operativa se había centrado en Julio Cedeño, que era el que tenía todos los números de ser el asesino que buscaban.

«GEI a sargento Fóram. Posiciones adoptadas. Pasamos a emisora, canal 5».

Un francotirador estaba apostado en el edificio de enfrente junto al compañero con quien formaba binomio, que, con unos prismáticos, le indicaba lo que veía. Las grandes cristaleras del edificio no dejaban ver el interior por el reflejo del sol. En la puerta, el flujo de clientes era constante. Una pesadilla para la operativa policial. Cuatro mossos del GEI de paisano iban a hacer la incursión en busca del guardia de seguridad. En busca de un sujeto que, como mínimo, había matado a tres chicas.

—¿Todos en sus puestos?

Escucharon por la emisora:

«Indicativo GEI-1 en posición. Cubierta la salida desde la altura».

«GEI-2 en posición salida muelle de carga».

«GEI-3 y 4 listos para entrar en la tienda cuando den la señal».

«Resto de los efectivos GEI esperando en vehículos».

—Adelante. Indicativos Fóram, identificad a cualquiera que salga por la puerta a partir de este momento. Descartad a todos los no sospechosos y que se vayan. Despejad la zona de civiles. Si el tipo se ve acorralado, es impredecible.

Los dos binomios del GEI de paisano con indicativos 3 y 4 entraron mientras se quitaban la chaqueta de aproximación dejando al descubierto su cinturón con las diferentes fundas de cargadores, esposas y demás útiles, junto a la muslera con la funda para el arma. Todos iban con un subfusil en las manos en posición de disparo y el chaleco antibalas bien visible, donde se podían leer las iniciales del grupo en la espalda. La gente con la que se iban cruzando empezó a salir de la tienda, primero a pasos rápidos y después a la carrera. En sus muñecas llevaban la fotografía del sospechoso que habían conseguido extraer de la base de datos de la empresa. No era una buena fotografía, puesto que debía tener años, pero era lo mejor que tenían. Xavi y Cristina entraron detrás de ellos. Una mujer, con el uniforme de la tienda, salió a su paso espantada.

—¿Qué está pasando?

—Buscamos al vigilante de seguridad. ¿Lo has visto?

—¿A Julio?

—Sí. Julio Cedeño.

—¿Tenéis cámaras en la tienda?

—Sí. Hay una habitación con monitores donde el vigilante lleva a los que pilla robando hasta que llegan los mossos.

La chica los guio hasta allí a la carrera sin saber qué pasaba, pero con la certeza de que algo muy gordo se estaba cociendo en torno al que era el vigilante de seguridad de la tienda desde hacía casi dos años.

Cristina, en un monitor grande dividido en cuadrículas, observó las imágenes de una de esas cámaras, que enfocaba la entrada de la calle.

—Nos ha visto entrar, Xavi.

—¿Dónde lo has visto por última vez?

—Creo que se fue con la encargada al almacén.

—¿Por dónde?

—Por allí —les dijo señalando una puerta que estaba a su izquierda.

Xavi observó a los agentes del grupo de intervención, con los subfusiles HK subiendo por las dos escaleras que tenía el local.

—Oiga. ¿Hay otra salida?

—No.

—Pues márchese y diga a los clientes que lo hagan también.

Sin embargo, la chica se detuvo un momento para decir:

—Esperen. Por el almacén hay una puerta lateral.

—Si es la de descarga, la tenemos cubierta.

—No. Más al fondo hay una puerta pequeña por la que salimos a fumar. No estaba antes.

—Gracias, salga a la calle.

Xavi y Cristina se miraron y se dirigieron hacia el almacén.

82

La encargada miraba la ropa aún por empaquetar sin saber qué estaba ocurriendo. Caminaba detrás del vigilante porque este le había dicho que había descubierto a una de las chicas robando ropa. Estaba segura de que era aquella nueva que le había caído tan mal y ya se imaginaba dándole el finiquito y haciendo un informe para sus superiores. Pero el vigilante apenas había hablado, se limitaba a caminar con paso ligero y mirando atrás de vez en cuando.

—Oye —le dijo la encargada—, ¿se puede saber qué es tan importante? Estamos a tope y tengo mucho trabajo. ¿Quién es la ladrona?

Julio ignoró la pregunta y solo se giraba para no perder de vista la puerta del almacén. Esperaba que, de un momento a otro, alguien entrara por allí. Había visto por las cámaras a policías de paisano que se preparaban para meterse en la tienda. Aunque iban sin uniforme sabía bien que eran mossos. Por alguna razón, al final le habían descubierto. Era cuestión de tiempo, lo sabía perfectamente. Aunque también sabía que huir era complicado, debía intentarlo. Era un superviviente. Como cuando su padre llegaba borracho y le pegaba con cualquier excusa. Aquel niño solo soñaba con que alguno de esos dragones que tanto le fascinaban llegara para salvarle. Pero con el tiempo comprendió que ellos eran como él. También terminaban perdiendo siempre ante un caballero que, bajo cualquier personificación, acababa con ellos sin piedad con una lanza o una espada. Ese era el destino de los dragones que él compartió hasta que, con casi diecisiete años, empujó a su padre por la ventana de un quinto piso. Su primera vez. Su primera liberación.

Cuando la encargada se paró, él la agarró del brazo y tiró con fuerza. Más de la que aparentaba tener debajo de aquel uniforme.

—Pero ¿quién cojones te has creído que eres? Esta la vas a pagar, hablaré con tus...

Se interrumpió y sus ojos expresaron pánico al ver una navaja y sentir que se clavaba en su costado. Tan solo un centímetro como advertencia, pero lo suficiente para hacerla comprender que tenía que callar y obedecer.

—No —titubeó—, no me das miedo.

Julio le prestó atención por primera vez desde que empezaron a recorrer el almacén en dirección a la puerta de emergencia que las chicas utilizaban para salir a fumar.

—Pues deberías.

La puerta se abrió al fondo y pudo ver que un hombre y una mujer bajaban las escaleras que daban acceso al almacén. Se agazapó detrás de unas cajas junto a su rehén, quien volvió a notar la punta de la navaja en su piel. Esta no le dio motivos para clavarla de nuevo.

83

El almacén era grande y, a pesar de que al entrar habían oído una conversación, el silencio reinaba entre las cajas de ropa ordenadas en grandes estanterías. Un silencio extraño, aunque parecido al que Xavi experimentaba en sus visitas a la catedral del mar. Había un pasillo central por el que los dos mossos, pistola en mano, avanzaban con cautela. La puerta grande para los camiones estaba al fondo, cerrada, así que mientras recorrían el pasillo y dejaban atrás hileras de cajas apiladas, buscaban la puerta de servicio que les había indicado la chica de la tienda.

A solo diez metros del final, la tensión era palpable aunque los dos mossos parecían soportarla bien. Cristina daba cobertura a Xavi, que iba delante, sin perder de vista la retaguardia para que no les sorprendieran por detrás.

Agazapado al final de la última fila de cajas, desde donde no podía alcanzar la salida sin que le vieran, Julio empezó a valorar el enfrentamiento directo con ellos. Era una opción, aunque él no iba armado y los policías sí. Pero tenía un comodín, la encargada, que empezaba a comprender que de allí no iba a salir si no hacía lo que Julio le decía. Por su cabeza pasaban todo tipo de pensamientos, sobre todo aquellos que le recordaban que aquel sujeto no le caía bien. Que siempre vio en él algo malo y que nadie la quiso escuchar cuando intentó que lo cambiaran de tienda. Y ahora, la tozudez de su supervisora le podía costar la vida.

De pronto escuchó una voz que le sonó a salvación.

—Julio Cedeño, esto se ha acabado. No tienes salida. El muelle de carga está cerrado y no puedes llegar a la puerta —dijo Masip en voz alta, pero apretando el botón de su portátil de comunicaciones para que le escucharan el resto de los indicativos. Después bajó el volumen al mínimo para que si alguien contestaba no lo oyera el asesino.

—Has mencionado el muelle de carga. Les has dado mi posición a tus compañeros, ¿verdad?

Cristina se acercó a la oreja de Xavi.

—No tiene un pelo de tonto...

Masip meneó la cabeza.

Los dos mossos estaban a escasos cinco metros de la última fila de cajas y sabían que allí tenía que estar Julio. Probablemente con la encargada, si no la había matado ya.

—¿Está contigo la encargada? Déjala ir, Julio. Ya no sirve de nada. Esto se ha acabado.

De entre las sombras, Julio salió tras una mujer robusta, con gafas y el pelo recogido en un moño. Ella parecía asustada, pero en su cara también se dibujaba la rabia. Julio intentaba no mostrar su silueta y, para ello, se parapetaba detrás de la mujer, a la que había puesto un cuchillo en el cuello.

—Tirad aquí las armas o la mato.

Cristina miró a Xavi.

—Si crees que te las vamos a entregar, ves demasiado la televisión.

—Pues serás el responsable de su muerte —le advirtió mientras le hacía un corte en el cuello. Ella cerró los ojos de dolor.

—Pero ¿qué hacen? —protestó ella—. Hagan lo que les pide.

—¿Cómo te llamas?

—Roser.

—Roser, haré lo que pueda por salvarte, pero no le entregaremos nuestras armas. Acabaríamos todos muertos. No tengo dudas.

—Hijos de puta, no valéis para nada, me va a matar por vuestra culpa. Me va a...

—Silencio, puta. Ahora hablan los mayores. —Julio la acalló con otro corte.

El sargento Masip intentaba ganar todo el tiempo posible para ver si el GEI tomaba posiciones y podía abatirlo a distancia. Ellos no podían efectuar un disparo limpio ni tenían la práctica en el campo de tiro del grupo de élite. Pero el tiempo se estaba agotando, al igual que la paciencia de Julio, quien sabía que no tenía escapatoria.

—Eres Masip, ¿verdad? Te he reconocido por las imágenes de la televisión.

—Soy el sargento Xavi Masip, y ella es la caporal Cristina Espejel. Vas a salir de aquí esposado o en una caja de madera. Puedes elegir.

—¿Sabes? Cuando te vi saliendo del juzgado, con todos aquellos periodistas haciéndote fotos, me apiadé de ti. No te merecías eso. Cuando uno elimina alimañas, lo que se merece son honores y no cabrones que no sepan reconocer tu obra. Leí que aquel tipo pegaba a sus hijas. Lo hiciste bien.

—No necesito tu admiración. No somos iguales.

—Mi padre siempre me decía que no haría nada en la vida, y mírame. ¡Mira mi obra!

—Si buscas reconocimiento, puedo conseguirlo.

—Ya tuve el reconocimiento que buscaba. He satisfecho a mis dragones. Les di doncellas. Y aunque sea solo a uno, salvaré a los dragones.

—Ni Aurora ni Míriam ni Raquel eran doncellas. Eran chicas de carne y hueso. —Xavi pudo ver una sonrisa extraña en el asesino al escuchar los nombres de las chicas—. ¿Qué hay de Antonio Arán?

Julio se encogió de hombros antes de contestar obviando aquel último nombre.

—Última oportunidad de salvar al menos a una, sargento. ¿Qué vas a hacer?

Poco a poco, Julio había conseguido avanzar hasta la puerta de emergencia. Los dos mossos apuntaban a la figura que formaban el asesino y la chica que hacía de barrera. Cuando estuvo con la espalda tocando la palanca de apertura, Julio se paró en seco. Los mossos seguían sin poder hacer un disparo limpio.

—Estoy seguro de que algunos policías me habrían entregado sus armas para salvarla. Vosotros dos sois demasiado listos. No hubierais salido con vida del almacén. —Miró a Xavi a los ojos—. Te le digo para que no tengas remordimientos por esto.

Julio clavó el cuchillo en el cuello de Roser y un chorro de sangre salió disparado de la arteria con toda su fuerza ante la mirada atónita de los mossos. Justo al soltarla para que esta cayera al suelo abrió la puerta y la traspasó. Un disparo pasó cerca de su cabeza, pero sin rozarlo siquiera.

Xavi recogió a la mujer justo cuando caía y, ya en el suelo, le intentó taponar la herida.

—No te quedes ahí, Cristina. ¡Síguelo!

Después de un momento de indecisión, la caporal alcanzó la calle y vio que Julio corría hacia la calle Comtal. Escuchó como Masip pedía ayuda por la emisora justo cuando la puerta se cerraba detrás de ella. Después empezó a correr con todas sus fuerzas. Lo hacía por ella. Por su amiga Míriam. Y por otras tantas cosas que llevaba dentro.

84

Las piernas empezaban a pesarle, pero Cristina no iba a desfallecer. Necesitaba alcanzar a aquel asesino por las vidas perdidas, pero sobre todo por las que podría quitar si se escapaba. No iba a permitirlo, y su experiencia como atleta le decía que si aquel al que perseguía no entrenaba de manera regular, en breve notaría el trabajo del ácido láctico en su cuerpo. Es pura cuestión física. Nadie puede mantener una carrera a velocidad constante sin que la fatiga en los músculos le haga frenar. Para eso son precisamente los entrenamientos.

Mientras callejeaba vio que se estaba acercando a la plaza de Sant Jaume. El recorrido iba a ser más corto de lo que había previsto. Allí le habían hecho la fotografía que había ayudado a dar con él. Intentaba sacar su teléfono móvil para llamar a Xavi y darle su posición, pero recordó que en la entrada del Palau siempre había mossos d'esquadra trabajando. Por suerte, a esas horas seguramente no estarían allí los miembros del Govern de la Generalitat. Pero no tenía emisora y no sabía el teléfono del cuerpo de guardia del Palau para avisarles y pedirles ayuda. Se acercaba a la plaza y vio que Julio frenaba en seco y se dirigía directamente a la puerta por donde entran los coches. No entendía nada. ¿Se iba a meter en un lugar custodiado por mossos?

Lo perdió de vista en la puerta. Ella estaba a setenta metros. Gritó, pero solo algunos de los transeúntes de la plaza se giraron para ver quién lo estaba haciendo. Llegó a la entrada, donde había un coche oficial, pero no vio a nadie. Sacó de nuevo su arma y su placa para identificarse ante sus compañeros, pero no había ningún mosso. Hasta que, en un lateral, le llamó la atención una sombra en el suelo. Un mosso, que tenía el cuello totalmente cortado, yacía inmóvil, salvo por un espasmo en la pierna derecha. Observó que en la funda no estaba su arma. Vio las escaleras al fondo y se decidió a subir. Su teléfono vibró en el bolsillo. Lo miró mientras no dejaba de observar el final de las escaleras. Era Xavi.

Se puso el teléfono en la oreja y estiró el brazo apuntando con su HK.

—Estoy en el Palau, Xavi. Le he perdido dentro y tiene el arma de un mosso de aquí. Otra baja.

—Quédate en la puerta, Cristina. Estoy yendo hacia allí.

—No puedo, Xavi. Está matando a quien se cruza con él.

—Por favor, Cristina. Espera a los refuerzos. El GEI está en camino, y ellos tienen planes de emergencia para todos los edificios de la Generalitat.

—Está bien. Me quedo en la entrada de las escaleras hasta que...

El sonido inequívoco de un disparo cortó la conversación. Cristina colgó el teléfono y se dispuso a entrar. La gente puede obviar una situación de peligro real por su propia supervivencia. Los policías no.

En el otro lado de la línea, el sargento Masip, todavía con las manos manchadas de la sangre de la dependienta, que ya estaba siendo atendida por los sanitarios, cerró los ojos, respiró hondo y salió a la carrera hacia el Palau de la Generalitat. Su famoso sentido X le estaba avisando de lo peor.

85

Cristina cruzó toda la entrada dejando atrás el cuerpo del guardia de los mossos y se dirigió al patio. Esta zona de forma cuadrada y de piedra con ornamentos góticos tenía varias puertas y, al fondo, unas escaleras que subían al primer piso. Miró al cielo, que en ese momento amenazaba tormenta. Respiró hondo de nuevo y se detuvo a escuchar para intentar localizar algún sonido que le permitiera ubicar a Julio. Optó por atravesar el patio con cautela hasta alcanzar las escaleras. Notaba su pulso muy rápido.

Se paró una vez más al llegar arriba, donde se abrían dos pasillos con sendas puertas al final. Derecha o izquierda. Un sonido que venía justo de detrás, o más bien de una estancia que se encontraba nada más subir las escaleras, le indicó por dónde ir. Le pareció entrar en una especie de sala religiosa, y no se equivocaba. Era la capilla de Sant Jordi, y una grieta en el cristal de protección de un tapiz que ocupaba la pared de su derecha la puso de nuevo en tensión. Alguien había golpeado el cristal sin poder llegar a romperlo. Se acercó alerta para comprobar que aquello no se debía a un simple golpe. Se debía a un disparo. Cristina abrió los ojos cuando se apartó para ver el tapiz y pudo distinguir el porqué de aquel intento de destrozo. Era la imagen de sant Jordi a lomos de su caballo apuntando su lanza hacia un gran dragón. Un disparo fuera de la capilla la devolvió a la realidad. Salió de allí y llegó a otro patio descubierto al cielo. Allí vio tres filas de cinco árboles perfectamente alineados que ocupaban medio patio, una especie de fuente en el centro y más árboles al fondo, todos de la misma medida y en filas impecables.

La sangre volvió a alertarla de nuevo. Un hombre de unos sesenta años con camisa blanca y pantalón negro estaba tumbado en el suelo, conmocionado. Tenía una gran mancha en el hombro y estaba aturdido. No reaccionó hasta que Cristina se acercó a examinar su herida sin dejar de apuntar en dirección al fondo del patio, donde detrás de lo que parecía una fuente con una escultura había algunos árboles más. Comprendió que se encontraba en el Pati dels Tarongers.

—¿Se encuentra bien? ¿Hacia dónde ha ido?

El hombre se volvió a quedar conmocionado, así que de manera instintiva Cristina le dio una especie de cachete. Los ojos del conserje se posaron en la mossa.

—¿Hacia dónde ha ido?

—No, no lo sé. Solo he escuchado golpes después de caer al suelo. Me duele mucho —se quejó.

—No parece que le haya tocado ninguna arteria. Quédese aquí y presione la herida. No se mueva.

Cristina se levantó del suelo y al mirar hacia el patio entendió a qué golpes se refería el hombre. A escasos metros de ella, en la fuente, vio que la escultura era una estatua de sant Jordi luchando contra un dragón. Al caballero le habían destruido la cabeza, que estaba hecha pedazos en el suelo. Entonces recordó lo que Julio había dicho en el almacén. «Salvaré a los dragones». Recordó las celebraciones del Barça. Ya sabía a dónde se dirigía el asesino.

Xavi entró en el Palau sin percatarse de que en ese mismo instante, más arriba, alguien aparecía en el famoso balcón de la Generalitat. Vio al mosso tendido en el suelo y a otro que en ese momento salía de una de las puertas interiores. Por su cara parecía que no se había enterado de nada.

—Soy sargento de homicidios, pide refuerzos.

El mosso se quedó en *shock* con la mirada clavada en su compañero. Seguramente, su cabeza estaba intentando asimilar que no hacía ni diez minutos su compañero estaba con vida y ahora yacía en el suelo, inmóvil, degollado. Xavi lo dejó allí, sabiendo que el GEI no podía tardar en llegar.

Mientras ascendía por las escaleras de dos en dos y dejaba atrás a un hombre herido de bala en el hombro, en el Pati dels Tarongers escuchó unos golpes fuertes que venían de una de las salas del fondo. Le aliviaba no haber encontrado a Cristina malherida o algo mucho peor durante el trayecto. De pronto oyó su voz a lo lejos, sin poder precisar qué decía ni a quién gritaba. Y su corazón se encogió al escuchar dos disparos casi seguidos. Avanzó lentamente por un pasillo hasta que dio con el salón de Sant Jordi y una de las puertas del balcón abiertas al exterior.

Allí estaba el final de aquel viaje.

86

Cristina había llegado justo a tiempo de ver a Julio saliendo al balcón del primer piso del Palau de la Generalitat, que da a la plaza de Sant Jaume. Lo había hecho por la puerta de la derecha, de las dos que hay de acceso, pero enseguida lo perdió de vista cuando este se metió en la parte central del balcón. El salón de Sant Jordi medía unos treinta metros de largo. Se detuvo en la entrada antes de decidir si era mejor ir por la puerta izquierda, aún cerrada, o seguirlo por la derecha, que permanecía abierta. Era una sala grande y con columnas a ambos lados; casi parecía una especie de iglesia, o al menos su estructura se asemejaba a la de una iglesia. Pensó en qué pasos debía dar, puesto que Julio no tenía escapatoria y lo único que podía hacer era volver a entrar o descolgarse por el balcón. En esa disyuntiva, una idea macabra le pasó por la cabeza. ¿Y si desde allí se liaba a tiros con la gente que pasara por la siempre concurrida plaza con la pistola que le había quitado al mosso de le entrada?

Miró su arma y verificó que no tenía el seguro puesto, pero pronto recordó que ya había efectuado un disparo en la tienda de ropa. Dio un paso hacia atrás situándose en el centro de la sala para tener un control total de las dos puertas del balcón, apuntando con su arma a ambas de forma simultánea. Intentó aguzar el oído, pero ni veía ni oía nada.

Sin embargo, Julio sí era visible para las personas que paseaban por la plaza, que vieron a un hombre que subía a la escultura del centro del balcón, un sant Jordi a lomos de su caballo. Algunos sacaron sus teléfonos y empezaron a inmortalizar el momento. No sabían qué estaba pasando, pero allí había un hombre subido a la estatua. Algunos creyeron que iba a colgar una bandera, cualquiera de las dos que desde hacía demasiados años estaban polarizando a la sociedad catalana. Pero el tipo no sacó ninguna.

Cristina empezó a escuchar golpes que provenían del balcón. Dio un paso hacia delante de manera instintiva, pero se detuvo. No tenía claro qué estaba pasando.

Más golpes.

Cerró un momento los ojos, los abrió, respiró hondo y fijó su vista en la pistola que sujetaba con las dos manos. No temblaba. Sin pensarlo más avanzó hasta la puerta lateral derecha siguiendo los pasos que previamente había dado Julio. Su arma apuntaba al hueco que tenía delante. Los golpes se hacían más sonoros a cada paso, y su cabeza lo situaba intentando matar a aquel caballero y salvando de esta manera a su dragón. Se asomó al balcón y vio uno de los pies de Julio.

—Las manos, quiero verte las manos —gritó Cristina al sacar la cabeza precedida por su arma.

Julio no la escuchaba y seguía golpeando el cuello de la escultura con toda su fuerza.

La mossa vio que se sujetaba con una mano en la cabeza del caballo y con la otra daba golpes repetidos con una especie de martillo.

—¡Déjalo, Julio! —volvió a gritar apuntándole y con medio cuerpo resguardado, intentando esconderse.

Julio Cedeño estaba allí para cumplir una de sus metas y no era capaz de escuchar a la mossa, solo quería golpear aquella escultura de mármol hasta que el cuello del caballero empezase a ceder.

En la plaza se estaba congregando una multitud de curiosos que inmortalizaban la escena. Era el mismo lugar en que los jugadores del Barça ofrecen sus títulos a la afición.

Un sonido seco apagó los golpes y una cabeza de mármol rebotó en la barandilla y cayó a la plaza. Julio dio un grito que hizo enmudecer a los congregados. Un alarido de liberación hacia el cielo, que precedió el pánico que se desató en la plaza. La gente corrió a resguardarse sin comprender qué estaba pasando. Entonces, cuando su dragón quedó libre de la amenaza de la espada del jinete, Julio vio a Cristina apuntándole y expulsando palabras que no alcanzaba a oír. Pero no había terminado su obra, tenía más cosas que hacer. Se metió la mano en la cintura, donde guardaba el arma, y la empuñó para responder a la amenaza.

Dos disparos resonaron en la plaza de Sant Jaume como dos explosiones. La gente que aún quedaba empezó a correr para buscar refugio. Y solo los gritos de pánico apaciguaban la mente de Julio mientras cerraba los ojos satisfecho obviando el dolor de sus heridas. Su última acción garantizaba la supervivencia del dragón.

Ya era libre.

87

Xavi estaba en su despacho acabando la diligencia de informe que iba en el atestado policial para la jueza instructora. Los demás agentes estaban también acabando su parte, con Carles coordinándolo todo. Se podía decir que el caso estaba cerrado, pero les había dejado un regusto agridulce. Ya no habría más víctimas del asesino de los dragones de papel, pero el precio había sido alto.

Unas horas antes habían registrado el piso de Julio Cedeño, donde habían encontrado pocas cosas que lo relacionaran con los crímenes, pero tenía alquilado una especie de almacén. Allí hallaron a Antonio Arán atado de pies y manos, pero vivo. Le había cortado dos dedos del pie derecho, que no estaban allí. De hecho, no localizaron ninguno de los dedos que el asesino había cortado a sus víctimas. Sí hallaron su colección de libros sobre el origami y un manual de cultura japonesa. Algunas espadas de samuray y diversos objetos relacionados con los dragones, pero ningún rastro de los dedos. Carol abrió, entonces, las puertas que cubrían la pared del fondo. Frente a ellos pudieron observar la figura pintada de un gran dragón devorando princesas. Todo cuanto necesitaban para inculpar a Julio Cedeño se encontraba allí.

Antonio Arán estaba en la cama del hospital cuando Carol y Carles entraron en la habitación. El hombre se hallaba consciente y miró a los mossos, que no tenían buena cara. Instintivamente, el tipo se alejó hacia la pared, intentando poner distancia.

—No se preocupe, no vamos a pegarle. Y menos a una persona que no puede defenderse.

El hombre agachó la cabeza sin decir nada.

—Vamos, compórtese como un hombre por una vez —le dijo la mossa.

—Vienen por lo del vídeo, ¿verdad?

Los mossos asintieron sin decir nada.

—¿Qué quieren que les diga? Soy un cobarde. Pensé que tendría problemas si me veían en aquel vídeo y al final...

—Al final usted se salva y las chicas mueren, ¿no es eso?

—Oigan, yo no quería que esto pasara, ¿qué coño se creen?

—Baje el tono.

—Lo siento.

—Pues explíquenos por qué ocultó el video completo y díganos cómo encontrarlo. Solo hemos recuperado lo justo, aunque suficiente, de su ordenador.

—Lo destruí, creo que no se puede recuperar.

—Si está en su ordenador, lo encontraremos. Pero denos una previa, por favor. ¿Qué cojones pasó aquel día?

Antonio bajó la cabeza antes de ponerse a hablar.

—Creo que fue como hace un año más o menos. Raquel había traído hacía poco a Míriam al curro, yo no la conocía, pero sí a Clarise. Disculpen. A Aurora. Yo les iba a explicar lo que hacía por ellas, para ver si querían que las ayudara también. Míriam se veía enseguida que era especial. Estaba subiendo en las listas de la página web como la espuma. Era un encanto. —Se paró como si recordara algo especial, que se quedó en su cabeza—. En fin, aquella tarde. Míriam hacía poco que se había comprado aquel piso en Cadaqués y había invitado a su amiga y a Aurora. Les confieso que no le hizo gracia mi presencia cuando me vio aparecer con ella, pero enseguida sintió que podía confiar en mí.

Antonio pareció comprender en aquel momento que después del resultado final nunca había sido de confianza para Raquel. Ni para ninguna de las chicas. Los mossos no dijeron nada.

—El caso es que llevé cinco gramos de coca para la fiesta, y Míriam tenía un whisky de malta de puta madre. Las chicas empezaron a beber y a esnifar, y les propuse hacer un directo con ellas tres. Primero con Clarise y Míriam, y después con Raquel. Eso las haría ganar muchos adeptos y las beneficiaría a las tres.

—¿Y qué pasó?

—Nada, todo fue un espectáculo de puta madre, pero...

—¿Pero?

—Cuando vi que habían asesinado a Míriam y a Aurora, recordé que yo salía en aquel vídeo.

—¿Salió en el espectáculo?

—No, aquel día no, pero se me vio. Hubo un incidente con un fan. A veces ocurre.

—Explíquenos ese incidente.

—Hice la conexión como siempre y no me pregunten por qué, pero Míriam quería hacer aquella retransmisión en su habitación. Así que trasladé el televisor y la cámara a la habitación de uso privado. Empezamos a transmitir y enseguida comenzaron a conectarse seguidores. Los comentarios se sucedían en el chat de la pantalla, alguno fuera de tono, pero no como para expulsar a nadie. Hasta que...

—Siga.

—Un tipo envió una fotografía suya con la polla al aire. No se le veía la cara, solo el torso. Les decía que podían gozar, o algo así, con el ejemplar. Recuerdo esa palabra, «ejemplar».

—Continúe.

—Clarise empezó a reírse del tamaño de la polla del tipo. Y también lo hizo Raquel. A eso le siguieron las risas en los cometarios de los otros usuarios, le empezaron a escribir «pichacorta», «hombre sin rabo»... Ya se lo pueden imaginar. El tipo se mosqueó mucho y soltó una ristra de amenazas. Al final lo bloqueé. Vamos, lo expulsé del chat.

—¿Míriam también se rio de él?

—No como las otras, es decir, ella no le dijo nada, pero tampoco ocultó la sonrisa ante los comentarios de sus amigas.

—Ya.

—¿Algo más que recuerde?

—Eso fue todo. Un incidente sin más. Jamás creí que fuera a pasar nada por aquello. Hay muchas cosas así en las webs de las chicas. Algunos tipos se creen que son suyas porque pagan al entrar en las páginas. Pero me acojoné y pensé que me culparían a mí si me relacionaban con ellas. Si hubiera sabido que...

—Ahora es tarde. Raquel quizá podría haberse salvado si hubiéramos tenido esa información. Nunca lo sabremos.

—Me cago en mi suerte. Mira que aquel tipo me puso los pelos de punta.

—¿Nunca les había pasado eso?

—Claro que sí, pero su forma de contestar... Y sobre todo aquel tatuaje en el pecho.

—¿Qué tipo de tatuaje? ¿Lo recuerda?

—Claro. Era una figura extraña, pero sin lugar a duda era un dragón.

Los dos mossos se miraron con la seguridad de que de haber tenido esta información en su momento, podrían haber salvado a Raquel.

—Le comunico que está detenido por un delito de encubrimiento. Fuera de la habitación hay dos agentes para hacerse cargo de su custodia hasta que lo presentemos ante el juez. La pena que conlleva el encubrimiento es una mierda para lo que se merece. Buenos días.

Carol y Carles salieron de la habitación dejando allí a Antonio Arán con sus propios demonios. A partir de aquel día era probable que se le aparecieran en forma de dragón.

Cuando el sargento colgó el teléfono después de hablar con el caporal García sobre su conversación con el *webmaster* vio que alguien entraba en la sala de trabajo y se dirigía a su despacho.

Cristina abrió la puerta y se sentó en una silla delante de su mesa de trabajo. Este dejó de teclear y se giró hacia la mossa.

—¿Cómo estás?

—Sobreviviré, siempre lo hago.

—Lo sé.

—¿Y tú?

—Yo también me suelo reponer pronto. ¿Sabes? Fue muy valiente ir detrás de Julio por el Palau.

—Algunos creen que fue temerario.

—Esto suelen creer los que analizan las situaciones críticas desde aquí —le dijo señalando su mesa del despacho.

—La verdad es que estaba cagada de miedo, pero cuando vi que Julio cogía su arma no lo dudé. No lo sé —vaciló al buscar las palabras—, era como una sensación de seguridad y paz y a la vez de tensión contenida.

—Pues a eso se le llama valor, Cristina. Estoy orgulloso.

—Me vas a hacer sonrojar.

—Que le dispararas a la rodilla fue un gran acierto. Tenemos a un asesino que se enfrentará a la justicia. Y no creo que le caiga menos que la prisión permanente revisable.

Ella miró hacia el suelo.

—Te confieso, y lo negaré fuera de aquí, que le apunté al pecho —le dijo sin poder ocultar una sonrisa—. Te prometo que pediré más prácticas de tiro.

—Yo también tengo que confesarte algo.

La caporal asintió con interés a la espera de que le hiciera aquella confidencia.

—Cuando me viste salir de casa de Iveth, al ver cómo te pusiste, yo... la verdad es que pensé, no a la primera, claro, pero después...

—Lo pillo, Xavi, pensaste que eran celos.

El sargento asintió casi avergonzado.

—Pues no, querido. Aunque tienes un punto, no eres mi tipo —le dijo con una sonrisa.

—La verdad es que me siento estúpido.

—Pues no tienes por qué. Ha sido un honor poder trabajar contigo codo a codo.

—Bueno. Esto no ha acabado. Queda un fleco.

—¿Sobre Míriam?

—Sí. Los de información han localizado al tal Paco y lo están trayendo. ¿Te apuntas?

—Joder, sí.

El sujeto al que habían identificado como Paco se encontraba en la sala de interrogatorios de la comisaría de Les Corts. Con estética antisistema y malos modales esperaba a que alguien le dijera qué hacía allí. El sargento le hacía esperar a conciencia. Sabía que era el modo de incomodar a alguien que de entrada sería hostil a cualquier acción de la policía, a la que consideraba un enemigo. Vestía tejanos azules, chaqueta negra con capucha y una camiseta donde se podía leer «Fuck you police». Muy significativa. En realidad, se llamaba Francisco Santamaría y era hijo de un empresario de la construcción con fortuna en la zona del Maresme, aunque por el aspecto podía haber sido un mendigo de cualquier ciudad.

El sargento entró allí con Cristina. Se sentó delante de él y lo miró fijamente. Este no apartó la mirada.

—¿De verdad eso os funciona? No me dais miedo. Así que decidme por qué cojones estoy aquí o me largo.

—Por supuesto, pero de largarte nada. Antes me vas a contar algunas cosas de tu pasado.

—Y una mierda. Yo estuve en las protestas como otros miles, pero no hice nada malo. Y, sobre todo, no hay nada que podáis probar. Si os tiran piedras, es vuestro problema, y si os quieren quemar las furgonetas, a mí no me preguntéis. Es culpa vuestra.

Los dos mossos se miraron.

—No, no somos mossos de la unidad de información, aunque ellos te hayan traído aquí.

—Sois de la secreta, todos sois iguales. Intentando aplastar a los que nos negamos a aceptar el chanchullo de lo que llamáis democracia. Es una farsa.

—¿Has acabado?

—Bah.

—No, no todas las «secretas» son iguales. No estás aquí por incendiar las calles hace un tiempo. Te iría bien escuchar antes de soltar la mierda esa que debes repetir de memoria y que ni tú sabes ya lo que significa. Yo soy el sargento Masip, jefe del grupo de homicidios de Barcelona. Y aquí mi colega, la caporal Espejel, viene de homicidios de Girona. Adivinanza: ¿qué crees que investigamos nosotros?

Paco Santamaría se movió inquieto en la silla y miró a los dos mossos sin comprender nada, intentando atar unos cabos que estaban muy lejos.

—Un momento, ¿me vais a enchufar lo del urbano ese al que casi quemaron en la furgoneta hace un tiempo?

—¿Ves? No escuchas —intervino la caporal—. Nos importa una mierda lo que hicieras para demostrar lo antisistema que eres. No tenemos nada que ver con los disturbios.

—Pero ¿qué he hecho yo?

—De eso se trata. Espero que nos cuentes lo que sepas de Míriam Albó.

El tipo tragó saliva.

—Veo que te viene la memoria.

—Hace años que no la veo, ¿qué queréis que os cuente? —Se paró un momento mientras procesaba lo que estaba sucediendo—. Habéis dicho homicidios. ¿Le ha pasado algo a Míriam?

Los dos mossos se volvieron a mirar con asombro.

—Pero ¿tú de dónde sales? ¿No lees la prensa o no tienes redes sociales?

Ahora ya estaba sudando.

—Sí, claro, pero no sigo a nadie que intente comerme el coco. Solo sé del movimiento en el que yo...

—¿Lo ves? —le interrumpió Cristina—. Ese es el problema de hoy en día. Nadie escucha lo que piensan los demás si no les siguen la corriente. Así tenemos la sociedad que tenemos. Fragmentada en polos opuestos en los que nadie empatiza con nadie. Así nos va.

—Yo no, yo...

—Volvamos a Míriam —le dijo Masip—. ¿Cuándo fue la última vez que la viste?

El tipo se puso las manos en la cara.

—Por favor, ¿qué le ha pasado?

—Míriam murió hace unos días. No nos mueve nada más que darle un descanso deteniendo al malnacido que la mató y retransmitió el asesinato por internet, cosa que ya hemos hecho, pero necesitamos aclarar una cosa.

Se hizo un silencio, y los mossos pudieron escuchar el goteo en el suelo de la micción involuntaria de aquel chico, que estaba viendo cómo se derribaba su mundo imaginario. Aquel donde la policía no hace falta porque se basta él mismo. Aquel que nunca podrá existir mientras haya maldad en el mundo, y esta, según la experiencia del sargento Masip, era cada vez más cruda.

—No, no, no —empezó a tartamudear—. No veo a Míriam desde hace tres años. Ella y yo, bueno, nos enfadamos.

—¿Por qué?

—Empezó a tomar más marihuana que la que tomábamos los demás. A probar de evadirse con todo. Hasta que —se paró un momento— después de una fiesta en la casa me vino llorando por un subidón. Se le fue la pinza.

—Hablas de la casa okupa de Gràcia.

—Sí.

—Sigue, por favor.

—Yo estaba con un colega fumando y bebiendo, y ella apareció llorando. Me dijo que se había ido a fumar con tres colegas que habían venido para la fiesta *rave*. Parece que la invitaron a unas pastillas. Eso dijo ella, y que luego se les fue la fiesta.

—Por favor, sé más concreto.

—Me dijo que esos colegas la habían violado. No parecía estar muy fina, así que le dije que fuera a dormir un rato porque se le había subido el pedo a la cabeza. Sé con quiénes se fue, y son unos colegas de puta madre. Uno hace rap y todo.

—¿Te contó qué le habían hecho?

—Bueno, sí. Pero era una fantasía por las pastillas. Me dijo que la habían violado los tres a la vez. Que la había violado un lobo. Se le había ido la cabeza. Pero, vamos, si ni ella misma sabía con quién se había ido.

Cristina clavó los ojos en Xavi al escuchar aquella descripción.

—Pero tú sí lo sabes.

—Claro, los vi perderse detrás del escenario donde estaba el DJ. Iba un grupo, pero sé que iban esos tres colegas.

—¿Te importaría decirme sus nombres?

—Yo no delato a mis colegas. No sois de fiar.

—Te voy a decir quién es de fiar —le dijo Xavi con calma—. Míriam era una buena persona, criada por un padre algo ausente que solo buscaba su sitio en el mundo, igual que todos nosotros —dijo mirando a su compañera—. Pero te conoció a ti. Es lo que pasa con tipos como tú, que no serías capaz de distinguir a una de esas buenas personas sin meterte un porro. Así que cuando esa chica vino a contarte la peor experiencia de su vida la despreciaste. Y te diré por qué. Porque no podías creer que gente a la que considerabas amiga, viviendo en ese mundo de yupi, pudiera hacer aquello. Porque es más fácil negar la realidad que afrontarla, y no tengo dudas de que después de aquel grito pidiendo auxilio no volviste a ver a Míriam nunca más.

Paco asintió mientras bajaba una lágrima por su mejilla.

—Ahora vas a hacer lo correcto, que es aquello que no hiciste por ella en vida. Vas a darme el nombre de esos malditos hijos de puta para que le podamos dar un poco de paz al alma de la que creo que fue tu amiga. Si es que alguna vez significó algo para ti. Tenemos el ADN de sus violadores, pero no con quien cotejarlo. Ella misma lo conservó para el día en que alguien le hiciera justicia. ¿Ese vas a ser tú?

Asintió de nuevo.

La caporal abrió el programa informático de denuncias para cogerle declaración.

—Voy a hacer unas llamadas y enseguida regresaré.

Se acercó al oído de la mossa y le dijo casi en un susurro:

—Tómale declaración ahora que está tierno, que este es capaz de echarse atrás en cuanto sea consciente de lo que está por venir con sus amigos.

Ella bajó la cabeza y cerró los ojos asintiendo y empezó a anotar los datos de Paco. Tenía claro que de allí no se iba sin prestar declaración.

Declaración que para Míriam Albó llegaba demasiado tarde.

90

Con la confesión de Paco sobre lo que le había pasado a Míriam, el grupo de homicidios podía cerrar el caso. Pero al sargento aún le quedaba pendiente una conversación con el padre de Míriam en Cadaqués que no quería delegar. Incluso podía aprovechar y llamar a Iveth. Sabía que no debía, pero tenía la tentación de hacerlo. Lo decidiría una vez estuviera en ruta hacia aquella población del Alt Empordà. En la sala estaba el grupo al completo. Todos con cara de cansados, pero satisfechos de haber podido darles descanso a las chicas. Y sobre todo a sus familias.

—Habéis hecho un gran trabajo, de verdad. Carles, Edu y Carol, llevamos mucho trote juntos y seguimos al pie del cañón. Es un honor decir que sois mis compañeros.

—Xavi, yo diría que amigos, ¿no? —le dijo Carol.

El sargento asintió.

—David, bienvenido al grupo. No te conocía, pero te has comportado como uno más, con lealtad y confianza, y para mí esto es suficiente.

El agente intentó agradecer estas palabras con un gesto, pero solo le salió una mueca. Pensó en la sargento Morales y tuvo que bajar la cara para no delatar su estado de ánimo, aunque al final optara por apoyar a su jefe.

—Adolfo y Cristina, de verdad, qué honor compartir con vosotros esta batalla. Sois grandes profesionales, y así se lo haré llegar a vuestros jefes. A través del mío, claro. Siempre pesa más la llamada de un inspector.

Todos aceptaron las palabras de Xavi.

—Xavi, suena a despedida. ¿Sabes algo que no sepamos los demás? —preguntó Cristina.

—No, amiga. Es una despedida de vosotros dos, que volvéis a vuestro lugar de trabajo. Pero sí, yo sigo imputado por lo que todos sabéis, y, bueno, ya veremos.

—Pero has demostrado estar en plena forma. No lo entiendo. No pueden apartarte otra vez —le dijo Edu.

—Ya se verá. Os prometo que ahora mismo me preocupa poco. Puede que incluso visite de nuevo a la psicóloga. Y quién sabe, igual me sienta bien soltar lastre.

Adolfo fue hasta Xavi a estrecharle la mano y después Cristina se fundió con él en un abrazo.

—Voy a echar de menos nuestras conversaciones —le dijo ella.

—Iré a Cadaqués a ver al padre de Míriam. Si te quieres apuntar...

—No, esa parte es tuya. Además, creo que quizá te apetezca ver a algún otro miembro de esa familia, y tres son multitud. —Le sonrió.

Los dos mossos se marcharon dejando en la sala de trabajo al grupo de homicidios de Barcelona.

—¿Necesitas algo, Xavi?

—No, id a descansar. Yo me voy en breve.

Cuando salió del despacho se encontró cara a cara con la psicóloga. Parecía que le estuviera esperando. Se acercó hasta la pared donde ella estaba apoyada y se puso a su lado. No se dijeron nada hasta que ella habló sin mirarlo. En aquel momento no hacía falta ese contacto visual, así que los dos posaron sus miradas en la pared de delante del pasillo.

—Al final tuvo de sus agentes eso que tanto reclama, ¿no? —le dijo, refiriéndose a aquel guiño de un mosso en el pasillo, del que había sido testigo y que no le costó interpretar a qué venía cuando descubrió a la sargento de Asuntos Internos espiándolo ilegalmente.

—Sí, lealtad —le contestó Xavi—. Y no lo olvide: «La lealtad ante todo, pero nunca antes que el honor».

—Me la apunto. Muy apropiada para su profesión. ¿Es suya?

—No. La escuché en una película de Bruce Willis, y también me la guardé.

—En cualquier caso, le felicito. Ha resuelto el caso.

—No lo he hecho solo. Tengo un gran equipo y he recibido mucha ayuda.

—Me consta. Y le engrandece reconocerlo.

—Nunca he sido de colgarme medallas.

—Mi puerta estará abierta siempre que lo necesite, sargento. Y me aseguraré de que no haya nadie en el despacho de al lado, se lo prometo.

Xavi se apartó de la pared con intención de irse, pero se giró hacia ella antes de marcharse.

—No le digo que no vuelva. Pero, bueno, ya veremos. Ahora tengo que ir a Cadaqués, entregar el atestado final con el detenido y después —hizo una pausa— dormiré dos semanas seguidas.

91

El señor Albó lo recibió en la biblioteca donde lo había conocido días antes. Estaba sentado en el sofá grande y levantó la vista para cerciorarse de quién se acercaba. Xavi se quedó de pie mientras el dueño de la casa seguía sentado.

—Ha venido a cobrar. El trato era que debía morir, así que...

—Ya le dije que no.

—Pues usted dirá.

—Verá —buscó bien las palabras—, solo he venido a decirle quién era su hija. Creo que se lo debo a ella.

—Pues yo creo que eso lo sé muy bien, aunque también lo debe saber medio mundo gracias a internet.

—No he venido aquí a aumentar su dolor. Pero, si me permite, necesito que me aclare por qué discutió usted con su hija hasta el punto de dejarse de hablar. Y de que ella pareciera tenerle odio.

El hombre cerró los ojos y se los restregó con las dos manos.

—Perdone, sargento, pero no sé en qué puede ayudarle esto a estas alturas. Se ha acabado. Ya solo me queda la pena.

—Mire —dudó antes de continuar—, hemos atrapado al

asesino, sí, pero para mí el caso no está del todo cerrado, sigue habiendo algo que no entiendo.

—No sé por qué ese interés por algo que no tiene que ver con su muerte.

—Lleva razón, tiene que ver con su vida, y le aseguro que me interesa mucho. No sé si es consciente de que esa vida tuvo un punto de inflexión, y es precisamente el que la llevó a la muerte.

El señor Albó resopló y se levantó del sillón. Dio unos pasos y se giró hacia el sargento. No habló de inmediato. Parecía buscar las palabras adecuadas.

—Míriam se presentó aquí tres meses después de irse a Barcelona. Quería libertad y se la di. ¿Qué podía hacer si no? Ya era mayor de edad y creí que ya no podía hacerme más daño.

—Se equivocó, ¿verdad?

El hombre asintió rehuyendo la mirada del sargento.

—¿Qué le pasó? Cuénteme. Sé con certeza que la violaron.

—Sí, eso me dijo. También que no sabía cuántos hombres la habían violado, que ella estaba en una fiesta y que todos iban drogados. Me quise fundir allí mismo. No supe cómo reaccionar, así que le dije que se merecía lo que le había pasado por hacernos sufrir a su hermana y a mí. Pero eso no fue lo peor.

Xavi no añadió nada en espera de que continuara.

—Aquello había ocurrido hacía tres meses y me confesó que estaba embarazada. Mi mundo se vino abajo. Siempre pensé que un día sería abuelo, que disfrutaría de mis nietos corriendo por el jardín de casa. —Se paró un momento—. Pero no de aquella manera, por Dios. Fue como si se rompiera algo dentro de mí. Yo ya no podía aguantarlo más y le dije que aquel era el fruto del diablo. Que tenía lo que se merecía y que debía afrontar las consecuencias, pero que esta ya no era su casa y que no volviera más. Ni ella ni su hijo bastardo.

—No tenemos constancia de que tuviera ese hijo. ¿Sabe si lo tuvo?

—No. Lo perdió, tuvo un aborto. Salió de casa llorando, muy agitada, y a escasos cien metros de aquí un coche la atropelló. El conductor dijo que se plantó delante del coche y abrió los brazos. Le dio tiempo a frenar lo suficiente para no matarla, pero perdió al bebé. Fue la voluntad de Dios. Fui a visitarla al hospital, pero no quiso verme.

—Le culpó a usted de todo. Por eso escogió esa vida.

—¿Como dice? Yo no la incité a prostituirse, sargento.

Xavi miró al señor Albó y pensó que ya tenía sus respuestas y que quizá era mejor no continuar aquella conversación para no castigar más a aquella alma torturada, así que se giró para irse.

—Fue la voluntad del Señor —oyó que decía casi como en un susurro.

El sargento se paró ya en la puerta y se volvió hacia Albó. Vio a un hombre encorvado y abatido, muy distinto de la imagen de empresario de éxito que se había labrado. Intentó hablar con voz calmada.

—Señor Albó, ¿aún no lo ve? Ella se dedicó a algo que sabía que le haría daño, se trasladó a vivir a Cadaqués de nuevo. Quería hacerlo cerca de usted. Aunque cualquier persona del planeta se pudiera conectar para verla desde cualquier punto a miles de kilómetros, ella estaba haciendo esas conexiones a menos de dos kilómetros de su casa.

El señor Albó no dijo nada. Se quedó mirando la foto de

una niña que aún no conocía que la vida la iba a traicionar. Que todo aquel mundo de fantasías y muñecas se iba a convertir en su infierno particular. Rodó una lágrima por su mejilla.

—No supe procesar lo de mi mujer, y Míriam lo pagó.

—No me malinterprete, señor Albó. Yo no le juzgo. No sé qué hubiera hecho en su situación, pero he podido conocer a Míriam estos días y solo he visto a una chica a la que le tocó crecer más deprisa de lo normal y no encontró el camino. A Míriam no le gustaba lo que hacía, de eso estoy seguro. Una violación, aunque la víctima esté drogada, es un trauma muy difícil de superar. Le diría que las víctimas nunca lo hacen del todo. Ella vino aquí buscando una salida a su vida, pero lo hizo demasiados años tarde y usted ya no estaba, así que acabó haciéndole a usted responsable de sus desgracias y se centró en hacerle daño. Y lo logró, por supuesto. Pero ¿sabe una cosa? En el fondo, creo que ella solo buscaba la manera de volver a tener su cariño, aunque quizá no supo cuál era.

Con los ojos inundados en lágrimas, el hombre se giró buscando la mirada de Xavi y se derrumbó en la butaca.

—Qué quiere que le diga. Ya es tarde para todos —asumió con profunda tristeza.

El sargento asintió. Se iba a ir, pero se detuvo y se giró de nuevo hacia el señor Albó.

—Hemos identificado y vamos a detener a los tres tipos que la violaron. Ella guardó en una caja la ropa que llevaba aquel día, donde, aunque algo deterioradas, había restos de ADN de esos hijos de puta. Y con la declaración de un antiguo amigo de Míriam, tenemos bastante para ir a juicio. Lo citaré para corroborar esa violación, ya que ella no podrá hacerlo. Me esmeraré para que se haga justicia.

El hombre no dijo nada y se quedó allí sentado mirando al vacío. Puede que en aquel momento de su vida comenzara a comprender que a pesar del dinero que pudiera tener, hay cosas que no tienen un valor económico y, por lo tanto, no están al alcance de su tarjeta de crédito Platinum. Siempre pensó que darles a sus hijas la vida de comodidades que pocos pueden disfrutar sería suficiente para colmar el vacío que él mismo sentía por la pérdida de su madre. Un vacío que comprendía que era imposible de rellenar, tanto para ellas como para él. Xavi le dejó allí con sus pensamientos. No se despidió. No hacía falta.

El sargento salió a la entrada principal y caminó por el lado que daba a la ermita interior. Vio un rayo a lo lejos y notó una brisa suave que anunciaba lluvia en unas horas. Caminó despacio hacia la ermita. Ya no tenía prisa. Pensó que quizá encontraría allí a Iveth, como la primera vez que la vio. Entró y comprobó que estaba vacía. Se fue hasta el banco de delante y se sentó allí un momento. Aunque aquel lugar no era comparable a la catedral del mar, lo cierto es que en él, como estaba alejado de todo, se respiraba tranquilidad y silencio. El caso estaba cerrado, tenían al asesino y ninguna mujer más sufriría por culpa de aquel malnacido. Al menos no por el que habían cazado. Uno menos en la triste cuenta del mal que siempre acaba siendo demasiado larga. Entonces ¿por qué eso que sus agentes llamaban el sentido X no paraba de decirle que había algo que no estaba bien? Puede que tuviera que ver con su propio caso, que no había hecho más que empezar. En un par de meses tendría que afrontar el juicio. Y las imágenes de nuevo en las cadenas de televisión. Respiró hondo. Levantó la vista y fijó su mirada en la estatua que acompañaba a la de Cristo. Pensó que debía ser la Virgen María.

Tenía la mirada perdida en algún lugar lejano. Le recordó a Míriam. Aquella mirada perdida en algunos vídeos. La imagen de la tristeza. Recorrió el cuerpo de la virgen de la cabeza a los pies. El vestido, la cara angelical, los brazos extendidos y las manos abiertas. Y entonces lo vio.

Cerró los ojos y todas las piezas encajaron.

92

Cuando Xavi llegó al espigón al principio no vio a nadie. Pero al pasar la arcada de una de las casas las encontró. Recorrió despacio aquel camino de piedra que separa el mar de las casas. Allí vio a dos mujeres sentadas con las piernas colgando en el aire. El mar estaba algo embravecido y las olas rompían en el muro haciendo que algunas gotas salpicaran los pies de las mujeres. Tenían los zapatos a un lado y no parecía importarles, puesto que estaban hablando tranquilamente. Los nubarrones a lo lejos presagiaban tormenta en unas horas, y el aire era espeso. El sargento caminó con calma los metros del paseo estrecho con una mano en la empuñadura de su HK de 9 milímetros Parabellum que permanecía en la funda de su cadera derecha. Fue Cristina la que lo vio llegar y no supo interpretar su cara. Después se giró Iveth, que le sonrió hasta que observó que la cara de Xavi permanecía seria. Vio su mano en la empuñadura del arma y cambió el gesto.

—¿Se puede saber a qué viene esa cara, Xavi? Tenemos a un asesino fuera de juego y les hemos dado descanso a las chicas —le dijo Cristina.

—No a todas.

Las dos mujeres se levantaron y se quedaron inmóviles ante la amenaza de Masip de sacar su arma.

—Tranquilízate, Xavi —le dijo Iveth—. Me estás asustando, cielo.

—No lo entendía —dijo Masip—. Por qué Míriam era tan especial. Por qué aquella sonrisa de Julio cuando escuchó su nombre.

—Es que Míriam era especial —se quejó Iveth.

—Sí, por supuesto que lo era. Pero no la mató Julio, aunque sin duda iba a hacerlo, si bien eso, en aquel momento, nadie lo podía saber.

Las dos mujeres se pusieron en tensión. Durante unos instantes no parecía que nadie fuera capaz de mover un músculo. Cristina se tocó la cintura de manera automática, pero recordó que no llevaba su arma. La tenía en el armero de la comisaría, ya que habían acabado el caso y se había cogido unos días de descanso.

—¿Por qué?

Nadie parecía querer hablar, o puede que no encontraran las palabras. Masip repitió su pregunta levantando el tono.

—¿Por qué?

El silencio se rompió con un movimiento rápido de una de las mujeres, que llevó a Xavi a sacar su arma de fuego y apuntar hacia ellas. Iveth se había situado detrás de Cristina y la sujetaba amenazándola con un cuchillo en el cuello. Cristina se quedó inmóvil y casi paralizada ante lo que estaba ocurriendo allí.

Una pareja que paseaba apareció por detrás del sargento, que se giró y les gritó que se apartaran. Ver el arma en la mano, aunque no les apuntara a ellos, fue suficiente para convencerlos de salir de allí a la carrera.

—¿Qué está pasando, Iveth? —preguntó asustada Cristina.

—Esto no tenía que pasar. Nada de todo lo que ha ocurrido tenía que ocurrir, pero es Dios quien decide nuestros actos. Solo somos marionetas.

—Pero ¿qué coño estás diciendo?

—Díselo, Iveth. Me costó verlo, pero las piezas no encajaban. Míriam estaba en el video y tenía que haber seguido el mismo camino que las otras. Pero se le adelantaron. ¿Qué pasó, Iveth?

Una lágrima rodó por la cara de la chica.

—Quería a mi hermana, pero ella ya no veía nada más que hacer daño a mi padre. Solo eso la movía. Y yo lo veía morir por dentro lentamente. Encima se trasladó a vivir aquí. Intenté hacerla entrar en razón, pero ella lo odiaba a muerte. Nunca entendí ese odio visceral. Si no hacía algo, mi padre iba directo a la tumba. —Se paró un momento, como si recordase algo—. No lo preparé, te lo juro. Vi las noticias y hablaron de esa chica a la que habían matado que se dedicaba a eso mismo que ella, y fue como si algo se activara dentro de mí. Primero pensé que, quizá, aquello la iba a asustar y lo dejaría. Me conecté a su chat con un seudónimo para ver qué ocurría después de aquello, y lo que vi fue que había sorteado una noche con ella. Como una furcia. Una prostituta por internet. Y ya no pude más. Era ella o mi padre, y comprendí que mi hermana se había ido hacía ya muchos años. No podía permitir que ella lo destruyera.

Xavi escuchaba las palabras de Iveth y comprendió que ella no sabía nada de lo que le había pasado a su hermana, ni de la violación, ni de la pérdida de aquel hijo, ni del intento de acabar con su vida después del rechazo de su padre.

—Iveth, no tienes salida. Déjalo. Baja el cuchillo y suelta a Cristina. ¿O quieres dejar a tu padre sin hijas?

—Ya las ha perdido a las dos. Yo no iré a la cárcel.

La mossa empezó a temer que Iveth decidiera dejar este mundo llevándosela con ella. Pensó en su propia vida, en su padre, en tantas cosas que aún tenía que hacer. El cuchillo estaba prieto en su cuello y notaba los pequeños cortes en la piel debidos a la presión. No le quedaba otra que intentar darle a su compañero una opción de disparar y después rezar porque Xavi estuviera al día de sus prácticas de tiro. Ella era más fuerte que Iveth y solo tenía que apartar el cuchillo de su cuello. Miró al sargento buscando en sus ojos un atisbo de comprensión de lo que iba a intentar. Este no perdía detalle de los movimientos de la asesina de su propia hermana, pero tampoco dejaba de controlar el entorno. En un momento fugaz, sus miradas se encontraron y Cristina vio la oportunidad. Con su mano derecha sujetó el cuchillo por la hoja, consciente del dolor que eso le iba a provocar, pero no es lo mismo un corte en la mano que en el cuello. Iveth reaccionó con violencia. Tiró del cuchillo hacía sí y arrastró la hoja cortando la mano de Cristina, que no pudo hacer nada por evitarlo. Fue muy doloroso, pero había alcanzado su primer objetivo. La hoja del cuchillo estaba más lejos de la zona vital que era su cuello. Pero no se oyó ningún disparo. El sargento no tenía un blanco claro y no podía disparar. Se desplazó a su izquierda para encontrarlo, pero, antes de que pudiera disparar, Iveth clavó el cuchillo en la zona lumbar de la mossa. Esta lo sintió introducirse en sus carnes y se desplomó. Entonces sí, escuchó un disparo, y después otro. Y finalmente, el silencio. En el suelo enseguida notó que alguien la movía. Xavi se quitó la chaqueta y la puso en el orificio de entrada para intentar taponar la herida, que no dejaba de emanar sangre. Se agachó junto a ella y llamó a una ambulancia.

—La ayuda está en camino. Mírame, Cristina. Estoy aquí.

—¿Dónde está ella?

—Ha caído al mar.

—¿Está?

—No lo sé. Creo que le he dado.

—En qué mundo vivimos. Su propia hermana. Lo siento, Xavi, sé que ella te importaba.

—No te preocupes.

Por la mejilla de la mossa cayó una lágrima. En aquel momento no supo si por ella misma o por su amiga Míriam.

—No lo entendía, Xavi.

—¿El qué?

—Por qué nunca sonríes.

El sargento intentó responder aquella afirmación con una sonrisa, pero solo le salió una mueca.

—Aguanta, compañera.

93

En la habitación del hospital Josep Trueta de Girona, Cristina despertaba mientras una enfermera le cambiaba el gotero de plasma. Miró su brazo y en un breve instante de tiempo comprendió dónde estaba.

Una duda la sobresaltó.

—¿Cuánto tiempo llevo aquí? Enfermera, soy reasignada. Mis medicinas, tengo que tomar estradiol y...

—Calma, calma, Cristina. Tenemos tu historial, no te preocupes, de verdad —le dijo poniéndole muy suavemente la mano en el brazo.

La caporal se fue tranquilizando al escuchar esas palabras amables.

—Has estado doce horas durmiendo, creo que más por cansancio que por la propia operación. El doctor pasará a verte más tarde y te lo explicará, pero todo ha ido bien.

Cristina se quedó pensativa y poco a poco empezó a ser consciente de lo que le había ocurrido. Recordó la cara de Xavi antes de perder el conocimiento. Escuchaba cómo hablaba por el móvil y le decía a ella palabras que se fueron apagando como un susurro. Iveth. ¿Qué había pasado con ella?

Se fijó entonces en unas flores que había en un jarrón y

que tenían una nota a la que no podía llegar desde la cama. Una voz conocida la despertó de aquella bruma que era su mente.

—Me alegro de que ya estés despierta. Iba a volver más tarde.

—Hola, Xavi.

—¿Cómo te encuentras?

—Como cuando me pusieron la segunda vacuna de la covid-19.

—Así que como si te hubiera pasado un camión por encima.

—Así.

Xavi se sentó en la silla para el acompañante que había en la habitación.

—¿Por qué estoy sola en la habitación? ¿No son dobles en los públicos?

—Bueno, por motivos de seguridad acordamos con el hospital que estuvieras sola. Hay mossos en la puerta.

Cristina se sobresaltó.

—¿Por qué? ¿Qué pasó con Iveth?

—No ha aparecido. Cayó al mar, y aunque creo que le di, tampoco puedo asegurarlo. Los buzos aún no la han encontrado.

—¿Y crees que si ha sobrevivido vendrá aquí?

—No, qué va. Pero me fue bien para convencer a tus jefes de que era mejor que estuvieras sola en la habitación. Las recuperaciones después de una operación son jodidas.

—Buf, aún no me lo puedo creer. Pero —cerró los ojos apretando los parpados— ¿cómo lo supiste?

Xavi se levantó y se fue hasta la ventana.

—Había algo que no encajaba. Era tan evidente que se nos

pasó a todos. La muerte de Míriam fue personal, no sé cómo no me di cuenta en cuanto la vimos en su casa. Pero hay que seguir las pruebas, y eso hicimos. Cuando Julio dejó su dragón en la puerta de mi habitación me engañó. No le importó no haberla matado, aunque eso supusiera que no la podría llevar ante uno de sus dragones; le dio el suyo de papel y siguió adelante.

—Pero ¿Iveth? ¿Cómo?

—Los dedos.

—También le faltaban a Míriam.

—Sí, porque en la prensa solo salió que a la primera víctima le faltaban dos dedos, por suerte no tenían toda la información. Así que Iveth dio por supuesto que eran de la mano. Por eso Míriam era diferente a las otras. Y tampoco salió en la prensa que se llevaba trozos de carne. Para su perro, según nos acabó declarando el *webmaster*.

—Pues sigo sin entender cómo llegaste hasta Iveth.

—Al salir de hablar con su padre me detuve en la capilla que tienen en el jardín. Confieso que casi esperaba encontrarme a Iveth allí, pero no había nadie, así que me senté en un banco y admiré el silencio de aquel lugar. Contemplé la decoración y me fijé en las dos imágenes esculpidas de Jesucristo y la Virgen. Y entonces vi sus manos. A la Virgen le habían cortado dos dedos de la mano derecha, igual que a Míriam. Imagino que fue para pagar algún tipo de penitencia por lo que había hecho. Ya nunca lo sabremos.

Una lágrima cayó por la mejilla de Cristina.

—No me di cuenta. Joder. Pero qué mierda.

—No te martirices, a mí también me engañó. Son gajes del oficio.

—Ya.

—Hay otra cosa. Fui a ver a tu familia.

Cristina se encogió de manera involuntaria en la cama.

—Conocí a tus padres. Tu madre llegará en un par de horas. Se estaba organizando.

La caporal no dijo nada, pero alegró el rostro.

—No he podido convencer a tu padre. Lo siento. Aunque creo que le está dando vueltas. Y, además, le dije lo que pensaba.

—No es un mal hombre, pero sus creencias y sus principios son de otra época. ¿Qué le dijiste, si se puede saber?

—Le dije lo que pensaba de ti. Que eres una investigadora excelente, que eres fuerte y tierna a la vez. Que eres íntegra y valiente —hizo una pausa—, y, sobre todo, lo que más valoro en la gente: que eres transparente y una buena persona, a pesar de haber tenido que luchar sola toda tu vida.

—Joder, Xavi, que estoy sensible, hombre.

Unos golpes en la puerta interrumpieron la conversación.

Adolfo entró con la cabeza por delante.

—¿Se puede?

—Bueno, te dejo con tu compañero, que ha estado aquí a tu lado todo el tiempo —le dijo Xavi.

—Jefa, te voy a pasar la factura del fisioterapeuta. No veas lo que es dormir en esa silla.

—No hacía falta, hombre.

—Pues claro que sí —insistió Adolfo.

—¿Sabes cómo está el señor de los dragones?

—Está en ingresos penitenciarios y siguiendo el protocolo antisuicidios. Y... —dudó.

—Sigue, Xavi.

—Bueno, parece que insiste en saber quién es la mossa que lo detuvo.

—Ya me verá en el juicio.

—Jefa, la próxima vez no apuntes a la rodilla, le disparas a la cabeza, joder.

La mossa miró a Xavi y casi consiguió sacarle una sonrisa.

—Estará encerrado prácticamente el resto de su vida. No me quitará el sueño.

—Me voy, Cristina. Tengo asuntos en Barcelona.

Se acercó a darle dos besos en la mejilla a Cristina, le dio la mano a Adolfo y se dirigió a la puerta. Se paró un momento antes de irse.

—Cuidaos mucho, ¿eh?

—Usted también, sargento —le respondió el mosso.

Cristina no dijo nada y vio salir por la puerta a Xavi. Al final, en el mundo quedaban personas a las que valía la pena acompañar en el viaje.

Xavi cogió el coche y al llegar a la intersección para girar hacia Barcelona se lo pensó y se dirigió hacia el norte. Podía haber ido a muchos de aquellos parajes mágicos que esconde el Empordà, pero su mente tenía una dirección prefijada. Condujo casi una hora a ritmo de El Último de la Fila hasta que entró en Cadaqués. No había ya, a finales de septiembre, demasiados turistas a pesar de que aún hacía calor. Estaba atardeciendo y el sargento llegaba a su destino en la calle de la Riba Pitxot. Dejó el coche en la plaza del Doctor Pont y se dirigió hacia el camino peatonal que bordea ese trozo de la costa con las casas a un lado y el mar al otro. Pasó por debajo de los arcos de una casa de color blanco, como el resto, que da al paseo de piedra donde el mar se estrella eternamente. Allí fue donde vio caer a Iveth al mar. Se sentó en el mismo lugar en el que estaba sentada junto a Cristina cuando las sorprendió.

Dejó que el sol menguante y la brisa del mar le golpearan la cara de forma suave. Atardecía y la luz se volvía más tenue. Xavi pensó que aquel debía ser uno de los mejores lugares del mundo para contemplar una puesta de sol. Allí donde Cristina se encontró a sí misma. Donde también lo intentó Míriam. Donde Iveth desapareció sin dejar rastro y los dragones de papel eran un recuerdo más. Se suele decir que un caso más. Pero ninguno lo era para él porque detrás de ellos había personas reales que sufrían por la maldad humana. Otra cicatriz en su alma.

Respiró hondo y contempló cómo se apagaba el día.

Epílogo

Tres días después de su estancia en el hospital, Cristina llegaba a su piso, en Cadaqués. Aunque con dolor en la herida y con unas jornadas de descanso por delante, afrontaba la vida con otra perspectiva. Solo quería dejar atrás un pasado que se negaba a abandonarla y empezaba a ser consciente de que sería imposible que se fuera del todo. El asesinato de Míriam había cambiado su pasado más reciente y desde luego también su futuro más inmediato.

Quería hacerlo, pero dudaba si podría volver a aquel espigón frente al mar donde conoció a su amiga y donde paradójicamente había desaparecido la hermana de esta. Abrió el buzón de la entrada para recoger el correo pendiente, pero solo había facturas. Subió al primer piso, donde vivía, y vio un paquete en el suelo con su nombre. Tenía el tamaño de una caja de zapatos y estaba envuelto con un elegante papel rojo y gris. Como su edificio era pequeño y todos los ocupantes se conocían, acostumbraban a dejar los paquetes en la puerta o, a veces, al resguardo de algún vecino. Lo recogió, comprobando que pesaba poco y no tenía remitente. Entró dentro.

Sintió un vacío extraño al cerrar la puerta, y sin saber muy bien por qué puso la balda de seguridad. Dejó el paquete y las cartas en la mesa y fue a prepararse un té. Quizá más tarde se acercaría a la tasca de Tomás. No tenía planes y de lo que estaba segura era de que en cuanto sus heridas se lo permitieran se iría a correr. Necesitaba el aire en la cara de nuevo y la sensación de cansancio placentero que dejan las endorfinas al finalizar el esfuerzo.

Revisó el móvil y las cartas, pero, al tratarse de facturas, no las abrió. Se decidió a abrir el paquete. Pensó en Xavi, o en su único amigo en la unidad, el leal Adolfo; no se le ocurrieron más opciones sobre quién podría haberlo enviado. Se sentó en la silla de la cocina y dejó el té a un lado sobre la mesa para retirar el papel de regalo. En efecto, dentro descubrió una caja de zapatos sin marca. La destapó, pero en el interior no había ningún zapato. En su lugar se veían muchos tarros redondos y pequeños con la tapa negra y, entre todos ellos, diminutos trocitos de papel. Supuso que para evitar que durante el traslado chocaran unos con otros. Cogió uno de ellos al azar para examinarlo. Su semblante cambió hasta palidecer. Dentro de uno de esos tarros transparentes y cerrados herméticamente había dos dedos de mujer en una especie de líquido transparente. A Cristina le costó no lanzarlo contra el suelo al descubrir tal macabro hallazgo. Se le encogió el corazón al comprobar que en aquella caja había decenas de tarros iguales y con idéntico contenido. Las lágrimas corrieron mejilla abajo sin control. Por todas aquellas mujeres que en algún sitio estarían esperando un descanso que nadie les había dado. Ni a ellas ni a sus familias. Dejó el tarro en la mesa y abrió la ventana del comedor para que entrara la brisa marina procedente del puerto. Apretó la boca con rabia y se prometió encontrarlas. Aquel iba a ser su cometido. Su caso.

Otro más.

Por delante, solo el futuro.

Y en él, la búsqueda de todos los dragones de papel, porque con ellos hallaría a las princesas.

Fin

Agradecimientos

Me gustaría agradecer y recordar con unas palabras a Domingo Villar y a Alexis Ravelo, que nos han dejado en épocas muy recientes y demasiado jóvenes. Cuántas charlas, tertulias, cafés y comidas que se han quedado pendientes, pero, sobre todo, lamento el vacío que han dejado en sus seres queridos, en sus lectores y en todos los que tuvimos la suerte de compartir momentos con ellos. Gracias por vuestra generosidad y por esos ratos vividos, porque hay escritores con los que cualquier instante junto a ellos significa aprender y en eso fueron siempre unos maestros.

A Marta Reina, sin sus consejos me hubiera sido muy complicado crear el personaje de Cristina. Os recomiendo su libro *Viviendo sin ti*. Me ayudó mucho a entender una realidad desconocida para mí, pero sobre todo a conocer a una gran persona.

A mi amigo y fotógrafo, Rafa Ariño.

A Gori, Ilya y Roger, por todos estos años de libros y, ante todo, de amistad.

A mi agencia literaria Editabundo con Pablo Álvarez y David de Alba al frente. Esta novela tiene su origen en un lejano café en Madrid allá por 2020.

A mi editora, Aranzazu Sumalla y a todo el equipo de Ediciones B por su trabajo y atención a la novela.

A Miquel Navarro, Jordi Roca i Marc Villaró, instructores de tiro en la ARRO de *Ponent,* por sus consejos sobre balística y armas.

Y a Esther, siempre, por su paciencia y apoyo en mis proyectos literarios.